GENTOSHA OUTLAW BUNKO

実録・広島やくざ戦争（上）

大下英治

幻冬舎アウトロー文庫

目次（上巻）

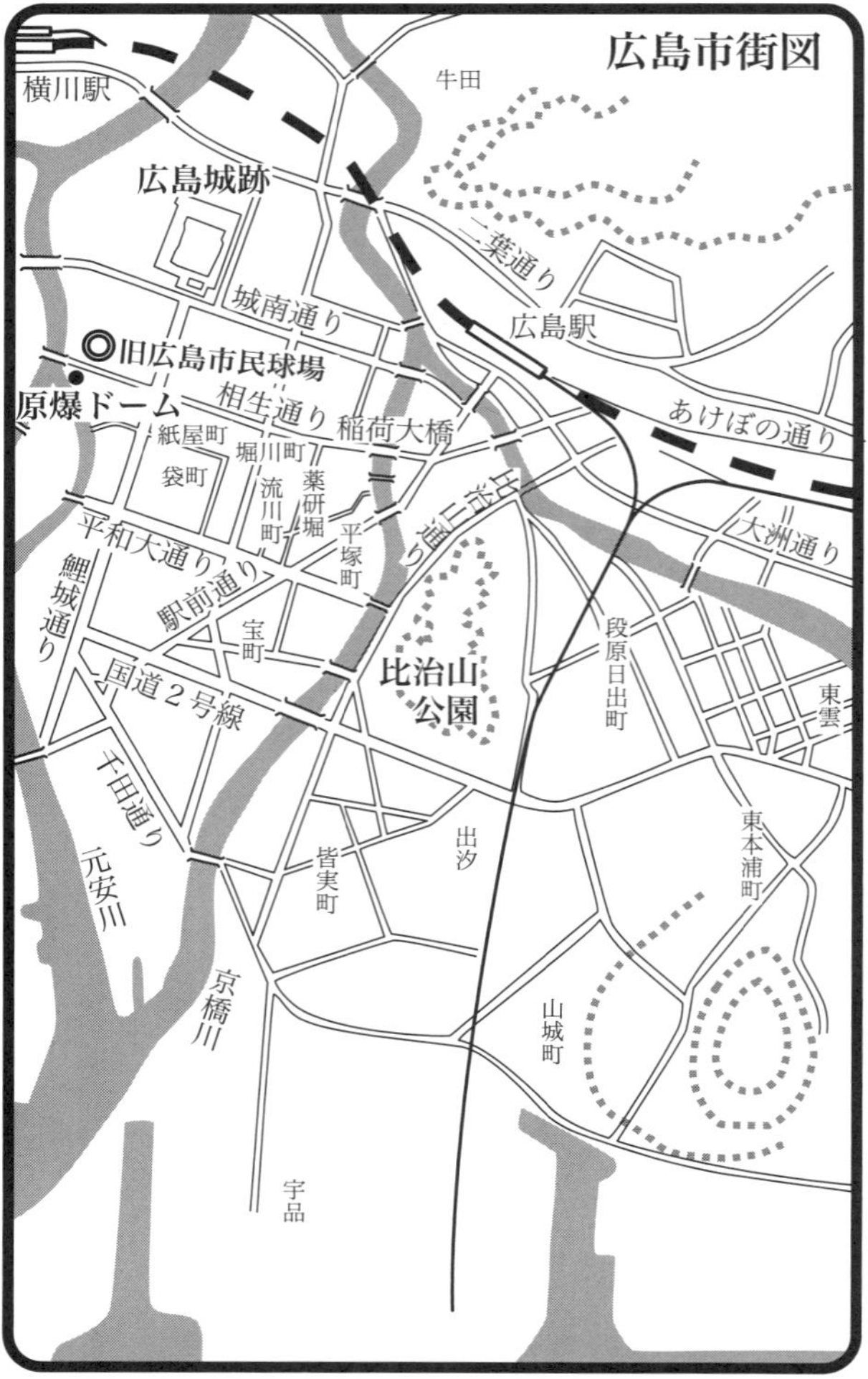
広島市街図
横川駅
牛田
広島城跡
二葉通り
城南通り
広島駅
旧広島市民球場
原爆ドーム
相生通り
稲荷大橋
あけぼの通り
紙屋町
堀川町
袋町
流川町
薬研堀
平塚町
比治山通り
大洲通り
平和大通り
鯉城通り
駅前通り
宝町
段原日出町
比治山公園
東雲
国道２号線
千田通り
出汐
東本浦町
皆実町
元安川
京橋川
山城町
宇品

第1章　廃墟の群狼

1

山田久は、列車のデッキに必死に摑《つか》まっていた。

列車には、復員兵や買出し人たちがあふれんばかりに乗っている。乗り口まではみ出している。ボヤボヤしていると、いつデッキから振り落とされるかわからない。

山田は、国防服に戦闘帽、兵隊の靴をはき、リュックサックを背負っている。彼もまた、一見、復員兵に映る。

列車は、広島駅のホームに入った。

山田は列車の止まるのが待てないように、ホームに飛び降りた。

昭和二十一年一月十三日の昼下がりであった。

山田の顔めがけて、雪を呼びこみそうな冷たい風が襲いかかってくる。

国防服の襟《えり》を立てながら、ホームから広島の街を見渡した。

狼を想わせる鋭い眼に、焦土と化した広島の街の広がりが映る。

思わずつぶやいた。

「それにしても、ピカドンで、派手《はで》に焼けたもんじゃのォ」

広島駅の次の横川駅こそ二葉山の陰になって見えなかったが、二つ先の駅である己斐《こい》駅は、焼野原の向こうにはっきりと見える。

ふたたび、つぶやいた。

「これじゃあ、広島はこれから七十年間ペンペン草も生えん。当分人も住めん、いわれても、無理もないのォ」

前年の昭和二十年八月六日午前八時十五分、人類史上初の原子爆弾が、広島に投下された。

米軍機エノラ・ゲイ号は、ミクロネシアのサイパン島の隣りにあるテニアン基地を発進し、広島に侵入した。高度九千六百メートルで原子爆弾を投下した。投下四十三秒後に、広島市細工町の島病院上空約五百八十メートルで、爆発した。長さ三メートル、直径七十センチ、重さ四トンのリトルボーイと名づけられたウラン235原子爆弾であった。

戸数七万六千、人口およそ三十万の広島全市は、ほとんど瞬時に潰滅《かいめつ》した。

全戸のうち、六十二・九パーセントが全壊全焼し、五パーセントが全壊、二十四パーセントが半壊、大破ないし半焼をこうむり、被害をまぬがれた家屋は十パーセントにも満たない惨状《さんじょう》であった。

人は、爆心地から五百メートル以内にいた者の九十・四パーセントが即刻死亡。その後月をおっていくにしたがって死者は増え、原爆によって十三万人が死んだ。文字どおり、阿鼻《あび》叫喚《きょうかん》の地獄絵が展開されたのであった。

広島やその周辺の者たちは、原子爆弾のことを、「ピカドン」と呼んでいた。一瞬ピカッと閃光《せんこう》を放ち、それからドーンとすさまじい音を立てたことから、そう呼ばれた。

山田は、眉根に皺《しわ》を寄せ思った。

〈服部や、半村は、無事生きとるんかいのォ〉

半村隆一は、段原《だんばら》中学校の同級生である。服部繁は、比治山《ひじやま》小学校、段原中学を通じての同級生。おたがいに、幼いときからの悪仲間であった。

山田は、ポケットに両手を突っこんだ。

広くたくましい肩をそびやかし、プラットホームに屯《たむろ》している復員軍人をかきわけながら、まるで怒ったように改札口に向けて突き進んで行った。

誰にともなく、無性に突っかかっていきたい気持だった。全身が殺気立っていた。青春のすべての夢を失った山田の心の中も、彼がいま眼にした広島の廃墟《はいきょ》のように荒涼としていた。十七歳になったばかりであった。

リュックサックを背負った買出し人が、もたもたして彼の体にぶつかった。

「どこに眼がついとるんならア！」

彼はそう怒鳴り、買出し人を突き飛ばした。

山田は、身長こそ一メートル六十五センチそこそこであったが、食糧事情の悪いときも、体重は七十キロ近くあった。

鉄筋コンクリートの駅舎本館は、一部は壊れながらも形骸は残っていた。

にわかづくりの改札口を出ると、眼を見張った。

なんと、駅前は、原爆が落ちたのが嘘のように活況《かっきょう》を呈《てい》しているではないか。

闇市が、駅前広場にずらりとならんでいる。

彼は、はずんだ声をあげた。

「七十年間ペンペン草も生えんどころか、みんなイキがええのォ」

闇市をゆっくりのぞいてみたかった。が、それより、家族の顔を早く見たかった。全員、ピカドンで死んだと思っていたが、じつは生きているというのだ。

広島駅から大洲《おおず》の自宅までの四キロほどの道を、走るような急ぎ足で帰った。

二階建ての自宅は、戸や窓が少しゆがんではいたが、崩《くず》れてはいなかった。原爆の落ちた細工町と大洲の間にある比治山の陰になったのが幸いしたらしい。

自分の家に入ろうとして、背後から声をかけられた。

「久ちゃん、生きとったん？」

彼は、振りかえった。声をかけた女性が誰だか、まったく見当もつかない。一瞬、きょとんとした。

「雪子よ」

彼は、愕然《がくぜん》とした。雪子は、隣りの娘で、彼と同級生である。しかし、原爆のガスを吸ったためか、髪の毛が抜け落ち、頭が禿《は》げている。彼は、あらためて原爆の恐ろしさに背筋に冷たいものをおぼえた。

彼は、玄関の戸を開け、大きな声を張りあげた。

「帰ったぞ！」

祖母の秋代が、真っ先に飛び出してきた。彼の手を両手で握り、涙を流しながらよろこんだ。

「久、よう生きとったのォ、よう生きとったのォ……」

彼も、祖母を強く抱きしめてよろこんだ。

「おばあちゃんが、ピカドンでやられたんじゃないかと、心配でたまらんかった」

彼は、自分の気性の激しさは、祖母からの隔世遺伝《かくせいいでん》だと信じている。父親も母親も大人しいのに、祖母は、激しい性格であった。

彼が小学校三年生のとき、父親の正は、逓信省《ていしんしょう》の仕事のため、朝鮮の太田《たいでん》に母親を連れて渡った。彼は、その間、祖母に育てられた。いわゆる「おばあちゃんッ子」である。

彼は、小学校時代から餓鬼大将《がきだいしょう》であった。上級生でもかまわず、向かっていった。

祖母は、彼が喧嘩《けんか》することには、一切文句をいわなかった。

「男の子は、喧嘩するくらいが、イキがようてええ」

と平気であった。

彼が、上級生に石を投げられ頭から血を流して家に帰ったことがある。

祖母は、相手が何者かを聞いた。上級生とわかると、翌日、山田が校門から出るのを待ちかまえていた。

山田を摑《つか》まえ、訊《き》いた。

「おまえを苛《いじ》めた上級生を、教えんさい」

　山田が、

「おばあちゃん、いいから」

　といっても、あきらめない。

　彼は、祖母の執念《しゅうねん》に負け、校門から出てくる上級生を指さした。

　祖母は、その上級生を摑まえ、怒鳴った。

「われも男なら、下級生を苛めるな。同じ喧嘩するなら、自分より強い上級生を相手にやらんか！」

　祖母は、まわりの者がいくら疎開を勧めても頑として突っぱねた。疎開しないで山田の家を守っていた。彼は、そのせいで祖母はてっきりピカドンにやられて死んだものと思っていたが、運良く生き残っていたのである。

　茶の間に入ると、父親の正と母親の花江がいた。顔をほころばせた。

「久、生きていてよかったのォ」

「お父さんもお母さんも、てっきり朝鮮でソ連軍にでも殺されたと思うとった。よう生きて引き揚げられたのォ」

　父親の正は、逓信省の管轄《かんかつ》下の国際電信電話株式会社に勤める公務員であった。

久は、その次男として、昭和三年十二月十六日に生まれた。

父親は、二歳年上の兄と四歳年上の姉、それに彼の三人の子を広島に残し、昭和十四年に、母親といっしょに朝鮮へ渡った。そこで、中継所の技師をしていた。

久も、父親の勧めにより、昭和十八年に段原中学を卒業すると、逓信講習所に入った。公務員として人生のスタートを切ったのである。

一年の間講習を受け、満州（現中国東北部）の牡丹江《ぼたんこう》へ渡った。

講習所の卒業生には、満州に渡りたいという者は誰もいなかった。

彼の、若き血が燃えていた。

〈よーし、みんなが行かんいうなら、わしが行ったろう！　広島にこのままおっても、特別おもしろいことはなさそうじゃ。兄弟も多いけえ、わしひとりくらい大陸へ行ってもさしつかえあるまい〉

彼は、そのうえ覚悟もしていた。

〈どうせ、近いうち戦争に行って御国《おくに》のために死ぬ身じゃ。男なら、満州のどこまでもつづく原野、赤い夕陽を見といた方が、冥土《めいど》のみやげにもなる〉

十九年春、彼は、満州に渡った。牡丹江の逓信省気象台に勤めた。通信オペレーターの仕事をやっていた。無線の打ち方は、逓信講習所でしっかりと仕込まれていた。

牡丹江の小さな気象台から、彼のいる気象台に、各地の天候が毎日、無線で送られてくる。

彼は、それを朝の十時と午後の二時、軍隊や軍艦に向けて打つ。ただし、敵に傍受《ぼうじゅ》されるのを防ぐため、乱数表を使って暗号にして打った。

五カ月目、軍隊から気象台に文句をつけてきた。

「いま無線を打っているのは、誰だ！　まったく区切りなく打ってるじゃないか！　流して打っちゃいかん」

彼は、はじめのころは緊張《きんちょう》していねいに打っていたが、少し慣れてくると、つい区切りなく数字を打ちつづけていた。たとえば、晴れならトントントンと三回打つ。それに乱数表の三を加え、六回打てば、相手は六から乱数表の三を引いて、晴れだな、と判断する。ところが、切れ目なく打つと、軍隊には解読《かいどく》できない。おまけに、乱数表も使われている。何が何だかわからなくなる。

彼は、すぐに係長に呼びつけられ、説教された。

「無線は、牛のよだれのようにたらたらと切れ目なく打つもんじゃない！」

彼は、牛のよだれという表現にむかついた。子供のころから、喧嘩っ早い。たとえ上司であろうと、おもしろくなかった。

「牛のよだれとは、よういうたの！」

彼は、係長に食ってかかった。

係長は、山田の剣幕《けんまく》に恐れをなし、それ以上面と向かっては彼を責めなかった。しかし、陰にまわっては、山田の勤務態度が悪いとねちねちという。

山田は、それ以上耐える気はなかった。朝鮮の太田にいる父親に、手紙を書いた。

『……微熱《びねつ》が毎日つづきます。夕方から、咳《せき》も出ます。おそらく、肺病だと思います。しかし、医者にかかる金がありません。何とか御都合《ごつごう》下さい』

まったくの出鱈目《でたらめ》であった。当時不治の病とされていた肺病どころか、元気すぎて困っていた。外地手当もふくまれている七十円の給料をもらうと、いわゆる満人街によろこび勇んで出かけ、現地人のクーニャンと呼ばれている娼婦たちを抱いて遊んでいた。

父親は、さっそく二百円も送ってきた。当時の学校の先生の給料が五十円くらいであった。二百円というと、大金である。

彼は、その金で、父親のいる太田までの汽車の切符を買った。チッキで、自分の荷物を父親の住んでいる官舎まで勝手に送りつけた。

それから、気象台の台長と談判《だんぱん》した。

「いろいろお世話になりましたが、内地に帰らせてもらいます」

「突然に、どうしたんだ。くわしい理由をいってみたまえ」

「とにかく、荷物もすでに送りましたから、辞めさせてもらいます」

無鉄砲であった。台長の止めるのも聞かず、さっさと気象台を後にした。

山田は、列車に乗った。

牡丹江から、ソ連側をとおり、元山の方に向かって下った。

途中、腹が空いた。牡丹江を発つとき新聞紙に包んでいた十個ものにぎり飯を取り出し、食べようとした。

ところが、いざにぎり飯を割ると、中に入っていた大豆が糸を引いているではないか。夏なので、腐っていたのだ。饐《す》えた臭いを発している。

満州人にやったが、さすがに食べなかった。

ようやく朝鮮の京城に着いた。四十八時間もかかった。その間何も食べていないので、腹の皮と背中の皮がくっつきそうなほどの空腹に死にそうであった。

京城から、さらに太田の駅に到着した。

駅から、父親に電報を打った。

『イマタイデンエキニキテイルムカエヨコセヒサシ』

父親は、あまりに突然のことに驚き、助手を車で迎えに寄越した。

太田駅から十二キロ離れた国際電信電話株式会社の社宅に着くと、山田久は、すぐに御櫃《おひつ》を開け、中に顔を突っこむようにして飯をむさぼり食べた。

飯といっても、内地のような白い飯ではない。赤い高粱飯《コーリヤン》で、パサパサしていてうまいしろものではなかった。が、飢えた彼には、これほど御飯がおいしく思われたことはなかった。

彼は、その日から社宅で寝起きをはじめた。

三カ月後、父親が、険しい表情でいった。

「ええ若いもんが、いつまでぶらぶらしとるつもりか。せっかく三等無線通信士の資格を持っとるんじゃけえ、うちの社へ入れ」

国際電信電話株式会社は、満鉄同様半官半民であった。

久は、父親の口ききで、国際電信電話株式会社に入った。いわゆる幹部候補生である。戦時でなければ、東京に帰り、東京であらためて訓練を受ける。しかし、東京は、昭和十九年十一月二十七日いらい、空襲が相次いでいた。

訓練所は、空襲を避け、四国の高松の郊外に疎開していた。

久は、二十年一月、両親と別れて日本に帰った。高松の郊外の訓練所で訓練を受けはじめた。

ところが、それから七カ月後の八月六日、祖母や兄や姉たちのいる広島に、原爆が落ちた。新聞で、特殊爆弾《とくしゅばくだん》が落ち広島は全滅、今後七十年間は草木も生えぬ、と知らされた。

彼は、全身の力が抜けた。

〈おばあちゃん、どうしてわしより先に、死んでしもうたんかいのォ〉

八月十五日、講習訓練所の校庭で、天皇陛下の玉音《ぎょくおん》放送を聞いた。

日本が負けたと知らされ、体中に滾《たぎ》っている若い血が行き場を失い、苛立《いらだ》った。彼も、覚悟していた。

〈いずれは、御国のために、この命でよければ……〉

途方に暮れた。

〈戦争に負けたんなら、おやじもおふくろも生きては朝鮮から帰れんじゃろう〉

帰る故郷も、廃墟と化している。

〈どこにも帰るところはない。わしゃあ、ひとりぼっちになってしもうた〉

久は、もし自分が特攻隊なら、そばにある特攻機に乗って勝者面して進駐してくるアメリカ軍めがけ突っこんでやる、と殺気立った。

訓練所の仲間たちは、敗戦とともに、故郷に引き揚げて行った。が、久には帰る家もない。給料をもらいながら、高松の訓練所で寝泊まりさせてもらった。

ところが、昭和二十一年の一月九日、突然、訓練所に父親の疋から電話が入った。父親は、無事朝鮮から引き揚げていたのだ。同系列の会社なので、久を捜し出し、電話を入れてきたのである。

「久、お母さんも、無事日本へ帰った。おばあちゃんも、姉ちゃんも、兄ちゃんも、みんな生きとる。おまえも、すぐに帰って来い」

彼は、暗闇の底に、突然明りが差し込んできたようなよろこびをおぼえた。一瞬、夢でも見ているのかと思った。死んだと思っていた肉親たちが、全員生きていたのだ。

彼は、それから四日後の十三日、よろこび勇んで広島に帰ったのであった。

父親も、帰ってきた彼の肩を抱き、眼に涙を浮かべてよろこんだ。

「みんな無事で、本当によかった、よかった……」

2

山田久は、父親の口ききで、今度は逓信局に入った。

広島の電話局の復興《ふっこう》作業に従事した。

原爆で破壊された電話線は、まだ完全には復旧していなかった。電話のケーブルをすべて取りかえていた。

当時、交換手《こうかんしゅ》が業務をつづけていて、その回線を生かしたまま工事を進めなければいけない。

電話局にとっては、当時は高等技術であった。彼は、その室内の機械の据《す》え付け工事を請け負った。

広島市内の一般の家へ電話を取りつける工事にも携《たずさ》わった。

室外の者が、ケーブルを引いてくる。そのケーブルを家へ取りつけ、室内で、枝を取って電話機を取りつける役目である。

一年間は、真面目に働いた。しかし、一年目の昭和二十二年一月の下旬の夜、事件を起こしてしまった。

久は、ひと仕事をおえて、盛り場である流川《ながれかわ》でバタンキュー酒を飲み、ほろ酔いかげんで歩いていた。

「バタンキュー酒」というのは、航空燃料のアルコールを加工した、得体《えたい》の知れぬ酒であった。

向こうから、二メートルもあろうかと思われるような復員服を着た大男が、やはり千鳥足で歩いてきた。

大男は、山田を血走った眼で睨みつけると、もつれる舌で声をかけた。

「おい、うまそうなモクを吸っとるのォ、わしにくれや」

山田は、鋭い眼で大男を射るように見た。

山田は、口に咥《くわ》えていた煙草をぬいた。

吸い口の方向を変えることなく、火の点《つ》いている方を大男の口に近づけ、吐き捨てるようにいった。

「おお、これほどうまいモクはないで。そんなに吸いたけりゃあ、おどれにも吸わしてやる」

山田は、煙草の火の点いた方を大男に向けたまま、人の二倍はあると思われる厚さの下唇に、そのまま押しつけた。

ジュッ、という肉の焼焦《やけこ》げる臭いがした。

大男は、狂ったようにもだえた。

ようやくものがいえるようになると、叫んだ。

「お、おんどりゃあ！　よくもやりやがったのォ！」

大男は、両手をライオンが襲いかかるときのようにして、山田に襲いかかってきた。

山田は、左に素早く跳《と》んで避けた。

大男の右の膝頭を、革靴で思いきり蹴った。

大男は、「うッ」とうめき声をあげ、膝頭を地面につけた。

山田は、太っていたが敏捷《びんしょう》であった。

すかさず大男の顎に右拳を叩きこんだ。顎の骨が砕けるような鈍い音がした。

大男は、まるで大木が倒れるように背後に倒れた。

山田は、すかさず男の鳩尾《みぞおち》に蹴りを入れた。

大男の口から、焼酎といっしょに、食ったばかりらしいもつの煮込みが噴き出した。

山田は、鳩尾を蹴って蹴って、蹴りまくった。

まわりに、人だかりがしてきた。

「おい、復員服の男は、死ぬで！　警察を呼べ、警察を！」

山田の耳に、警察という声が、はっきりと聞こえてきた。しかし、怒りを抑えることができなくなっていた。

若い山田は、一度激情《げきじょう》すると、自分では抑えきれなかった。

さらに蹴りに蹴った。

背後から、声がかかった。

「おい、警察だ。やめろ！　やめんか！」

山田は、それでも蹴りつづけた。

ついに、山田の体が、背後から羽交《はが》い締めにされた。

警官は、ふたりであった。

山田は、大男といっしょにジープに乗せられ、東署に連れていかれた。

この事件は、起訴こそされなかったが、一週間後、新聞に載《の》った。山田久の本名は出なかったが、『逓信局員A（一八）』と載った。

逓信局にはすぐに、これだけで山田久であることの見当がついた。彼は暴《あば》れ者でとおっていた。

山田は、記事が新聞に出た日、さっそく課長の机の前に呼ばれた。椅子に座らされてもうしわたされた。

「山田君。懲戒免職《ちようかいめんしよく》ということにはしないので、自分の方から身を引いてくれんかね」

山田は、即座に答えた。

「わかりました。辞めましょう。わしも、その方が、さっぱりします」

山田にとっても、公務員生活に耐えることに限界を感じていた。自分に不似合いな、窮屈《きゆうくつ》な背広を、無理矢理《むりやり》着つづけていたような気がしていた。公務員という窮屈な背広を、ようやく脱ぐことができる。そう思うと、むしろ気持は晴々《はればれ》としていた。

〈これからは、遠慮《えんりょ》なしに暴れまくったるど〉

3

山田久は、流川にある料理屋の裏で、ジャックナイフが研《と》がれていくのを眼を輝かせて見守っていた。逓信局を辞めて三カ月後の五月十日の夕暮れである。

幼なじみである板前の寺尾力が、気軽にジャックナイフを砥石《といし》で研いでいる。

寺尾は、研ぎ終わると、山田にジャックナイフを手渡した。

山田は、ジャックナイフを手に取った。白い歯を見せ、にやりとした。

刃渡り九センチのジャックナイフは、夕焼けを受け、まるで血を吸いこんだように赤く凶々《まがまが》しく光っている。

山田は、料理屋の調理場に入りこんだ。

魚の包んである新聞紙を取り出してきた。

山田は、新聞紙を左手に持った。

紙は、ふわふわして固定していない。切ると、ナイフにまつわりついてくる。よほど切れ味のいい刃物でないかぎり、容易に切れるものではない。

右手に持ったジャックナイフで、新聞紙に切りつけた。

新聞紙は、真二つに切れた。まるで剃刀《かみそり》の刃のような切れぐあいである。

山田は、はずんだ声をあげた。

「よう切れるのォ……紙がこのくらい切れるんなら、人間の肉は、なんぼでも切れる」

今度は、料理屋の裏に落ちている魚を入れる木箱に、ジャックナイフを投げた。

手裏剣のように閃《ひらめ》き、木箱に突き立った。

ジャックナイフを木箱から抜き、ふたたびにやりと笑った。

「力やん、ありがとうよ。礼は、これでひと稼ぎしたあとさせてもらうけえの」

山田は、ジャックナイフのボタンを押し、刃を引っこめた。

ジャックナイフは、ボタンを押さないかぎり、飛び出さない。一度飛び出すと、今度はボタンを押さないかぎり、刃は引っこまない。ふつうのナイフのように、折れ曲がって自分の指を切ることは決してない。

この当時、このジャックナイフに眼をつけ武器として使う者は山田のまわりにはいなかった。

寺尾は、気軽にいった。

「刃こぼれがしたら、いつでも来いや」

「ありがとうよ」

山田は礼をいうが早いか、ジャックナイフをポケットにしまいこんだ。

夕暮れの街に消えた。

三十分後、山田は、ポケットに手を突っこみ、ジャンパーを着た肩をそびやかすようにして、広島駅前に広がる闇市を歩いていた。

夕暮れ時だというのに、まるでお祭かと思われるほどの活況を呈している。昭和二十一年の八月から、闇市は県と市の街路計画によって立ち退《の》きを命じられたが、まだ残っていた。

赤鉢巻をした売り手が、威勢《いせい》のいい声を張りあげている。

「さあさあ、高いのから売れる！　鯛は、大きいのから売れる！　百円札をいくら持ってても、着ては寝られないよ。さあさあ、買った買った！」

魚屋のまわりには、リュックサックを背負って、双三郡の三次町《みよし》あたりから芸備線で買出しにきたらしい男女が、群がっている。

山田は、その隣りの台の上を見た。

「おッ、広島名物虎屋饅頭じゃないか」

見ると、一個五十銭とある。ふたつ買った。

連れて歩いている半村隆一に一個やった。

ところが、山田はかぶりついて、顔をゆがめた。

「こりゃ、なんじゃい！　虎屋の饅頭じゃないど！　うどん粉に、芋飴《いもあめ》の代用饅頭じゃないか！」

しかし、それでも甘い物はありがたかった。

その隣りには、復員軍人が、特攻隊の飛行服を、五百円という値で売っていた。しかし、なかなか売れないようだ。隣りで百円の軍用毛布を売っている、やはり復員軍人に渋い表情で話しかけている。

「食い物屋の近くへ、店を出すもんじゃないのォ。人の眼が、みんな食い物屋に集まって、いっこうにこっちの品物が売れんで」

「明日は、猿猴《えんこう》橋のたもとに出そう」

山田と半村は、闇市を歩きまわった。

蜜柑《みかん》の山は、一貫十五円。見る見る間に崩れていく。

二切れ一円の蒸し菓子屋の店先も、黒山の人垣だ。

闇市には、「闇ブローカー」の他に、「かつぎ屋」、窃盗犯人である「ゴットン師」、得体の知れない外国人など無法者、無国籍者たちが巣食っていた。

山田は、半村に声をかけた。

「半村よ、夜になるとおもしろいもの見せたるけえの。それまで、屋台で〝バタンキュー酒〟でも飲んで待とうや」

山田は、半村と猿猴川沿いの薄汚い屋台で即席の椅子がわりのブリキ缶に腰かけた。

バタンキュー酒を、もつの串を肴《さかな》に飲みながら、夜の更けて行くのを待った。

山田は、半村の肩に手を置いてしみじみといった。

「おたがいに、こうして生きて会えて、よかったのォ」

山田は、半村とは、段原中学時代からの同級生である。

じつは、山田は、段原中学を卒業するとき、瀬戸内海の大崎上島にある広島商船学校を受けた。半村と、もうひとりの同級生といっしょに受けた。三人とも、金モールを肩につけた船長に憧れていた。

しかし、山田ともうひとりの同級生は合格したが、半村は色覚異常のため落ちてしまった。

山田は、悔しがる半村を思いやり決めた。

「半村といっしょじゃないんなら、わしらも商船学校へ行くのは、やめようや」

山田は、そのかわり逓信講習所に入ったのである。

しかし、半村は海への憧れを断ち切れず、ふつうのマドロスになって海へ出た。

しかし、山田が逓信局を辞めたとほとんど同時期に、半村も、マドロスを辞め、陸に上がってきたのである。

夜が更けてきた。山田の酔いに血走った眼が、ぎらぎらと野獣のように燃えてきた。

山田が、半村の肩を叩いた。

「おい、そろそろ獲物が現われるころじゃ。行こうか」

半村には、山田のいう獲物の意味がわからなかったが、山田について行った。

山田は、広島駅前松原通りの広島鉄道管理部前広場にある第二マーケットに歩みこんで行った。

一年前の二十一年八月から、闇市は県、市の街路計画で立ち退きとなっていた。闇市の一部は荒神町に、一部はこの鉄道管理部前広場に移り、第一、第二民衆マーケットと改称し、五百人が転身を図っていた。

第二マーケットは、別名「御婦人横町」と洒落《しゃれ》た名がつけられていた。

八棟によって構成されていた。それぞれの棟もそれなりに工夫したつもりの名がつけられている。「御婦人」「御殿方」「銀座」「川端」「鍋屋」「御勝手」「ウマイモノ」「ピカドン」。

その一棟ごとに、二十店舗が入っていた。

夜の八時過ぎともなると、昼間の活気が嘘のように、マーケット内は静まりかえっている。死のような静寂《せいじゃく》に包みこまれていた。

山田は、横丁を歩きながら、鋭い眼をあたりに放った。獲物をあさる狼のような眼である。

半村も、山田の殺気に緊張し、つい身構えた。

「ウマイモノ」と「ピカドン」の棟の間に入った。そのとたん、山田が、にわかに走りはじめた。

「こら、盗人！　待ちやがれえ！」

一軒の店から、大きな風呂敷包みを背中に負った盗人が走り出たのである。

山田は、その盗人を見逃さなかった。猛然と追いかけた。

山田の右手には、ポケットから出したジャックナイフがしっかりと握られている。

山田は、盗人に追いついた。

風呂敷包みを摑まえ、叫んだ。

「金を、出さんかい！」

盗人は、振り返った。

髭面《ひげづら》を強張《こわば》らせている。

山田は、盗人の前にまわった。

盗人の顔の前で、ジャックナイフのボタンを押した。パチンという勢いのいい音を立て、鋭い刃がはじかれたように突き出た。

山田は、ジャックナイフを盗人の喉元《のどもと》に突きつけた。

「金を出さんと、われの顔を、ナマスのように切り刻むぞ！」

盗人は、背を見せ、逃げようとした。

山田のジャックナイフが、盗人の左腕に走った。

「ぎゃあ！」

夜の静寂《せいじゃく》を破って、盗人の叫び声がひびきわたった。

盗人の黒いシャツが裂け、左腕がのぞいた。

左腕から血が噴き出し、滴《したた》った。

山田は、ジャックナイフを使うときには、体の外側を狙った。体の外側は、肉が盛っているため、血は噴き出すが、傷は浅くてすむ。

盗人は、風呂敷包みを背負ったまま、その場にへたりこんだ。

「い、命だけは……」

山田は、血塗られたジャックナイフを、盗人の喉元に突きつけた。

「はじめから、大人しゅう金を出しゃあ、切られんでもすんだんよの」

盗人は、腹巻から十円札を取り出した。五百枚くらいある。

山田は、その金をふんだくり腹巻にしまいこんだ。

「よし、こらえたる」

盗人は、命拾いした顔で、よろよろと立ち上がった。

風呂敷包みを背負ったまま、立ち去ろうとした。

山田は、盗人に声をかけた。

「待たんかい！」

盗人は、ぎくりとして足を止めた。

「わりゃ、あつかましいのォ。盗んだ物を、そのまま持って帰る気か。盗んだ物は、もとの店に返しとかんかい」

「へ、へい」

「どこの店から盗んだんかい。その店まで、案内せえ！」

盗人は、抜け出てきた店に、山田を案内した。

山田は、盗人に命じた。

「ここで番をしとくけえ、早う盗んだ物を返して来い」

盗人は、裏口の錠をこじ開けて入りこんだ店に引き返し、盗んだ物を返してきた。

出てきた盗人に、山田は釘を刺した。

「二度と盗人するんじゃないど。今度もし盗人をするところを見かけたら、心臓にジャックナイフをぶちこむど！」

盗人は、走って逃げた。

山田は、半村に笑いながらいった。

「あいつは、店から品物を盗んどるけえ、いくら脅しても、警察に訴え出ることはできんけえの。これからも、盗人を狙ってひと稼ぎしてやる」

半村が、感心した。

「久、いいとこへ眼をつけたのォ」

山田が半村の肩を叩いた。

「おい、金ができたけえ、岡道場に行って、ひと遊びするか」

「ありがてえ」

「岡道場」と呼ばれているが、別に柔道や剣道の道場ではない。じつは、博徒の岡組組長の岡敏夫の本引常設賭場で、昼夜を問わず開帳されていた。

4

山田久は、半村とふたりで、広島駅前を南に二丁ほど下り、左に折れた。

猿猴町の町筋の表通りに、喫茶店風の構えの二階建ての建物が建っている。そこが昭和二十一年から開かれていた岡道場であった。

岡道場の屋上には、月を背に中華民国の国旗である青天白日旗が翩翻《へんぽん》と翻《ひるがえ》っている。

じつは、岡道場の経営者は、表向き、広島華僑連盟役員、張水木《ちょうすいぼく》の名義になっていた。占領下においては、戦争に敗れた日本の警察は、中国人に捜査権がおよばなかった。それを逆手《さかて》に取り、中国人名義にすることで、警察に踏みこまれることなく、白昼も公然と賭博を開帳できたのである。

山田は、常連ゆえ、喫茶店風の玄関を通りすぎて居間に入った。

その隅にある押し入れを開け、さらに奥に入った。道場に通じる隠し通路である。

ふつうの客は、その隣りの音楽喫茶「ムシカ」との間の路地をとおって、奥の道場に出入りする。

奥の道場の下は、食堂、浴室、寝室、岡組の幹部室があった。

山田は、二階の賭場へ階段を上がって行った。

上がりかけて、階下に眼をやった。

階下では、賭博で負けて熱くなった客が、どこからか怪しげな品物を持ちこんで、もうひと勝負するための金に換えていた。

道場の者たちは、その品物が盗品であろうと、拝借物《はいしゃくぶつ》であろうと、深い詮索《せんさく》はしないで金に換えている。

山田は、半村と二階に上がった。

二階は、二間ぶちぬきになった三十畳敷の広い賭場が広がっている。

そこには、四十人近い張り方がずらりと座っている。何とも盛大であった。

山田と半村は、張り方の間に入れてもらい、座った。

東方に、胴元、フダ抜、合力が座っている。

胴元は、前に札束を積み、

「勝負金は、百円です」

とあいさつした。

この賭場では、四枚張りがおこなわれていた。

着物を着ている胴元が、背後に手をまわした。

片手で六枚の札を切り、そのうちの一枚を伏せて前に出した。

その数を、一から六までのどの数か、当てる。

山田は、まず一番上のテン、あるいは台と呼ばれる位置に、札を縦に置いた。

その下の中央の位置に、補助札を一枚横に置いた。横にした札の両サイドに、さらに補助札を二枚、縦に、左右に置いた。金は、百円賭けた。

半村も、山田の隣りで百円賭けた。

賭場は、殺気立っている。

たとえテンが外れても、補助札三枚が手元に残り、カバーできるのが張り方のツケ目である。

テンが当たれば、十二割の配当、中の横札が当たれば六割の配当、両サイドは、向かって右が二割。左は逆に、二割とられるようなしくみである。

四枚の札が、それぞれ配当がちがう。従って、どこの札が当たるかによって、儲けもちがってくる。面白みの幅《はば》があるわけである。

札を抜く者、当てる者と、人間の心と心の闘いで、サイコロのように運否天賦《うんぷてんぷ》でないところに、深い味わいがある。

胴元の前の札がめくられる直前、山田から右ふたり目の、腰のあたりまで黒髪を流した厚化粧の崩れた色気を漂わせた女が、突然、銘仙《めいせん》の和服から片腕を脱いだ。縁起《えんぎ》を担《かつ》ぐためである。

なまめかしい白い腕には、桜の入れ墨が彫《ほ》りこんである。

彼女は、褄《つま》もあらわにはだけて札をつけた。日本人相手の遊廓組合の幹部姐として、山田がよくこの賭場で顔を合わす女である。

さらに十人くらい置いて右に座っているパーマネントをかけて煙草を咥《くわ》えた外人相手の娼婦が、片肌脱いだ女と張り合うように、「ウチも、縁起直《えんぎなお》しに、こうするわ」と、真っ赤なスカートをまくった。パンティをちらりと見せた。

殺気が一瞬解けた。

が、ふたたび賭場は殺気に満ちた空気に包まれた。

札が、めくられた。

桜。つまり三である。

山田は、テンの札をめくった。梅。二である。

山田は、舌打ちした。が、中の横になった札が桜、右サイドの札が藤であった。藤は四である。

山田の顔が、綻《ほころ》んだ。

「こいつあ、なんとかツイとるど！」

山田は、百六十円もらった。差し引き六十円の儲けであった。

半村は、四枚とも負けていた。

山田と半村が四枚張りをつづけているうち、半村が山田に耳打ちした。

「おい、今夜は、岡の親分が顔を出したぞ」

山田は、顔を上げた。着流し姿の岡敏夫組長が、賭場に入ってきた。役者にしたいほどの色男であった。

岡組長は、道場へ顔を出して賭場のすみずみまで眼を放った。

戦後めきめきと頭角を現わしてきた親分だけに、さすがにあたりを圧する威圧感《いあつかん》がある。

〈あれが、噂の岡親分か〉

山田は、もし岡組長と眼が合っても、貫禄《かんろく》負けしてなるものか、といわんばかりに眼に力をこめて岡組長を見た。

しかし、岡組長と眼が合うことはなかった。

岡組長は、賭場の客を緊張させてもと気遣《きづか》ったのか、賭場の幹部に耳打ちすると、すぐに階下に消えた。

賭場は、何事もなかったように四枚張りがつづけられた。

が、山田は興奮を抑えることができなかった。やくざの世界に身を投じようという気はなかったが、やはりやくざの世界で頭角を現わしている親分に、強く惹《ひ》かれるものを感じていた。

山田は、脳裏に強く焼き付いた岡組長の姿を、あらためて蘇《よみがえ》らせた。

〈やはり、親分ともなると、貫禄がちがうな〉

戦前の広島は、渡辺長次郎を親分とする博徒渡辺一家が支配していた。

渡辺一家は、色街平塚町を中心に勢力を張っていた。

近藤一家もあったが、渡辺一家がぬきん出ていた。

渡辺長次郎は、戦時中は、「渡辺義勇報国隊」を結成。四、五百名の組員を軍需工場で働かせた。ところが、給料は受け取らなかった。自分で支払うばかりか、工場側が無理に受け取らせると、それを倍にして献金したほどの人物である。

しかし、渡辺は、広島市内で昭和二十年八月六日原爆の直撃を受け、死んだ。四十二歳の働き盛りであった。

広島を統一していた大親分が死んだため、広島のやくざの世界は、麻のごとく乱れることになった。

廃墟の広島で、力を持ったのは、渡辺長次郎の流れを汲む博徒天本菊美《あまもときくみ》であった。

その天本から昭和十六年に盃をもらって遊び人の仲間に身を投じたのが、岡敏夫である。

大正二年生まれの岡敏夫、二十八歳のときである。

岡敏夫は、十代のころ、共産党員だったこともある。

原爆が落ち、廃墟となった広島では、愚連隊や復員軍人崩れが、野犬のように暴れまわった。

彼らは、武装して鉄道貨物の荷物を狙い、奪っていた。

広島駅で時間待ちをしている列車の乗客まで脅して、金品を巻きあげた。

待合室の旅行者からも、荷物をかっぱらった。

しかし、警察力は弱体化していた。被害者が警察に泣きこんでも、助ける力がなかった。

国鉄当局は困り果てたすえ、天本菊美を訪ね、頼みこんだ。

「列車輸送の混乱の整理と、鉄道貨物、広島駅構内外の警備を、親分に引き受けていただきたい」

天本は、その任務を引き受けると、岡敏夫にその警備を任せた。

岡は、子分たちを旧陸軍の十四年式拳銃や、ＭＰから闇で流れるブローニングなどの拳銃で身を固めさせ、愚連隊たちと渡りあった。

岡は、警備の指揮を執りながら、鉄道警備の名のもとに、広島一帯に強い根をおろしていった。

天本の引退後は、その縄張と勢力を継承《けいしょう》し、土建業を表看板とする岡組を創立した。

昭和二十一年に入り、岡道場も開いた。

時を同じくして、市内や近郊にも各親分による賭場が開設された。が、中でも岡道場は、ひときわ隆盛《りゅうせい》をきわめた。

その原因としては、渡辺一家、近藤一家など戦前からの博徒の流れを汲む者たちの庇護《ひご》があったことがあげられる。

さらに、広島駅前に近かったことから、駅前のブラックマーケットに出入りする、近郊近在の闇ブローカーたちの、いわゆる「旦那衆」多数を贔屓《ひいき》として獲得《かくとく》できたことも大きかった。

岡敏夫と五分の兄弟となっていた戦後成金の山本龍三の経済的援助のあったことも大きな力になった。

岡道場を華僑連盟役員張水木の名義にしていたから、治外法権化できたことにより、警察に踏みこまれる危険性のなかったことも大きい。

岡道場は、昭和二十二年のこのころには、なんと月百万円も超える「寺銭」、つまり博打の出来高の中から場所の借り賃として客の出す金をあげていた。

岡組長は、岡道場からあがる資金をもとに、多数の子分を養い、着々と地盤の拡大を図っていた。

駅前付近だけでなく、広島東部一帯も勢力範囲に収めた。

ところが、岡敏夫が破竹の勢いで勢力を伸ばしていくのを、癪《しゃく》な思いで見ている親分があった。

的屋《てきや》村上組の村上三次組長である。

村上は、神戸の出身で、二十六歳のとき、香具師《やし》となって広島に流れこんだ。

彼は、神農会秋月一家の流れを汲む的屋祐森親分の身内となった。

終戦の混乱期には、原爆によって廃墟となった広島駅付近に、いちはやく露店を開いたことが大いに当たり、成功をおさめた。

村上にならって、露天商人、香具師が広島駅前に移住し、中国地方随一の闇市として繁《はん》盛《じょう》した。

村上は、広島駅前一帯を自分の主な縄張として、村上組を結成した。

村上組は、露天商人から掃除代名義でカスリを取り、付近の商人や飲食店からは、用心棒名義で金を集め、しだいに勢力を伸ばしていった。

村上三次組長は、同じ広島駅前一帯を縄張とする博徒岡組と対抗するため、次男の正明率いる愚連隊を行動隊として外郭組織に置き、岡組と勢力を争った。村上正明は、〝向こうみずの暴れん坊〟と異名をとっていた。

村上組は、資金源捻出の活路として、煙草のピースの空箱による街頭賭博団を組んでいた。

村上三次組長は、昭和二十一年の七月、福岡一帯に勢力を張っている的屋の親分に会い、頼みこんだ。

「九州の小倉市の街道でやりたい」

しかし、どの場所をとるかの「地割り」に関し、思いどおりの返事がもらえなかった。つい不満を漏らした。

そのとたん、福岡の親分が一喝《いっかつ》した。

「広島でのおまえたちの無様《ぶざま》さは、なんやい！　遊び人に取られた地盤ば取りもどすこつもできんような意気地なしが、〝地割り〟に、一人前の口をきくとやなかぞ！」

村上三次組長は、衝撃《しょうげき》を受けて広島に帰り、次男の正明にいった。

「こうなったら、岡親分を血祭りにあげ、広島における地盤と勢力の挽回《ばんかい》を図るしか道はないど！」

昭和二十一年十一月十八日の深夜、村上正明は、子分数人を率いて、岡組長の命を狙いに向かった。

岡道場の近くの空地に転がっている大きな土管に姿を隠し、岡組長を襲う機会を待った。

岡組長は、いつもは不寝番《ふしんばん》をつけ、枕元には護身用具を置いて寝る。が、この夜は賭場が荒れ、床に入ったのは、真夜中の二時過ぎであった。

村上正明は、岡組長が寝たと判断すると、子分数人といっしょに岡道場を襲った。

寝ている岡組長の額を拳銃で殴りつけ、馬乗りになった。

村上正明は、岡組長に拳銃の銃口を向け、叫んだ。

「往生せいッ！」

枕をならべて寝ていた岡組の子分たちも、同じ馬乗りの格好で押さえられていて身動きがとれない。

岡組長は、一度は観念した。

が、勢いに乗った村上正明の冥土《めいど》への引導渡《いんどうわた》しの文句の長さの隙をうかがい、拳銃を払い退《の》けた。

素早く立ち上がった。

その勢いに、岡の子分たちも、いっせいに立ち上がった。

村上正明らと岡組の子分どもの撃ち合いがはじまった。

村上正明は、逃走した。

この事件をきっかけに、岡組と村上組は全面戦争に入った。

その半月後の十二月三日の夜、岡組幹部網野光三郎、原田昭三のふたりは、逃走中の村上正明がひそかに広島に帰ったという情報を摑んだ。

ふたりは、拳銃を呑んで、向洋《むかいなだ》の村上正明の家を襲った。

しかし、村上正明を発見できなかった。

その付近を捜しまわっているうち、村上組の輩下原田倉吉に出会った。

原田倉吉は、網野らふたりに勝負を挑んだ。

「おんどりゃあ、勝負したるど！」

「ええ度胸じゃ。決闘しよう！」

彼らは、近くの向洋大原神社境内で決闘した。

網野と原田昭三は、原田倉吉を射殺した。

網野と原田昭三は、射殺した原田倉吉の死体を、近くの大根畑に埋めた。

翌二十二年二月十八日の夜、村上組組員の菅重雄ら数名が、原田倉吉の報復の挙に出た。

岡の暗殺を図り、岡道場に乱入した。

が、菅は、岡組の山上光治に拳銃を奪われた。

逆に、山上に射殺されてしまった。

岡組と村上組の血で血を洗う宿命的抗争は、果てしなく拡大していった。

山田久は、そういう戦いのつづく中で、岡道場で岡組長の姿に惹《ひ》きつけられたものの、自分がやくざの世界に身を投じようとは思っていなかった。

〈一匹狼の方が気楽で、わしにゃあ、似合うとる〉

5

昭和二十三年二月初旬の明け方の四時過ぎ、山田久は、西蟹屋町にあるアパートの二階にふらつく足で上がった。

外は、吹雪《ふぶ》いている。その夜も、広島駅前の第二マーケットの盗人を捕まえ、ジャックナイフを突きつけて金を脅しとっていた。そのあとバクダン焼酎を飲み、このアパートを訪ねたのである。

二階には、六畳が二間、四畳半が一間の三間ある。山田は、真ン中の四畳半の部屋のドアを開けた。

そのとたん、はっとした。

その部屋は、彼が金ヅルにしていた小島秋子という料理屋の仲居が借りている。

彼は、秋子が、料理屋の仕事を終え、この夜の客のひとりに体を売り、すでに部屋に帰り寝ているものと思っていた。

ところが、部屋には秋子のかわりに、ひとりの男がいるではないか。入口に背を向け、畳の上で枕をあてて長々と我が物顔に寝そべっている。山田が、これまで見たこともない男だった。雰囲気からして、やくざではないことは察せられる。あとでわかったことだが、その男は、矢野町の鉄工所の息子であった。

山田は、頭に血がのぼった。

「わりゃあ、どこじゃ思うて寝とるんなら！　表へ出ろ！」

山田は、男の枕を蹴った。

男も、突然見知らぬ男に踏みこまれ、おどろいて飛び起きた。

男の細い切れ長のつり上がった眼は、堅気にしてはドスがきいている。

山田と同じ二十歳くらいの年齢に映った。

男は、応じた。

「おお、出ようじゃないか！」

山田は、ポケットに両手を突っこみ、階段を急ぎ足で下りた。

山田は、意気《いき》ごんでいた。

〈ジャックナイフで、刺したる！〉

山田は、酔っている。判断が甘くなっていた。敵が素人だとなめてもいた。油断し、つい背中を見せた。

まさか相手が、刃物を持っているとは思いもしない。

山田は、階段を下りきろうとした。その瞬間、ふいに相手が山田の背中におおいかぶさるように襲いかかってきた。

山田の背中が、ナイフで一突きされた。

「うッ！」

ナイフは、脊椎《せきつい》めがけ突き立てられた。山田の爪先から脳天まで、激痛が貫いた。

山田は、階段からよろめき、玄関の入口の三和土《たたき》に転がった。

玄関の戸の桟《さん》を摑んで立とうとした。

が、手に力が入らない。

ナイフは、背骨の一部を傷つけてはいたが、脊椎に命中はしていなかった。

男は、血のついたナイフを持ち、さらに山田の腹に刺しかかってきた。

山田は、右手で男のナイフを持った右手をはねのけた。

が、男は、執念深かった。さらにナイフで腹を突いてくる。

そのとき、家主が喧嘩に気づいたらしく起きてきた。大声を発した。

「そんなとこで、何しとるンじゃあ！」

男は、その声で我に返った。

玄関の戸を開け、外へ走り逃げた。

玄関に、獣の唸り声のような不気味な風の音が流れこんでくる。雪も叩きつけるように吹きこんでくる。

山田も、すぐに外へ飛び出した。

吹雪の中を、よろめく足で男を追った。

「おんどりゃあ、逃がしてなるもんかい！」

山田は、よろけながら、男を追いつづけた。

しかし、男のナイフが背骨をかすっていたため、息がとまりそうなほど苦しい。全身が激しく痺れてくる。

百メートルくらい男を追った。が、ついに力尽きた。

雪は容赦《ようしゃ》なく彼に降りかかってくる。そのまま倒れていると凍《こご》え死ぬ。

這《は》うようにして、アパートの玄関にもどった。

玄関の三和土に辿《たど》り着くと、その場にうずくまった。立てなかった。

意識も朦朧《もうろう》としてきた。

家主の清水力は、山田の海老茶色のワイシャツをはいだ。

背中のランニングが血で染まっているのを確かめ、近くの警察に知らせに走った。

その間、家主の娘の多美子が、玄関のそばの部屋の障子の陰から、大きなぱっちりとした眼を見開き、山田の苦しむのを心配そうに見ていた。

彼女は、昭和八年四月十日生まれで、山田より五歳年下の十六歳だった。

中学を卒業して、小出洋裁学校に通っていた。

父親の清水力は、戦前は警察官をしていた。その父親も警察官で、大阪の八尾の警察署長をさいごに退官していた。

清水力は、戦後は警察官を退官し、広島で技工師をやっていた。技工師は、歯を診《み》ることは許されていなかったが、腕がよかったのでつい患者にせがまれ、歯の治療もしていた。患者がよろこび、客がつき、繁盛していた。

ところが、酒好きだったため、密造酒を呑み、メチルアルコールで目を悪くした。このころは目が霞《かす》みはじめ、さすがに歯の治療は止め、自宅をアパートにして、家賃で一家の生計を立てていた。

しかし、清水力は、娘の多美子に対してはひときわ厳格《げんかく》であった。彼女が夜の十時を過ぎて家に帰っていないと、怒鳴った。

彼女が、小出洋裁学校の仲間と的場町にあるダンスホール『レインボー』に行って遅くなって帰ると、すでに錠《じょう》を下ろしていた。

そのかわり、母親が、そっと窓の鍵を開けておいてくれた。彼女は、窓から入りこんだ。

そのような翌日の朝は、多美子はかならずといっていいほど父親に叱られた。

「多美子！　昨夜、何時に帰ったのか！　お父さんには、ちゃんとわかっとるぞ！」

多美子に惹きつけられていて、彼女を尾《つ》けるようにして家にまで来て、まわりをうろついている男が、父親に見つかったことがある。大変であった。

父親は、その男を怒鳴りつけた。

「あんた、何の用事があってうちのまわりをうろうろしとるんか！　帰れ！」

多美子は、そのような家庭環境にあったから、男性と触れあう機会はほとんどなかった。

アパートに顔を出す山田をそれまで何度か見かけていたが、眼線を合わせるだけで、全身が恥ずかしさに染まるほどであった。

とても、ひとりの男として見る余裕はなかった。

しかし、いま、障子の隙間から、はじめて山田をじっと観察していた。

苦しみうめく彼の姿に、恐ろしさと同時に、これまで目にしたどの男にもない獣じみた男の臭いを嗅《か》ぎ取っていた。

多美子が障子の隙間からのぞきつづけていると、背後から、弟の毅の声が聞こえてきた。

「姉ちゃん、あのお兄ちゃん、死ぬんか？」

清水毅は、昭和十七年七月十九日生まれで、このころ五歳であった。

彼女は、毅を叱りつけた。

「毅には関係のないことじゃけん、寝ときんさい！」

毅は、いま一度障子の隙間から三和土でうめいている山田を見た。

恐ろしい獣ののたうちを見ているようで、恐怖が先に立ち、姉のいうままにふとんにもぐった。

やがて、父親が、東署の警察部長ともうひとりの警官を連れて帰ってきた。

その警察部長は、山田のよく知っている部長であった。

苦しんでいる山田に、声をかけた。

「山田、おい、しっかりせえよ、しっかりせえよ……」

当時は、担架《たんか》はなかった。警察部長は、どこからかトタンを持ってきた。

山田は、そのトタンに丸められるようにくるまれた。

警察部長が、清水力にいった。

「近くの武市病院に、運びこみましょう」

トタンを運ぶのに四人の人手がいる。父親は、多美子を呼んだ。

「おい、多美子！　おまえも手伝え！」

多美子は、急いで洋服に着がえた。

トタンの端を持ち、病院まで運んだ。

トタンにくるまれた男の、男の臭いと、血の臭いを敏感に嗅《か》ぎ取りながら、妙な昂《たかぶ》りをおぼえていた。

吹雪は、いっそう激しくなっていた。

多美子は、自分のまったく知らない映画のなかのひとコマの一員にでもなったような不思議な興奮をおぼえていた。のぞいてはならない凶々《まがまが》しい世界だが、ふとのぞいて見たくなる誘惑も持っている世界のように思えた。

まさか、自分が、のちの三代目共政会会長となる山田久の妻となり、姐さんとして若い衆たちのめんどうをみるようになるとは、夢にも思っていなかった。

なお、彼女の弟の清水毅も、のち三代目共政会幹事長となる……。

山田は、武市病院に担ぎこまれたときは、息をすると、背中から空気が出る状態であった。

医者から、背骨を刺されたのが匕首《あいくち》なら間違いなく死んでいる、といわれた。果物ナイフであったから、奇蹟《きせき》的に助かっていた。

山田は、半身不随になったかと思われるほど痺れる右足をベッドの上でさすりながら、医者に減らず口をたたいた。

「先生、まだわしにも運がついとるいうことじゃの。神さんが、わしにもうちょっと生きて、ひと暴れせえいう意味じゃろう」

半村といっしょに、服部繁が、見舞いに来た。

服部は、山田の比治山《ひじやま》小学校、段原《だんばら》中学校を通じての同級生であった。

服部繁の兄の武は、岡組の岡敏夫組長の直系若衆のひとりであった。直系若衆には、その他に、網野光三郎、原田昭三、永田重義、進藤敏明、岩瀬忠雄、中村幹雄、広岡正幸、丸本繁喜がいた。

なお、岡敏夫の舎弟分には、打越信夫、山本薫、葛原一二三、岡清人らがいた。

しかし、半村も服部繁も、山田同様、どの組にも所属していなかった。

服部繁が、話の途中、ふいにしんみりした口調で、当時「殺人鬼」として広島を震撼させていた山上光治について語った。

「山上が、きのうの夕方、警官やＭＰに包囲された。逃げこんだ商店の風呂場で、自分のこめかみを射ちぬいて自決したげな」

「山上が、自決……」

山田も、山上には妙な親近感をおぼえていた。山上と聞き、若い血が熱く滾《たぎ》るのをおぼえた。

山上とは、一度、広島駅前のマーケットで、すれちがったことがある。そのときの山上には、死神に取り憑《つ》かれたような魔性と妙な潔《いさぎよ》さが感じられた。山田の脳裏にいつまでも印象深く残っていた。

山上は、やくざの世界だけでなく、愚連隊や一般の若者たちに強い関心を持たれていた。半村が、同情を禁じえないようにいった。

「山上の二十六歳という短い生涯も、結局は、岡組と村上組との争いの犠牲になったんじゃのォ」

山上は、大正十一年、広島市内でも中流どころの下駄屋の長男に生まれた。

昭和十四年に広島第一高等小学校を卒業後、満州の奉天に渡った。

奉天造兵廠検査工をしていたが、四年後帰郷し、呉海軍工廠の徴用工となった。

ところが、広島市胡《えびす》町で、遊び人の喧嘩の仲裁に入り、遊び人のひとりをナイフで突き刺した。

山上は、軍法会議にかけられた。傷害致死で、懲役二年をいい渡された。

戦後、山上は的屋の村上三次を頼り、やくざの世界に身を投じた。

「巡査になるか、やくざになるか。それも賽《さい》の目で、やくざと出た。どうせ三年と寿命は持つまいが、悔いはない。これがわしの宿命じゃ」

山上は、やくざの世界に入った心境を、親しい地元紙の中国新聞の記者にそう語っている。

山上は、およそ妥協、話し合いということを知らない男であった。

半面、縄張《シマ》の露天商たちのめんどうは、親身になってみた。彼の気性が、露天商たちの苦情を聞いて、むらむらと燃えあがった。

山上は、露天商たちの肩を持ち、自分の親分の村上三次に意見をのべた。

それが聞き入れられないと知ると、強情な反抗をしめした。

山上は、村上組の若衆に捕まり、広島駅の裏手にある二百メートルばかりの小高い二葉山の山頂に連れて行かれた。

村上は、反岡組として戦っていた。やはり岡組を敵としていた村戸組と親しかった。

山上は、半殺しの私刑《リンチ》を受けた。

この私刑を知り、岡組の者が、現場に駆《か》けつけた。

このとき、山上はすでに瀕死《ひんし》の重傷を負わされていた。

村上組の者は、岡組の者に冷ややかにいった。

「縁を切っての制裁《せいさい》じゃけん、〝ヤマ〟の身柄《がら》は、赤の他人じゃ。お引取りは勝手じゃが、このザマでは、助かるまい。物好きにもほどがある。葬式覚悟なら、好きにせい！」

山上は、岡組の手に引き取られた。

二カ月後に、奇蹟的に回復した。

山上は、岡組長に恩義を感じ、村上組幹部を次々に狙い射ちしていった。

昭和二十二年十二月十八日、岡道場に、菅重雄が、原田倉吉の仇討ちに乗りこんできた。

山上が菅を射殺した。

翌二十三年一月一日、村上組幹部の村戸春一は、賭博開帳中の岡道場に殴りこみをかけた。

兄弟分である村上組の菅重雄が山上に射殺された報復のためである。

岡組長には逃げられたが、輩下の下井留一を射殺して逃走した。

その四日後、山上がその報復に動いた。村戸の輩下山口芳徳を射殺した。

広島県の全警察が、血眼《ちまなこ》になって山上を追っていた。

が、杳《よう》として行方が知れなかった。

服部繁が、くわしい説明をした。

「きのうの夕方の五時過ぎ、猿猴町の日劇で、山上は、映画を観ちょったんじゃ。その山上を、東署の刑事ふたりが発見した。本署に連絡した。山上は、武装した警官や応援に駆けつけたMPたちのために、駅前一帯は、包囲された。二十数人もいたそうじゃ。最初の小隊が映画館に踏みこむとのォ、山上は、小柄じゃけえ映画館から脱兎《だっと》のように飛び出した。姿を消した。ほいじゃが、警察の包囲網から逃げきることはできんかった。荒物屋に逃げこんだ。その風呂場の五右衛門風呂の釜の中で、自らこめかみにブローニング４８９８号を押し当て、撃ちこんだそうじゃ」

服部繁は、まるで自分の兄貴について語るようにつけ加えた。

「釜の底にゃ、血潮が腰のあたりまで溜まっていたそうじゃ」

山田が、半村と服部の顔をあらためて見ながらいった。

「おい、わしらあ、組には入るまいで。いつまでも一匹狼で、誰のためでもない、自分で気ままに暴れたいように暴れようで」

半村も服部も、うなずいた。

6

のち三代目共政会常任参与となる有木博は、広島駅前の荒神町の映画館広劇の前のパチンコ店『オール』で、相棒と、店内を見回っていた。

昭和二十五年の暮であった。

その年の六月二十五日早朝、大韓民国と朝鮮民主主義人民共和国の境界線が引かれていた北緯三十八度線で、突然両軍の間で戦闘が開始された。

朝鮮民主主義人民共和国軍は、韓国軍を撃破して、大韓民国に雪崩《なだれ》を打って侵入した。アメリカ軍は、大韓民国を支援し、ただちにこれに応じた。

朝鮮戦争のため、日本の景気はにわかに活気づいた。

船をつくっている広島に工場のある三菱重工などは、アメリカ軍の命令で二十四時間ぶっ通しで働いた。資本家は、まさに「神風」と思える特需ブームに笑いが止まらなかった。

有木の眼には、パチンコ屋にくる客の顔も、こころなしか晴れやかに映った。

店内には、笠置シヅ子が歌う「買い物ブギ」の歌が、威勢よく流れている。

日本中が沸きかえっているようだった。五年前、原爆で広島が廃墟になったのが嘘と思えるほど広島の街も活気づいていた。

有木は、昭和七年五月十七日、広島県安佐郡（現広島市安佐北区）可部《かべ》の奥に生まれた。広島県立工業高校卒業後、ぐれた。広島駅を中心に遊びまわっていた。

パチンコが特にうまく、パチンコプロとして特別な技術を持ち、食っていた。ひそかに磁石を使って、玉を思いどおりに操《あやつ》るプロはいた。が、そのやり方だと、磁石を持っていることが店側に発覚すると、表回り、いわゆる用心棒に半殺しの目にあわされる。

ところが、有木のやり方は一風変わっていた。磁石を使わないで、手だけで、玉を思いどおりに出すことができた。有木は、パチンコをはじく鉄のバネの下に突き出ている鉄の棒にぐっと力を加え、台の中をはねている玉を思いどおりの穴に導いていた。まさに奇術師であった。

店側も、有木の不正の証拠を摑もうと躍起《やつき》になっていた。が、磁石のような証拠になるような物を持っていないので、捕まえることができなかった。

店側は、苦りきった。ついに有木を店側に取りこんだ方が得策と考えた。有木を、逆に表回りとして雇っていた。

有木が店内をまわっていると、店の奥の方で、怒鳴り声が聞こえた。

「あれほど流すないうたのに、とうとう流しやがったの！　流してから、一個も入らんようになったじゃないか！」

　台の上の、いわゆる河に溜まったパチンコ玉を、下へ流したことに客が怒っているのだ。玉を流すと、台にかかる重みが変わる。それまで調子よく入っていた玉が、嘘のように入らなくなる。

　台の裏の通路に入っている女店員も、負けてはいなかった。

「そんなにガラスを叩かないでよ！　ガラスが、めげるじゃないの！」

　女店員にいい返され、客は怒り狂った。

「わりゃあ、女のくせに！」

　有木は、相棒と、怒鳴っている客のところに急いだ。

　客のたくましい右肩に手を置いて、注意した。

「他の客にめいわくになるので、ちょっと表へ出てもらえませんか」

「なに……」

　客の細い糸のような眼が、刃物のようにギラリと光った。

　客は、肩を怒らせて外へ出ながらいきまいた。

「おれたちを、誰だと思っているのや！」

　その客の背後から、もうひとり頬骨の高い男が現われた。

その男も、凄《すご》んだ。

「おれたちをなめとると、あとで泣くことになるぞ」

有木と相棒は、表に出た。

相棒は、腹巻に呑んでいる匕首《あいくち》に手をかけた。

有木も、両拳を握り、ふたりの敵を睨みつけ身構えた。

ところが、敵はふたりだけではなかった。

いつの間にか、ひとり増え、ふたり増え、三人増え……と、どこからともなく仲間が増えていた。

〈しまった。やつらは、連盟のやつらだった〉

有木が後悔したときには、加勢は二十人近くになっていた。有木と相棒は、逃げようにも逃げられないように周囲を包囲されていた。

当時、朝鮮連盟は、莫大な力を誇っていた。やくざとも互角に張りあうほどであった。なにしろ、横の繋《つな》がりが固かった。

その時刻、山田久は、広島駅前の第二マーケットのあたりを徘徊《はいかい》していた。

このころは、「ジャックナイフの久」との異名をとり、一匹狼として暴れ放題に暴れながらも、岡組の者も村上組の者も、彼に因縁をつける者はいなかった。

半村が、息せききって山田のところに駆けつけてきた。

「久、有木らが、荒神町のオールの前で、連盟のやつらに取り囲まれとるいうど！」

オールは、兄弟で経営していて、的場と荒神町と二軒あった。

山田の血が、燃えた。

「相手が、連盟じゃろうが、恐れるこたあない！　半村、行こう！」

山田は、そういったときには、すでに走り出していた。喧嘩と聞くと、とたんに元気になってくる。全身の血が熱く滾《たぎ》り、生きている、という実感が沸《わ》きあがってくる。天性の喧嘩好きであった。

山田が荒神町のパチンコ屋オールの前に走り着いたときには、有木の相棒が、〝朝鮮パンチ〟を食らっていた。

〝朝鮮パンチ〟というのは、相手の顔を両手で挟みこみ、避けられないように固定しておいて、相手の額に、思いきり頭突きをかます。自らの苦しみは犠牲にし、相手を確実に倒す、という特攻隊のような戦法だった。

頭突きを受けた方は、岩にぶち当てられたような衝撃を受ける。五、六発連続して頭突きを食らうと、たいていの者は気を失って倒れてしまう。

山田は、二十人を超す人数にも構わず、包囲の中に躍《おど》りこんだ。

「おんどりゃあ！　ふたりに二十人たあ、多すぎるど！　誇りがあるなら、一対一で勝負せえ！」

半村は、さすがに尻ごみした。山田といっしょに包囲の中に入っては来なかった。

山田は、右手にジャックナイフを握りしめていた。

ひとりひとりを睨みつけて、左手で誘いこむようにして挑発した。

「さあ、来い！　わしと一対一で勝負する度胸のあるやつは、来んかい！」

連盟の連中にも、「ジャックナイフの久」の異名を知っている者がかなりいた。すぐに応じる者はいなかった。

山田は、いま一度挑発した。

「二十人もいて、ひとりも差《さ》しで勝負する度胸のあるものは、おらんのかい！」

二十人の中から、声があがった。

「わしが、勝負したろう！」

山田は、にやりとした。

「ええ度胸じゃ」

相手は、背はふつうだが、肩の筋肉が異様に盛りあがっている。男の右手には、いつの間に持ってきたのかスコップが握られている。

男は、白い歯を剝《む》き出してにやりと笑った。

両手でスコップの柄を持ち、振りあげた。

二十人の中から名乗りをあげただけあり、面構《つらがま》えからして強そうである。

山田のジャックナイフを握った右手に、いっそう力がこもった。相手にとって不足はなかった。

山田の全身が燃えてきた。

スコップが、山田の頭上めがけて唸りをあげて振り下ろされた。

一瞬でも避けそこなうと、山田の頭は、柘榴《ざくろ》のように割れる。

山田は、素早く左によけた。七十キロと体重は重かったが、敏捷《びんしょう》であった。スコップが、ふたたび山田の顔面めがけ横から振られてきた。

山田は、退いた。

山田の耳にヒュッと不気味な音をたてるスコップの音が聞こえた。

相手がスコップを振り過ぎたとき、かならず体勢を崩す。山田は、その隙を狙い、ジャックナイフで刺そうと狙っていた。

男は、スコップを、さらに振りまわしてきた。

大振りはするが、なかなか体勢を崩さない。

山田の全身から、脂汗が滲《にじ》んできた。

山田は、わざと一歩踏みこんだ。

相手は、ここぞとばかり大振りをしてきた。

山田は、今度は右に跳《は》ねるように跳《と》んだ。

狙いどおり、男の体勢が崩れた。

山田は、ジャックナイフを握りしめ、異様に盛りあがった男の左肩を狙った。

男も、体勢をすぐ立てなおした。

山田のジャックナイフは、左肩を掠《かす》めただけに終わった。

山田は、今度こそ肩の肉を抉《えぐ》ってやろうとした。

そのとき、警察がやってきた。

山田は、半村といっしょに逃げた。

スコップを持った男も逃げた。

山田と半村とその男をのぞく残った全員は、東署まで連れて行かれた。が、事件にはならず、すぐに帰された。

有木は、このとき山田を見直していた。

〈気の強い無鉄砲者じゃが、これでなかなか侠気《おとこぎ》もあるのォ〉

7

山田久は、昭和二十七年に入っても、相変わらず、広島駅周辺を暴れまわっていた。

十月末のその日も、秋雨の中を、傘をささないで猿猴橋を渡っていた。

リーゼント頭が雨で濡れ光っている。ジャンパーも、濡れねずみになっていた。

向こうから、蛇の目傘をさした和服姿の恰幅《かっぷく》のいい男がやってきた。一見、土建屋の親分と映った。用心棒らしい男を、左右にひとりずつ連れている。

山田は、その蛇の目傘の美しさに一瞬見惚《みほ》れた。

〈あの傘で、ジャックナイフの切れ味を試してみたい〉

山田は、ふいにズボンの右ポケットからジャックナイフを取り出した。

相手の蛇の目傘を、ジャックナイフで、さっと横に払った。

蛇の目傘の三本の骨が、あざやかに斬れた。が、蛇の目傘は、まったく崩れない。

一瞬後、蛇の目傘は、パッと上と下に真っぷたつに割れた。

その間から、引きつった男の顔がのぞいた。

左にいた用心棒が、和服の懐の腹巻に手を入れ、匕首でも取り出そうとした。

が、そのときには、山田のジャックナイフは、この用心棒の左頬を切りつけていた。文字どおり、電光石火の早業《はやわざ》であった。

用心棒は左頬を押さえて、橋にうずくまった。

いまひとりの用心棒が、山田に襲いかかろうとした。

そのときには、山田の姿は、猿猴橋のたもとにかかっていて、追いようがない。

しかし、その翌日、山田は、東署に逮捕された。「ジャックナイフの久」の名はとどろいていて、犯人はすぐに彼と知れた。

山田が、はじめてジャックナイフを使っていたころは、周囲でまだ誰も使うものはいなかったが、いつの間にか彼を真似しジャックナイフを使う者が増えた。ジャックナイフを使った青少年の事件も急増し、警察は、「飛び出しナイフ」という名で規制し、「販売禁止」「使用禁止」を打ち出していた。

山田は、傷害罪で一年六月の懲役刑を受け、島根県の松江刑務所に服役した。彼にとって、最初の実刑であった。二十三歳であった。

山田は、うそぶいていた。

〈これも、わしにとっちゃあ、有名税よ〉

昭和二十八年の暮れも押し詰まった十二月二十一日、山田は、四カ月の仮釈をもらって出所した。

当時は、やくざの組に入っていても仮釈があった。山田は、初犯のうえ、父親は公務員でまともな家庭だったので、なおさら仮釈をもらえた。

一年二カ月ぶりに広島に帰って駅前を歩きながら、あまりの様変《さまが》わりに驚いた。

〈よう変わっとるのォ、一年二カ月しか留守しとらんいうのに、これじゃ、まるで浦島太郎じゃ〉

パチンコ屋も、二倍くらいの店数に増えている。パチンコのやり方も、変わっていた。刑務所に入る前は、一発ずつ玉を入れていた。ところが半自動になっていた。一玉ずつ玉を左の指で入れなくても、最初にまとめて皿に入れておけば、あとは弾《はじ》きさえすればいい。

山田は、駅前をぶらぶらしながら、知った顔の者に半村の居場所を聞き、捜しまわった。

半村とは、すぐに連絡がとれた。

半村と、猿猴町の岡道場の隣りの音楽喫茶店ムシカで会った。

山田は、半村に苦々しそうにいった。

「どうしたんなら。駅前に、知らん顔の人間がいっぱいのさばっとるじゃないか。駅前は、他人《ひと》に取られてしもうたんかい」

半村が、真剣な顔つきになった。

「久、駅前は、いま村上組の者がのさばって、わしらの組は、駅前は押され気味なんじゃ」

「わしらの組？　わりゃあ、岡組に入ったんか」

「じつは、わしも服部繁も、おまえがムショに入っとる間に、岡組に入ってしもうたんじゃ」

「あれほど、組には入るまいいうとったのに」

「これからは、一匹狼の時代でもない。それに、繁との繋《つな》がりもあるしの。わしゃ、服部武の子分の盃をもらい、繁には、弟分の盃をもろうたんじゃ」

「繁は、いまどこにおる。すぐにでも会いたいの」

「繁は、傷害で、いま秋田の刑務所に入っとる」

半村は、山田の説得にかかった。

「久も、いっしょに服部武の盃をもらおうや」

「わしゃ、堅苦しい組織は、嫌いじゃ。いつまでも一匹狼がええんじゃ」

山田は、どこまでもわが道を行く、という姿勢を貫きたかった。

山田は、険しい表情でいった。

「とにかく、当分家に帰ってのんびりするわい。これから先のことは、それから考えるわい」

山田は、正月は、大洲の家で、祖母や両親といっしょに寛《くつろ》いで過ごした。

しかし、はじめのうちは、「久、よう帰ってきたの……」とよろこんでくれた祖母も、久が松の内の飾りが取れてもなお働こうとせずに家でごろごろしているのを見ると、態度が変わった。

「久、おまえ、毎日遊びよるから、刑務所に行くようなことになるんじゃ。どこぞ仕事に、行かんかい！」

「おばあちゃん、仕事に行こうにも、仕事がないんじゃ」

「仕事は、やる気になれば、いくらでもある。まずやる気を起こさんことには、どうしようもない！」

孫がかわいくて仕方のない祖母は、翌日、地下足袋を買ってきて、山田の前に置いた。

「とにかく、これ履いて、土木作業員でもしんさい！」

山田は、祖母の愛情はうれしかった。が、毎日執拗にいわれると、いささかめんどうくさくなってくる。

一月八日の昼下りであった。

「おばあちゃん、ひとつ、仕事を探しに出かけて来るわい」

そういって、広島の駅前に久しぶりに顔を出した。

広島駅前を歩いていると、角刈りにしたやくざの若い衆らしい男が、声をかけてきた。

「ちょっと、うちの親分が呼んどりますけえ、来てもらえませんでしょうか」

「親分いうて、誰なら」

「服部武親分です」

弟の服部繁とは知らない仲でもない。服部武は、比治山小学校時代、四級上で、顔もよく知っている。しかも、仲間の半村も、子分の盃をもらっている。

山田は、若い衆に案内され、薬研堀《やげんぼり》にある服部の事務所に行った。

服部武は相撲取りとまちがえられるほど太っていた。百キロは、ゆうに超えている。背広の下から太い腹が突き出ている。

浅黒い顔をくずし、まるでじつの弟を迎えるように愛想がよかった。

「山田、あんたのことを心配しとったど。いま弟がムショに入っとるが、あんたも、松江で一年二カ月も、辛《つら》かったじゃろう。ムショの垢落《あかお》としに、これでゆっくり遊べや」

山田に、五千円もの小遣いをくれた。この当時、国家公務員の初任給が大卒で八千七百円である。五千円といえば大金である。

山田は、その金で荒神橋の西詰めにある洋画専門『太陽館』の前の『的場興映《こうえい》』に入り、映画を観た。

二・二六事件に題材をとった佐分利信監督の『叛乱』であった。雪の中、自分たちの命を失う覚悟で首相官邸に暗殺に向かう青年将校の姿に、強く魅《み》せられ、若い血が燃えた。

映画館を出ると、若い衆が待っていた。

「親分が、お待ちですから」

山田を、流川《ながれかわ》の高級料理屋『安芸船』に案内してくれた。

料理屋では、服部組長自ら盃に酒を注いでくれる歓待《かんたい》ぶりであった。

山田は、服部武の真意を計《はか》りかねた。

〈わしを半村のように子分にするためにしちゃあ、もてなしが派手過ぎる。いったい、何の目的があるんかいの〉

山田は、いい気持になり、料理屋を出た。

服部の事務所にいっしょに帰り、事務所の座敷に上がった。

服部武は、ふいに畳に両手をつき、神妙《しんみよう》な顔になった。

「じつは、あんたに頼みがある」

「そんなに畏《かしこ》まって、なんですかいの」

「村上組の浅野間輝昭を、殺《や》ってほしい」

そばには、すでに組に入っている半村もいた。

服部武は、ひときわ険しい表情になった。

「去年の十二月二十三日の深夜、村上組の若頭《わかとう》の浅野間が、うちの岡親分の経営する遊廓『バンビ荘』を襲った。ガラス戸を目茶苦茶にめぎおっての。この一月五日にも、わしらの組の広岡正幸がやはり浅野間らに捕まり、脅迫されとる。岡親分はカンカンでの。駅前地区の村上のやつらを、徹底的に殺《や》れ、と親分から指令が出とるんじゃ」

村上組と岡組の抗争は、えんえんつづいていた。

服部武は、腕を組み、眉間《みけん》に皺《しわ》を寄せた。

「弟の繁がムショに入っとらにゃあ、あいつに、殺らすんじゃがの」

服部武は、そばにいる半村を、横目で見た。

「これに殺らそう思うても、相手が大物じゃけん、できんじゃろうしの……」

山田も同感であった。半村は、頭は抜群によかった。しかし、頭のいい分、口で巧妙なことをいって逃げる傾向がある。やくざになってはいたが、山田と違い喧嘩も好きではなかった。

大物を殺るには、肚《はら》が据ってないと難しい。半村が浅野間を狙うと、返り討ちにあい、殺される心配もあった。

小さいときから遊んできた半村を殺すには、しのびなかった。

山田は、服部武の眼をまっすぐに射るように見た。きっぱりといった。

「わしが殺《や》らなんだら、これが殺るいうんなら、わしが殺りましょう」

山田は、せっかく仮釈で出所しているのに、今回殺れば、刑はいっそう重くなる。死刑か無期懲役を食うかもしれない。

あるいは、逆に相手に殺られるかもしれない。

が、行きがかり上、半村にかわって自分が殺るしかない。山田は、そう覚悟を決めていた。自分の人生を惜しむ気持より、半村を思う気持が先であった。

服部武の眼が、輝いた。

「殺ってくれるか……」

山田は、服部武にひとつだけ条件を出した。

「ジャックナイフは使い慣れてきましたが、拳銃で人を殺った経験は、一回もない。拳銃は、絶対に不発のないやつを貸して下さい」

「わかった。レンコン式のピストルを渡す」

自動装塡式《オートマチック》拳銃だと、引き金を引いても、弾倉内の実弾が出ないことがある。そのとき、あらためて引き金を引いても、まず弾は出ない。弾が出ないとわかると、敵に逆襲される。そのときは、拳銃を握っていても、たんなる石を握っているのと同じことである。これほどの恐怖はない。自動装塡式拳銃で、カチャと音がして弾が出ないとき、つづけて引き金を引く勇気のある者は少ない、と聞いていた。

　そのかわり、回転弾倉式拳銃《リボルバー》は、弾倉に蓮根のように六つ穴が開いている。そこから、〝レンコン〟と呼ばれている。が、この拳銃だと、仮に一発目の弾が出なくても、また引き金を引けば弾倉が回転して、かならず次の弾が出る。

　山田は、確実に相手を狙える回転弾倉式拳銃《リボルバー》を使うことになった。

　山田は、服部から、その夜、レンコン式38口径の拳銃を受け取った。

　スミス＆ウェッソンのミリタリー＆ポリスリボルバーであった。

　山田は、服部にいった。

「わしは、一年二カ月ムショに行っとりましたんで、浅野間とかいう幹部の顔がわかりません」

「道案内は、堂前にさせる」

　堂前正雄が呼ばれた。顔にまだニキビのある十八歳の少年であった。

　二日後の一月十日夜八時過ぎ、山田は、服部武の事務所にいた。

　堂前少年が事務所に駆けこんできた。興奮気味に告げた。

「浅野間が、広島駅前の『赤玉パチンコ』でパチンコをしています！」

山田は、服部武の眼を見た。
服部武は、眼で、「頼むぞ……」といっている。
山田は、やはり眼でうなずき、拳銃を腹巻に差しこんだ。
もはや、引き返すことのできぬ道を踏み出していくしかなかった。
山田は、外に出た。
闇の中で、顔を見られないように黒いソフト帽を前に下ろした。
ガーゼのハンカチをマスクにしていた。
茶色のオーバーコートの襟も立てた。
風も鋭く、氷雨が襲いかかってくる。
が、山田の全身は、熱く殺気立っていた。

第2章　懲役六年

1

山田久は、薬研堀から広島駅前に急ぎ足で向かった。

〈腹に弾丸《たま》をぶちこんだあと、かならずもう一発頭を撃《う》つ。とどめを刺して、往生させる〉

あえてとどめを刺すと己れにいい聞かせたのは、理由がある。

山田が傷害罪で、一年六カ月のはじめての実刑を受けて、松江刑務所に服役中であった昭和二十七年十一月四日の真夜中三時過ぎのことであった。

岡組出入りのコック野坂寿が、酒に酔って、岡組と抗争をつづけている村上組事務所近くを歩いていた。村上組の見張りをしていた組員大林一美と肩が触れあい、大林がいきり立った。

「酒に酔うて、あんまりここらをうろうろするんじゃないど！」

野坂は、啖呵《たんか》を切った。

「岡組の進藤を、知っとるんか」

進藤敏明は、岡組の直系若衆であった。

「岡組が、どうしたんじゃい！」

大林は、腹巻《はらまき》から匕首《あいくち》を取り出した。

野坂の脇腹をいきなり突き刺した。

野坂は、血まみれになって、岡組の事務所に駆《か》けこんだ。

岡組の岡組長は、憤慨《ふんがい》した。

「岡組の名を出したものを刺したのは、岡組に対する挑戦じゃ！」

村上組への報復を誓った岡組の片山薫は、村上組の村上三次組長の次男で、行動隊長である村上正明を捜しつづけた。

片山は、二日後の六日の早朝、村上正明を見つけた。広島駅前の広場を渡ったところにある眼鏡《めがね》店『オメガ』の前を歩いていた。

片山は、村上正明と一度擦《す》れちがった。

片山は、背後から村上正明の左脇腹を狙ってコルト45口径の引き金を絞った。

村上正明は、左脇腹を押さえ、うずくまった。

45口径から発射された弾《た》丸《ま》が腹に入れば、十中八九死ぬ。

片山は、腹に命中したことを確認すると、逃走した。

片山は、岡組の網野光三郎から釘を刺されていた。

「腹に命中させたら、とどめは刺さんで、すぐに逃げろ」

飛び道具でとどめを刺したばあい、逮捕されたとき、刑が重くなる。網野の子分への思いやりがそうさせたのである。

ところが、村上正明は、奇《き》蹟《せきてき》的に助かった。とどめを刺されなかったために、命拾いしたのである。

なお片山は、のち三代目共政会副会長となる。

その後、やはり岡組の組員が、村上組の組員を拳銃で撃った。そのときも、とどめを刺していなかった。

警察官が駆けつけたとき、撃たれた組員は、撃った犯人の名をしゃべることができた。そのため、犯人は逮捕されてしまった。

このふたつの事件から、広島での抗争では、かならず敵にとどめを刺すようになっていた。

山田は、十五分ばかり歩き、駅前大橋を渡ると、駅前に出た。

左手にある地上三階、地下一階建ての広島百貨店は、すでに閉まっていた。が、広島駅前を右に曲がった松原町あたりは、華やかなネオンに彩られ、賑わっている。

立ち並んだパチンコ屋の玉の音や、威勢《いせい》のいい音楽が流れてくる。

山田は、道案内の堂前正雄少年といっしょに電車道を横切った。

道路はぬかるみ、田植えでもできそうなほどだった。山田のはいていたゴムの半長靴も、泥だらけであった。

何しろ、昭和二十九年のこのころは、市内の道路の九十五パーセントは未舗装《みほそう》で、広島市内の道路は、「日本一の悪道路」「デコボコ道路」「おしるこ道路」と非難をあびていた。

電車道を横切ると、パチンコ屋がずらりと並んでいる。

『広島会館』の隣りにある赤玉パチンコの前に来た。

堂前少年が店内をのぞきこみながら山田にささやいた。

「あの右から二列目の、入口から二番目の台で玉を弾《はじ》いている黒い鳥打帽《とりうちぼう》の男が、浅野間です」

赤玉パチンコは、村上組がみかじめ料、つまり「用心棒料」を取っているパチンコ屋であった。

山田は、ガラス越しに店内をのぞき、眼を凝《こ》らした。

当時流行していた岸惠子演じる『君の名は』のヒロイン氏家真知子の服装を真似て、白いショールを「真知子巻」に巻いている商売女風の中年女がいる。

狙う男は、その左隣りにいた。黒い鳥打帽を横っちょにかぶり、黒いオーバーを肩に手を通さないで羽織り、こちらに背を向けて玉を弾いている。

山田は、四カ月の仮釈をもらったものの、一年二カ月間、松江刑務所に行っていた。村上組の幹部にも知らない顔がいた。堂前少年によると、村上組幹部の浅野間輝昭にまちがいないという。

店内からは、シャンソン歌手である高英男の歌う、『雪の降る町を』の歌が流れてくる。

山田は、堂前少年に念を押した。

「やつに、まちがいないの」

「まちがいありません」

山田は、堂前少年に眼くばせした。

赤玉パチンコから離れ、荒神町の方面に向けてスマートボール屋の前をとおり過ぎた。

さらにパチンコ屋『銀座館』の前をとおり過ぎ、八、九軒先のパチンコ屋を左に曲がり、路地に入った。

小便臭い臭《にお》いが、ムッとたちこめてくる。路地には、野良犬の死骸が転がり、雨に打たれている。

山田も、雨に打たれながら立ち小便をした。はじめての人殺しだ。さすがに緊張《きんちょう》していた。

堂前少年も同じ気持か、ならんで立ち小便をした。

熱い小便とともに、全身の緊張と躊躇《とまど》いが流れ去る思いがした。

山田は、小便が終わると、完全に肚《はら》が据《すわ》った。

山田は、堂前少年に指示した。

「おい、おまえの拳銃の安全装置を外《はず》しとけや」

堂前少年は、腹巻からブローニング45口径を取り出した。

すぐ弾丸が発射できるように、安全装置を外した。安全装置を外す手は震えている。

いつもはニキビのせいもあり赤ら顔の顔色も、青ざめていた。唇も紫色だった。

山田は、険しい表情で釘を刺した。

「ええの、絶対にわしが撃ち損《そん》じんかぎりは、おまえは店に入ってくるな。撃ったらいけんど」

拳銃をあつかったことのない堂前少年が、もし店内に入り、おびえながら拳銃を撃ちまくると、山田にも命中しかねない。

堂前少年は、緊張した声で答えた。

「わかりました」

「そのかわり、もしわしが失敗したら、おまえが撃ちまくれ」

山田はそういい置くと、路地を出た。

右に曲がった。

赤玉パチンコに、急ぎ足で引き返した。

入口から、ふたたびガラス越しに店内をのぞいた。

どきりとした。狙う浅野間が、先ほどいた場所にいない。

〈しもうた！　小便しとる間に、逃げられたかもしれん！〉

店のドアを開け、とにかく中に入った。

黒い鳥打帽の男を躍起《やっき》になって捜した。

山田の眼は、獲物を必死で捜す野犬のようであった。

店内に流れる歌は、鶴田浩二歌うおどけながらも哀しい『街のサンドイッチマン』に変わっていた。

右から四列目の台の真ン中に、黒い鳥打帽が見えた。五列目の台を背にして、玉を弾くのに熱中している。

まちがいない、浅野間であった。

山田の全身に、熱い殺気がみなぎった。

腹巻の中に手を入れた。

指に、冷たい金属が触れた。レンコン式の38口径の拳銃スミス&ウェッソンのミリタリー&ポリスリボルバーの銃把《じゅうは》である。

山田は、銃把を強く握りしめた。何人かの客の肩や背にぶつかりながら、拳銃を抜いた。

とっさに、体の右側を見せてパチンコ玉を弾いている鳥打帽の男の横に、ぴたりと体をつけた。銃口を相手の左脇腹につけた。

銃口がぶれないように、右肘を自分の脇腹につけ、固定した。

「往生せえ！」

山田は、力の限り引き金を絞った。

轟音《ごうおん》が、店内を揺るがした。

硝煙の臭いが、山田の鼻を衝《つ》く。

鳥打帽の男は、「ウオーッ！」と獣でも吼《ほ》えるような大声をあげ、体を痙攣《けいれん》させた。

そばにいた女性ふたりが、「きゃあ！」という声をあげ、おたがいに抱きあい、震えはじめた。

山田は、今度は鳥打帽の男の右の脇腹を狙い、引き金を絞った。

ふたたび轟音がひびいた。

鳥打帽の男は、胸を押さえながら、仰向けに引っくりかえった。山田が二発目を発射する前に、鳥打帽の男は崩れかけていたため、腹を狙った弾丸《たま》がずれて胸に当たったのである。

店の客は、全員奥へ向けて逃げ、おびえ震えていた。『街のサンドイッチマン』の歌は、地獄の光景とは無縁につづいていた。

山田は、仰向けに転がった男を素早く跨《また》いだ。

黒い鳥打帽は、男の頭のそばに転がっていた。

山田は、拳銃を握った右手を左手で強く握り、固定させ、男の頭めがけとどめを刺しにかかった。

おびえ引きつる男の顔が、眼に入った。

山田は心を鬼にして、引き金を絞った。

轟音と同時に、男の右の耳の後ろから、血が噴き出した。

男の顔だけではなく、まわりはみるみるうちに血の海と化した。

男は、金魚のように、口をぱくぱくさせはじめた。

山田は、確実に仕事をし終えたことを確認し、拳銃を腹巻の中にしまいこんだ。

背後を、振り返った。どきりとした。

堂前少年が、右手に拳銃を持って店内に入ってきていた。

山田は、入口に向かって走りながら、叫んだ。

「おまえ、なんしおるんなら！　逃げろ！」

ところが、堂前少年は、恐怖に気が動転していて、山田の声が耳に入らないらしい。

もともとMP、つまりアメリカ陸軍の憲兵が持っていたブローニング45口径の大型拳銃を右手に持ち、狂ったように引き金を引きつづける。

山田の眼の前を、弾がかすめた。背筋に、恐怖が走った。もし銃弾を腕にでも受ければ、腕が吹っ飛ぶ。腹に命中すれば、確実に命はない。

山田は、身を屈《かが》めて堂前少年に体当たりした。

堂前を正面から抱くようにして、叫んだ。

「逃げるんじゃ！　いっしょに、逃げるんじゃあ！」

山田は、堂前少年の体を抱きかかえるようにして店の外へ走り出した。

雨は、より激しくなっていた。氷雨が、まるで氷の刃のように顔面めがけて襲いかかる。

氷雨に全身が濡れる。が、全身の熱い高揚《こうよう》がつづき、まったく寒さを感じなかった。

闇の中を走りに走り、荒神橋を渡った。

全身、泥だらけであった。

そのとき、はるか彼方で救急車のサイレンの音が鳴り響いた。鳥打帽の男を病院に担ぎこむためにちがいない。

これまで何度も聞いてきた救急車の音であった。が、その長く尾を引く音が、このときほど物哀しく山田の耳にひびいたことはなかった。人の世の悲哀《ひあい》が集中した音に聴《き》こえた。

山田は、的場町の民家の間の路地に入りこみ、なお走りながら思った。

〈何の因果か。可哀相なことをしたのォ……〉

これまで、まったく顔も見たこともない男を射殺したのである。

あの男にも、自分のように親も兄弟もあろう、あるいは、子供もおるかもしれん。

山田は、心の中で、鳥打帽の男に、成仏《じょうぶつ》するよう手を合わせていた……。

2

山田は、堂前少年といっしょに、的場町の民家の一軒に逃げこんだ。服部武が、前もって逃げ場所として用意していた家である。

山田は、もらっていた合鍵《あいかぎ》で戸を開け、六畳の部屋へ上がった。

黒のソフト帽を脱いだ。窮屈なガーゼのハンカチのマスクを、外した。

部屋の隅に七輪が置いてある。が、炭も入れていない部屋は、凍《こご》えるように寒い。

山田も、ようやく全身に寒さを感じた。これまで、緊張のあまり、寒さを感じなかったのだ。全身、雨だけでなく、泥しぶきに汚れていた。まるで田植えから帰ったようであった。

堂前少年が、腹巻の中から、ブローニング45口径を取り出した。畳の上に置いた。

山田が、ひときわ険しい表情で怒った。

「わりゃあ、あんだけわしが失敗せんかぎり撃つな、と釘を刺しとったのに、どうして撃ったんなら!」

「店の中でピストルの音がしたんで、どうなったかと思うて店の中へ入ると、人が血みどろになって倒れとる。倒れとるのが兄貴なのか、浅野間なのか、ようわからんようになってしもうて……」

「わしも、おまえに撃たれて死ぬとこじゃったじゃないか」

「もう、えべせえてえべせえて……もし兄貴が撃たれたんなら、次はわしが殺《や》られる番じゃ思うて、引き金を引いて撃ちまくったんじゃ」

えべせえというのは、恐ろしいという意味の広島弁である。

「引き金引いたいうて、何発撃ったんや」

「弾があるだけ、全部引き金を引いた」

「待てよ、わりゃあ、おかしいことというの……」

山田は首を傾げた。堂前少年が一発発射した音は、確かに耳にしている。しかし、堂前少年が七発も撃った音は、聞いていない。もし六発も発射していたら、山田の命もあるはずがない。

山田は、ブローニング45口径を手に取った。

弾倉《だんそう》を抜いてみた。弾丸は、七発のうち六発も残っている。

山田は、堂前少年の額を右の人指し指で押した。

「一発しか、撃っとらんじゃないか。おかしい思うとったんよの」

堂前少年は、信じられない、という顔をした。

「そんなはずないんじゃがのォ……七発分、全部引き金を引いたはずなんじゃが……」

「銃把を、思いきって握らんで撃つと、自動装塡式《オートマチック》拳銃は、引き金を引いても弾が出んことがある。不発でよかったよ。もし弾が出とったら、わしゃあ、いまごろは浅野間といっしょに往生しとるわい」

山田は、冗談めかしていいながら、あらためて背筋の凍《こお》る思いをしていた。あの世とこの世とが、一瞬の運命の左右によって分かれるのだ。

さらに思った。

〈わしゃあ、無理してもレンコン式を用意してもらってよかった。もし、堂前少年といっしょに自動装塡式《オートマチック》じゃと、弾が出んで、反対に殺《や》られとったかもしれん〉

山田は、額に浮かんだ脂汗《あぶらあせ》を右手の甲で拭い、念のため自分の拳銃も調べてみた。

文字通りレンコンのように六つの穴の開いているスミス&ウェッソンのミリタリー&ポリスリボルバーの弾倉を固定しているシリンダーラッチを、後ろに引いた。弾倉を左横に取り出してみた。

山田は、眼を剝《む》いた。思わず拳銃を畳《たたみ》の上に放り投げた。

「おい⁉　弾が六発とも、全部あるぞ！　おまえにやるよ、こんなもん！　いらんよ！　気持悪いのう……」

堂前少年も、切れ長の眼を大きく見開き、畳の上に放り出された拳銃を見た。

確かに、弾倉に、六発の弾がそのまま残っている。山田は、狐につままれた思いがしていた。

〈頭に、とどめまで刺したのに……〉

山田は、堂前少年に注意した。

「おまえ、危ないけえ、そいつに触《さわ》るな！」

そのとき、玄関の戸が、三度ノックされた。岡組の者が連絡に来るときには、戸を三度ノックすることになっている。

山田は、堂前少年に命じた。

「おい、開けてみい」

堂前少年は立ち上がった。

玄関に行き、鍵を開けた。

広岡正幸が、のっそりと入ってきた。

広岡は、服部武とならぶ岡組直系若衆のひとりである。恰幅《かっぷく》もよかった。

この年の一月五日の未明、広岡は、山田の今回狙った村上組の浅野間らにリンチを受けていた。それゆえ、浅野間に対しては、いっそうの憎しみを抱いていた。

広岡は、浅黒い頬をゆがめ、白い歯を剥き出してにやりとした。

「山田、よう殺ったの。浅野間は、まちがいなしに死んだということで」

山田は、畳の上のスミス&ウェッソンミリタリー&ポリスリボルバーを指差しながら薄気《うすき》味悪《みわる》そうにいった。

「死んどるいうても、わしの撃った弾《たま》丸全部が、こうして残っとるんじゃ」

広岡は、怪訝《けげん》そうな顔で拳銃を手に取った。

調べてみて、すぐに大笑いした。

「おまえ、馬鹿か！　そりゃ弾丸じゃのうて、薬莢《やっきょう》が残って詰まっとるんじゃ」

山田は、ようやく納得した。

自分も、腹を抱えて笑った。それまでの緊張があまりに激しかったので、ひとたび笑いはじめると、止まらなくなった。畳の上を転げまわり、涙が出るほど笑いつづけた。

3

山田久は、その翌朝早く、ひとりで宇品《うじな》港から船に乗った。

広島湾の東寄りに浮かぶ安芸郡の江田島に逃げた。

江田島は、戦前は海軍兵学校のあった島である。

そこには、水原弘がいた。

水原は、呉の山村組の組員である。山村組の山村辰雄組長は、岡組の岡敏夫と兄弟分の盃を交わしていた。昭和二十四年九月、山村組が団体等規制令により解散を命じられて、広島に流れてきていた。

駅前のマーケットを中心に愚連隊として暴れまわっていた山田と水原は、意気投合した。いっしょに遊びまわっていた。

その水原が、若い者を五、六人連れ、郷里の江田島に帰っていると耳にしていた。

山田は、水原を頼って江田島へ逃亡することにしたのである。

昨夜の雨は上がっていた。どんよりと曇った冬の空を背に、カモメが、不気味なほど多く船のまわりを舞い狂っている。

船の甲板の船尾で、出発前に栈橋《さんばし》近くの売店で買った地元紙の朝刊に眼をとおした。昨夜の事件の結果が気になる。

三面に大きく見出しが躍っていた。

『短銃事件また爆発か　村上組若者射傷《しゃしょう》さる　昨夜広島駅前パチンコ店で』

山田は、「射傷さる」という文字におどろいた。

〈まだ生きとったんか……〉

さらに眼をとおした。

『十日夜、日曜の人出に雑踏《ざっとう》する広島駅前の遊戯場《ゆうぎじょう》でまたも岡、村上両派の抗争とみられるピストル射傷事件が発生した。午後八時五分ごろ人なみと騒音でにぎわう広島駅前の松原町赤玉パチンコ店で、村上組の大上卓司（24）が、同店入口付近の六十二号パチンコ台でパチンコをしていた際、二人連れの遊人《あそびにん》風の男が人なみをかきわけて大上に近づき、うち一人がいきなり大上に抱きついて引き倒し、所持した短銃でうち、大上がコン倒するやゆうゆうと猿猴橋電停方面にむけ逃走した』

射たれたのは、村上組組員にはちがいなかったが、山田が狙っていた浅野間ではなかった。

〈堂前のやつ……〉

山田は、読み進んでいった。

『大上は、ただちに荒神町の武市病院へ収容されたが、命中弾《だん》は三発で、一発は右後頭部を右から左に貫通《かんつう》し、一発は右胸をかすり、一発は右足下タイ部貫通の重傷だが、生命はとりとめるもよう』

やはり、死んではいなかったのだ。

〈あれほど、とどめを刺したのに……〉

山田は、心の底では、人間の情として、生命をとりとめたことにホッとする面もないではなかった。が、服部武に頼まれた仕事がまっとうできなかった悔《くや》しさが、込みあげてきた。

村上組の村上三次の談話も載《の》っていた。

『昨年末保釈された村上三次氏は事件の現場にかけつけ「事件に関係したくないのだが……」と次のように語った。

「大上は私の家に下宿している若いものだが、まじめな男で昨年末、岡組のガラス窓をこわした復しゅうでやられたのではないだろうか。岡組とは早く和解しようと思っており、正明も刑務所でカタギになるといったが、この調子だとまだまだ事件はつづくのではなかろうか。警察当局も徹底的な取り締まりをしてくれねば、われわれも安心して寝られない」』

山田は、村上の談話を読むと、甲板《かんぱん》の上から海に向けて唾《つば》を吐いた。

〈腑《ふ》抜《ぬ》けたことを、ぬかしおって！　やくざが警察に取り締まりを頼むようじゃ、終わりで〉

山田は、大上卓司が、自分が狙っていた浅野間同様、昨年末の売春宿『バンビ荘』を襲ったひとりであることを知り、胸をなでおろしていた。

〈これなら、浅野間を殺るのも、大上を殺るのも、同じことじゃ〉

記者と東警察署長の一問一答も、記事の最後に載っていた。
『問　村上組関係者を岡組関係者が射傷したとみていいか？
答　星のつかない現在ではまだ断定はできない。
問　公衆の面前でやったことだが、犯人は判っているのか？
答　人相、年齢などはわかっているので、犯人は早くわかると思う。付近の人があまり知らない新顔だということだ。
問　最近険悪《けんあく》な空気はなかったのか？
答　格別どういう情報もなかったようだ。先日岡敏夫の経営している特殊下宿バンビ荘で、被害者大上が暴れているので、そのスジを引いての犯行との見方もある。全然根のないことで公衆の面前で射傷するなど考えられないので、そういう推定もなり立つ。
問　また続発はしないか？
答　ピストルなど射ち合うのは縄張、すなわち生活が原因だから、けんかはたえないと思う。ただいつ射ち合うかがわからないので困っている。署としてはいつものことながら、犯人捜査と続発防止に全力を挙げている』
山田は、新聞記事を読み終わると、新聞を海に投げ捨てた。

カモメといっしょに風に狂い舞う新聞紙を見ながら、吐き捨てるようにいった。

「わしの顔は、割れているわけがない」

捕《つか》まえることができるなら、捕まえてみい、という気であった。

山田は、江田島に着いた。

歩いて江田島一の繁華街、中郷にある水原の家を訪ねた。

水原は右手を差し出し、山田と握手しながらこころよく迎えた。

「何をやったか事情はくわしう聞かんが、どうせ、広島におれんことをしてこの島まで逃げてきたんじゃろう。この家に、おりたいだけおれや」

水原の中指と薬指は、少し折れ曲がっている。呉の遊廓《ゆうかく》で流れ者と喧嘩をし、仕込み杖《づえ》で斬りつけられた。青竹で受けたが、すべり、二本の指が切られ、傷になった。それがもとで、二本の指が折れ曲がっているのである。

そのとき流れ者の眉間を撃ち、射殺したのが、水原の兄弟分の美能幸三であった。

山田は、その夜から、水原の家の四畳半一部屋をもらい、居候《いそうろう》をはじめた。

江田島の海軍兵学校は、アメリカ軍に接収されたままで、アメリカ兵相手の夜の女が群がっていた。水原の家にも、夜の女が五人いて、部屋でアメリカ兵の客をとっていた。

山田は、水原や、その若い者たちと毎日ぶらぶらして遊んでいたが、新聞記事だけは、毎日眼を光らせて見ていた。赤玉パチンコ事件の捜査の手が、どこまで伸びているのか、やはり気がかりである。

江田島に渡って三日目の一月十四日の地元紙朝刊に、岡組の進藤敏明の子分棗国成が逮捕された記事が載《の》っていた。

昨年暮れ、広島市流川町で仁保町の浜本組の山本薫を射殺した容疑であったが、新聞には、

『パチンコ店事件も関係？』

という見出しが躍っていた。

さらに、村上組の中本敬造を射殺した容疑で指名手配中の岡組の田中春男ら数名も、今度の赤玉パチンコ事件で捜査線上に浮かんでいると出ている。ところが、『現場付近で犯人を目撃している一般人が事件の性質上、証言しないのと、犯人割出しのカギを握っている被害者大上の視力が出血などの関係から弱っているため、容疑者の写真をみせても判然とせずこれが捜査のブレーキとなっている』と書かれていた。

山田は、自分の部屋の窓をあけた。

新聞を引き破って外に投げ捨て、うそぶいた。

「見当違いのところをなんぼ捜しても、捕《つか》まるわけがないじゃないか」

広島東署では、どうやら赤玉パチンコ事件の主役は、田中春男と目星をつけたようであった。

二月三日の地元紙の夕刊には、大上卓司の射殺未遂の容疑者として、ついに田中を指名手配したとあった。

山田は、田中とは面識もなかった。

読み進むうち、大声をあげた。

「半村隆一も、指名手配されとるじゃないか！」

半村は、山田の段原中学時代の同級生であり、遊び友だちである。今回、山田に大上を射殺する役割がまわってきたのも、半村のせいであった。半村が、岡組直系若衆の服部武の盃《さかずき》をもらい子分となり、今回の射殺をすることになっていた。

しかし、半村ではどうも失敗しそうだというので、服部との盃も交わしていない山田が、半村の友人という縁で引き受けることになったのである。

この一月五日午後七時過ぎ、広島市段原大畑町パール・パチンコ店で森下光は遊んでいた。

半村は、店員の竹原直子と共謀、森下が玉を不正に出したといいがかりをつけた。森下に殴る蹴るの暴行を働いたうえ、損害弁償として五千円攫取《かくしゅ》したという容疑であった。

山田は、運命の皮肉を感じた。

〈ほんらいなら、半村がわしの事件で指名手配を受けるはずじゃったのに〉

が、強気の山田も、四月二十九日の地元紙の朝刊を見て、さすがにどきりとした。

大上をいっしょに襲った堂前少年が逮捕されていたのだ。

しかし、堂前少年は、

「レンコンのピストルで、ひとりでやった犯行だ」

と主張し、共犯関係のことは、一切口を閉ざしていた。

山田は、自分が赤玉パチンコ店に射殺に行く前の、堂前少年の唇まで青ざめさせ脅《おび》えていた顔を脳裏《のうり》に浮かべた。

〈あの若僧も、意外に骨のあるやつだな〉

警察は、「赤玉パチンコ事件」の犯人追及に躍起《やつき》となっていた。

事件の主犯と決めこんで指名手配にしていた岡組の田中を、六月二十三日の夜、下関市新地町でついに逮捕した。

山田は、田中の逮捕を報じた六月二十五日の地元紙を見ながら、思わずつぶやいた。

「ひょっとしたら、捜査《そうさ》の手がわしにまで伸びることになるかもしれん」

が、気にしないことにした。

〈捕まるときは、捕まるときよの。その日まで、心おきなく遊んじゃれ〉

八月に入り、有木博がひょっこり江田島にやってきた。

山田も、江田島に逃亡して七カ月間、水原たち同じ顔ぶれとばかり遊んでいたから、退屈しているところであった。

有木は、山田が「ジャックナイフの久」の異名を取り、広島駅前で暴れまわっている時代の友人であった。有木が表回りしている広島駅前のパチンコ店オールで、朝鮮連盟の連中が暴れたとき山田が助けに入っていらい、特に親しくなっていた。

有木は、白いカンカン帽をかむって水原の家に現われた。

山田は、有木の肩を叩きながら、悪たれをついた。

「有木よ、広島じゃあ、パチンコ台が新しう変わって、自慢《じまん》の芸術的な腕が発揮できんので、旧式の台のあるこの島まできたんか。旧式台を求めて、三千里じゃのう」

有木は、もともと黒い顔を夏の陽に焦がし、まるで黒人兵かと見まちがうほど黒くなっていた。その顔をゆがめ、白い歯を剝き出して、にやりとした。

「あんまり、本当のことをいうなよ」

有木は、このときすでに岡組に入っていた。

山田は、有木といっしょに遊んだ。

江田島のパチンコ屋での有木のまさに芸術的な腕にはおどろかされた。噂には聞いていたが、実際に見るのははじめてである。

有木は、左の台で玉を弾いている山田に左眼でウインクした。さあ、はじめるぞ、と合図する。

パチンコを弾く鉄のバネの下に突き出ている鉄の棒に、有木が、右手でぐっと力を加えた。

そのとたん、台の中を跳ねている玉が、ポケットの中に吸い寄せられるように入った。

受皿に、玉が勢いよく流れ出た。

有木は、得意そうに、いま一度、鉄の棒に右手でぐいと力を入れた。またまた玉がポケットの中に吸いこまれ、受皿に玉が流れ出る。

この八月に大ヒットしていた春日八郎が歌う『お富さん』が、店内をいっそう勢いよく流れる気がした。

山田は、感心していた。

〈これだけの腕を、まともな世界で仕事に生かしたら、ええ技師《ぎし》にでもなっとるかもしれんのう〉

何しろ、警察が有木をパチンコの不正で逮捕しようとして、そばでいっしょに台をのぞきこんでいても、ついに不正の証拠がつかめず、逮捕できなかったほどである。有木は、パチンコ玉ひとつあれば、酒代と遊廓で遊ぶ金はいつでも稼げた。

有木が江田島にやってきて一週間目の夕方、山田は、有木といっしょに中郷町のパチンコ屋で玉を弾《はじ》いていた。

山田は、パチンコが好きではなかったが、有木に連れられ、退屈をまぎらわせるため有木と背中合わせでパチンコを弾いていた。

山田は、その日は、白いパナマ帽に、黒いシャツという姿であった。

居候をしている水原の家に、ときおり女を抱きにくるアメリカ兵が、山田の肩を陽気に叩いた。

「ヘーイ、ギャング・ボーイ」

その直後、制服を着た江田島署の警官がふたり連れで入ってきた。

有木に声をかけるのが、山田の背中越しに聞こえた。

「有木、ちょっと、署まで来てもらおう」

山田は、危険を感じ、警官に気づかれないうちに店からぬけ出そうとした。

ところが、今度は山田に声がかかった。

「おい、山田だな。いっしょに、江田島署まで来てもらおう」

山田は、抵抗した。

「わしゃあ、何も悪いことはしとらん！　行く必要はない」

警官ふたりが、山田の両腕を、それぞれ一本ずつ強く摑《つか》んだ。

入口に向け、山田を引っぱって行った。

山田は、店の外に引き出された。

警官ふたりの腕をふりほどいて、声を荒らげた。

「連れて行く理由をいうてみい、理由を！」

あまりにいきり立ったので、山田の白いパナマ帽が、跳《は》ね飛んだ。

警官のひとりが、鋭い声でいい放った。

「おまえを、広島駅前の赤玉パチンコ屋での大上卓司射殺未遂で、逮捕する！」

山田は、さすがに全身が強張《こわば》った。

しかし、負けてはいなかった。

「逮捕令状があるんか！　あるなら、見せてみい！」

警官のひとりが、胸のポケットから、一枚の週刊誌大の紙を取り出した。

山田の眼の前に突きつけた。

山田も、興奮《こうふん》に血走った眼で確認した。たしかに、逮捕令状とある。逃げるわけにはいかない。

山田は、有木といっしょに江田島署に連行された。

その翌日の朝、船で広島の東署に向けて護送《ごそう》された。

有木は、結局、逮捕されなかった。有木と山田が仲がいいと見ていて、有木の行き先を追っていけば、山田を捕まえることができるかもしれない、という狙いで有木を追いつづけ、狙いどおり山田を逮捕したのであった。

有木は、山田に悪い気がした。そのため、警察に頼み、山田といっしょに護送船に乗り、広島東署までついていった。

有木は、護送船の中でも、手錠をかけられている山田に、申し訳なさそうにいった。

「わしが江田島まで足をのばさにゃ、あんたは捕まらんかったろうが。悪いことをしたのォ」

山田は、宇品港に着くと、有木と離れ、パトカーで中区稲荷町の稲荷大橋のたもとにある広島東署に護送された。

その夜、山田は留置所にぶちこまれた。

4

山田久は、気が立っていた。

一時間後、留置所に色の浅黒い、体のがっちりした、全身を殺気立たせた少年が入ってきた。

のち三代目共政会参与となる大下博である。

大下は、昭和十一年一月二十二日生まれで、このときまだ十八歳であった。

昭和二十八年、高校三年生のとき、二十二歳の社会人相手に喧嘩をし、相手を刺した。そのため、崇徳高校を中退していた。

昭和二十九年夏、愚連隊の兄貴格の人間から依頼された。

「韓国人の用心棒を、殺してくれや」

大下は、以前から仲間であった梶山慧と共謀し、その用心棒を狙った。

その用心棒は、村上組系の用心棒をつとめていた人間である。

大下は、弥生町の遊廓へ入った用心棒の腹を、刺身包丁で刺した。

が、その男はヒロポン中毒で、何も食べていなかった。腹の中に、食べた物がなかった。

そのため、あやうく生命をとりとめ、京橋にあった藤井病院に運びこまれた。

大下は、仲間ふたりと、とどめを刺すため藤井病院に侵入した。

ベッドに寝ていた用心棒を、肉切包丁で毛布の上からメッタ刺しにした。

警察は、とどめまで刺していることから、てっきり岡組の組員にちがいない、とめどをつけ追いつづけていた。

大下は、逃亡をつづけていた。

が、山村組の佐々木哲彦に、自首して出るように説得され、この夜、自首して出たのであった。

山田が手洗いに立つと、足が大下博の足に当たった。

大下は、挑《いど》みかかる眼をして、山田を睨み食ってかかった。

「わりゃあ！　やるんか……」

大下の全身から、殺気が漂っている。

山田は、大下を睨みつけて怒鳴った。

「なんじゃ、もういっぺんいうてみィ」

右眼でも殴りつけ、潰してやろうかと思った。

そのとき、留置所にいた男が、あわてて止めに入った。

岡組幹部の原田昭三のところの若い衆であった。

大下を留置所の隅に引っぱっていき、耳許《みみもと》でささやいた。

「あいつに手向かうんだけは、やめとけ。命知らずじゃけん。へたすると、殺されるど」

山田は、そのまま手洗いに向かった。

部屋の隅の樽の中に小便をしながら思った。

〈堂前と同じくらいの年じゃが、なかなかイキのいい若いもんじゃないか〉

山田の取り調べは、翌日からはじまった。が、山田は、おとなしく取り調べを受けなかった。何より、逮捕状の書き出しが気に入らなかった。

『右山田久は、岡組配下、服部武の子分であり』

とある。

山田は、食ってかかった。

「わしゃあ、絶対に、服部の若いもんじゃない！　盃をもろたおぼえも、ない！」

事実、服部武の子分になっていないし、岡組に入ったおぼえもない。

取り調べ官は、山田の主張を、まったく信じる顔はしなかった。

「嘘《うそ》をいうんじゃない！　服部に頼まれて、大上を殺ろうとしたことは、わかっている」

「なんぼいわれても、わしゃあ、絶対に服部の盃はうけとらん！」

「それなら、なんで村上組の大上を射殺しようとしたのか」

「まんくそ悪かったけえ、殺っただけじゃ。ムショから帰って、おたがいに顔も知らんのに、やつに広島駅前でこづかれたこともあるけえ。いつか殺ったろう、と思っとったんじゃ」

逮捕された三日後の八月十二日、山田は、殺人未遂容疑で起訴された。

ただし、そのときの起訴状には、山田のいい分がとおり、『右被告人山田久は、岡組配下、服部武の子分半村隆一の友人であって……』

とあり、服部武の子分ではないことになっていた。

山田は、ただちに広島拘置所《こうちしょ》におくられた。

広島拘置所は、中区上八丁堀二丁目にあった。

安土桃山時代に、毛利輝元が、太田川河口デルタ地帯に広島城を築城《ちくじょう》し、以後江戸時代を通じ代々城下町として発展したが、広島拘置所は、その武家屋敷のあったところに建っていた。

明治以降は、官用地として接収され、陸軍第五師団、歩兵第十一連隊が使用していた。戦後、その一画は、広島法務合同庁舎をはじめとする法務・司法官庁街となっていた。

山田は、はじめのうちは、独居房に入れられた。

畳が二畳敷いてあり、その畳以外の板の間に、用便のための樽が置いてあった。

拘置所も刑務所も、はじめての経験ではなかったから、入れられたことの辛さはなかった。

しかし、別の悔《くや》しさがあった。

山田は、毎夜、ふとんをかぶって悔し泣きしつづけた。

「ちくしょう！」

服部武から盃をもらっているわけではない。服部のために人を殺す義理は、まったくなかった。たまたま服部の子分の半村が、段原中学時代からの友人であったというだけで、半村に代わって殺しを引き受けたのである。

それなのに、服部は、山田のために弁護士をつけてくれなかった。山田の弁護士は、官選弁護人であった。

〈頼むときだけ調子いいことをいうて頼んどきながら、わしを、見捨てる気なんか！〉

山田は、ふとんの中で頭を抱え、床の上を狂い回った。

それでも、ふと思いなおしてみる夜もあった。

〈わしも、服部と関係ない人間じゃ、いうていい張っとる。その手前、服部は、わしに弁護士をつけるとやっぱり深い関係にあったんか……と疑われる。そのために、しょうがのう

て、弁護士をつけんのかもしれん〉

しかし、すぐに打ち消した。

〈そんなわけ、あるかい！〉

山田のまわりの者たちには、差し入れも、腐《くさ》るほど入っていた。しかし、山田には、まったくといっていいほど差し入れがなかった。

逃亡先の江田島で山田が世話になっていた山村組の水原弘の情で、山村組の関係者から一度差し入れがあっただけである。

服部からは、ただの一度の差し入れもなかった。

〈服部に直接差し入れに来い、いうとるんじゃない！　誰でもええ、関係者に持たせてくれりゃあ、ええじゃないか！〉

それもないというのは、鉄砲玉として使うだけ使って、見捨てたにちがいない。

独房の壁に頭を打ちつけた。

〈なんぼなんでも、ひど過ぎるじゃないかぁ！〉

屈辱《くつじょく》と惨《みじ》めさに泣きつづけた。

しかし、いつまでも嘆《なげ》いているわけにはいかなかった。

〈わしが自分で殺《や》ったのは殺ったんじゃけえ、しょうがないわい〉

きっぱりと、あきらめた。

法廷でも、服部への恨みつらみは、一切口にしなかった。検事の眼をぐっと睨《にら》みつけ、主張した。

「何度もいうように、すべてわしの思いでやったことです。しつこく、服部さんうんぬんいわれますが、わしは、服部さんから殺しを頼まれたことは、絶対にありません！」

服部から頼まれたありのままを口にすれば、服部は、殺人教唆で逮捕される。刑務所に入ることになる。

己れにいい聞かせていた。

〈わしゃあ、殺されても、うたわんど！〉

うたう、というのは、白状することである。殺人未遂で逮捕されたかぎり、二度とカタギの世界にはもどれない。ムショから出ると、やくざの世界に入るしかない。それなのにうたうと、やくざの世界では笑い者になる。

とうてい、頭角を現わすことはできない……。

山田は、独居房から雑居房に移された。雑居房には、およそ十五畳の広さの房に、八人の仲間がいた。

昼飯時になると、仲間は、そろっておいしそうな弁当を食べる。差し入れ弁当である。特に、泥棒で入っている仲間の弁当は、贅沢《ぜいたく》であった。彼らには金がある。

それにひきかえ、山田の弁当は、まずいのひとことであった。

何しろ、当時の官弁は、直径十センチ、高さ十二センチの円筒《えんとう》のアルマイトの器に、麦七、米三の割合で入っていた。〝つき飯〟ともいっていた。

鋳型《いがた》に、麦と米の混合飯を押しこんでひっくり返すと、飯の表面に五という漢字が浮き彫りになる。

「五」は、五等飯の意味で、拘置所に拘留中の被疑者《ひぎしゃ》は、すべてこの五等の官弁を支給されていた。

刑が確定し、刑務所へ入ると、一等から四等までランクづけされた食事が支給される。が、拘置所の官弁は、未決囚のための特別配給食であるから、刑務所の規格外の五等の飯ということになる。

官弁の中身が貧相《ひんそう》なのは、贅沢《ぜいたく》なものを未決囚に食べさせると、拘置所の中で暴れ、何をするかわからないほどの体力をつけさせることにもなる。それを防ぐ意味もあった。

飯のほかに、副食は、たくわん、雑炊《ぞうすい》がつくていどであった。雑炊は、すまし汁で底が見えるほどの薄さである。その雑炊を御飯にぶっかけて何とかまずい味をごまかして丸い塗《ぬ》り箸《ばし》でかきこんだ。

山田は、何しろ二十五歳と若い。そのていどの飯の量では、腹が減ってしかたがなかった。

まわりの連中は、差し入れの弁当の他、やはり差し入れのおいしそうなパンや羊羹《ようかん》、時にはくだものまで食べている。

泥棒で入れられている安芸郡向洋《むかいなだ》生まれの男が、飛び出そうな目玉をいっそうむいて、不思議《ふしぎ》そうに訊いた。

「山田さん、あんた、どうして差し入れがないんの？　あれほどの襲撃をやったんじゃけえ、誰よりもええ弁当が差し入れられてええんじゃないか」

山田の今回の襲撃が、岡組、村上組合わせて百六十人が動員され、十一人もが死んだ両組の戦闘の最後ともなった。いわば、岡組の村上組へのとどめといえた。

山田は、あらためて悔しさが込《こ》みあげてきた。が、意気がってみせた。

「わしゃあ、服部の若いもんでもないんじゃけえ、差し入れがあるわけないじゃないか。わしが、好きでやったことじゃけえの」

その泥棒は、山田を憐《あわ》れむように見た。自分で食べているパンを、山田の前に運んだ。

「山田さん、これを、食べろ。わしゃ、あとからなんぼでも差し入れがくるけえ」

山田は、他人に同情しても、自分が同情されるのは大嫌いであった。しかし、背に腹はかえられない。心は拒否《きょひ》しても、腹から手が出る。

山田は、ついにパンを受け取った。

「すまんのう……」

山田は、礼をいい、つい泥棒に頭を下げていた。

〈なんで、わしが、泥棒に頭を下げにゃならんのや！〉

腸《はらわた》の煮《に》え繰《く》り返る思いをしながらも、泥棒の情を受けた。

一週間後、山田がふとんに入り寝ていると、頭に水がかかった。どうやら、便所を終えて手を洗うとき、乱暴《らんぼう》な洗い方をしたためらしい。

「おんどりゃあ！　誰じゃ思うて、水かけたんなら！」

山田は荒れていた。

ふとんから飛び起き、便所の方を、暗闇《くらやみ》を透《す》かして睨みすえた。

〈事と次第によっては、叩《たた》き殺してやる〉

全身を殺気立たせていた。

ところが、水道のそばに立っているのは、向洋の泥棒であった。

山田の殺気は、急速に失われていった。その泥棒には、これまで何度も差し入れのパンや、おいしい食物をもらっている。

それだけではない。いつもあまりに汚《きた》ないジャンパーばかり着ているので、法廷に出るときに、その泥棒からいい背広を借りていた。ずいぶんの借りがあった。

山田は、むらむらしていたが、

「人が寝とるんじゃやけえ、気をつけて手を洗えよ」

といっただけで、ふとんにおとなしくもぐった。

これまで、頭にカッと怒りが上ったときには、誰が止めようと手が出ていた。自分でも、自分を抑えがたいほど狂暴《きようぼう》であった。それなのに、一度上げた手を下ろさねばならぬ無念さ、口惜《くや》しさはなかった。

が、山田は、底知れぬ狂暴な怒りが込みあげてきた。その夜は、ついに一睡《いっすい》もできなかった。

〈わしゃあ、金欲しさのために殺ったんじゃないんじゃ、半村では無理じゃろうと思うて殺ったんじゃ。それなのに、わしをこういう惨《みじ》めな思いにあわすこたあ、ないじゃないか〉

山田は、昭和三十年一月、広島地方裁判所において、懲役六年の刑を受けた。

先に村上正明を拳銃で狙い、やはり殺人未遂で逮捕されていた片山薫は、懲役八年であった。それより二年少ない六年ですんだ。

ただし、山田の撃った大上卓司は、判決の下った三カ月後、山田に撃たれた傷が原因で死んだ。

もし大上が、もう四カ月早く裁判中に死んでいたら、山田は、殺人未遂でなく、殺人罪で、少なくとも十二年以上の刑を受けている。彼の運命は、確実に変わっていた……。

5

山田久は、刑が確定すると、昭和三十年の一月、吉島町にある広島刑務所に収監《しゅうかん》された。

広島刑務所は、明治二十一年三月に吉島町に建てられたが、昭和二十年八月六日の、原子爆弾投下により全建物が倒壊し、破損していた。このころは、応急的な復興がおこなわれていた。

山田は、広島刑務所では、まず新入工場にまわされた。

当時、十一の工場があった。

第一は製材、第二は木工、第三は鍛冶《かじ》、第四は洋裁、第五は機織《はたお》り、第六は印刷、第七は竹細工、第八は機械、第九は洗濯、第十は紙張りの新入工場、第十一が戒罰工場、いわゆる「モタ工」であった。第十二工場として、身体障害者の工場があった。

それらの工場で、二千七百人近い囚人が働いていた。中国地方の刑務所の管区本部が置かれているだけに、ほとんどが累犯《るいはん》の長期囚であった。

モタ工というのは、モタモタしている人間がまわされるところから、そう呼ばれている。仕事も、もっとも悪い仕事であった。座って、封筒、紙袋を貼ったり、麦藁《むぎわら》帽子、手袋を編んだりする仕事である。

山田は、まずモタ工に毛のはえたような新入工場にまわされた。新人ばかりまわされる工場であった。

ここの仕事は、紙袋貼りであった。

この仕事の囚人の責任者が、東の岡組に対し、西の中区土橋一帯を縄張《しま》として君臨していた岡友秋親分の実兄の岡清人であった。

岡清人は、東の岡敏夫の舎弟分で、おたがいに関係はよかった。

岡清人が責任者だ。新入工場から、やがて正式に工場に振り分けられるときには、いい工場へ振り分けられるにちがいない。山田は、そう思いこんでいた。

ところが、二カ月後、山田は看守に呼ばれ、いい渡された。

「山田久、おまえは、モタ工場へ配属する」

山田は、食ってかかりたかった。

「ムショに入ってからは暴れんとったのに、どうなっとるんかいのォ」

が、すでに決まったものは仕方がない。

まわりの者に事情を聞いてわかったことだが、広島刑務所内の事情があってのことであった。

山田が入所する直前に、主だった不良囚が、全国分散をかけられていた。

というのは、江戸時代に大名が雷電為右衛門を贔屓《ひいき》の相撲取りに持つように、役人たちが、囚人の中の強い者を贔屓する習慣があった。囚人の中の力のある者を贔屓することにより、他の囚人に対し、役人としても睨《にら》みをきかせていた。

ところが、別の役人は、また反対派の囚人を贔屓する。いつの間にか、役人と囚人の繋がりの中で、派閥に近いものができていた。

囚人の相撲大会があるときなども、役人たちは、自分の派の囚人を贔屓にし、応援の掛け声もすさまじかった。

そのため、つい囚人たちの中には、役人を背景にのさばる者もでてきた。

事態を憂慮《ゆうりょ》した広島刑務所では、問題の役人が転勤した機会を狙い、昭和二十九年の夏、不良囚を、いっきょに全国分散してしまった。

呉の山村組の水原弘の兄弟分である美能幸三をはじめ、片山薫らが全国に散らされた。

ようやく落ち着いたところなので、ふたたび同じ事態になっては……と、暴れそうな囚人は、ことごとくモタ工へまわされたのである。

山田も、危険人物としてマークされ、モタ工へまわされた。

山田は、モタ工で、みんなといっしょに紙袋を貼ったり、麦藁帽子を編んだりした。

モタ工には、八十人の人間がいた。十のテーブルがあった。

八人単位で、ひとつの細長いテーブルについて、作業をしていた。

片側に四人、向かい合うように反対側に四人座っていた。尻の下には、まるい敷物を敷き、その上にあぐらをかいて座っていた。

新入工場から、山田といっしょにモタ工にまわされた岩本敏幸に、麦藁帽子を編みながら話しかけた。

「おい岩《がん》ちゃん、わしもおまえも、こりゃあ、地獄の三丁目へ来たようなもんで。シャバに出るまで、おそらくモタ工から他へは、まわしてもらえんど」

「おたがいに、悪いときに入ったのォ……どうも、そういう感じじゃの」

モタ工は、飯も、囚人の中でもっとも粗末な四等飯であった。

拘置所の外で働かせてもらう土木作業が一等飯、所内での営繕工や大工などの力仕事をやるものが二等飯、製材工、掃除、機械工、洋裁工、印刷工が三等飯と分けられていた。

四等飯は、一等飯に較べ、量も二分の一しかなかった。

岩本は、育ちの良さそうな下膨《しもぶく》れの顔を厳しくさせ、山田にいった。

「ま、地獄の三丁目いうても、わしらあ、おたがいに旅の者じゃのうて、地元の人間じゃけえの。仲間が多いいう意味じゃあ、過ごしいいかもしれんの。わしといっしょに捕まった片山なんか、名古屋の刑務所へ送られて、知ったもんもおらんとこじゃけえ、それだけ辛いかもしらんの」

のち三代目共政会参与となる岩本は、安芸郡矢野町の金持の息子であった。

昭和五年生まれで、山田より、二歳年下であった。

戦後の二十五年には、同じ矢野町出身の岡組の岡敏夫の直系若衆の進藤敏明の盃を受け、子分になっていた。

片山薫が、村上正明を撃って逃亡し、ふたたび広島に舞いもどったとき、岩本が片山を村上組の報復《ほうふく》から守る役割を買って出てくれた。

「薫さんのォ、わしが守っちゃるけえ、大船に乗った気で広島の街を歩けえや」

片山は、それまで村上組から何度も拳銃で狙われ撃たれていた。

岩本は、コルト45口径を持ち、片山を守りつづけていた。

昭和二十八年一月、岡道場の二階に片山が寝ていた。

岩本は一階で、二階に行く敵を防ぐようにして寝ていた。

そこを、警察が急襲してきた。

岩本は、枕元に拳銃を置いて寝ていたため、拳銃不法所持で、片山とそろって逮捕されてしまった。

岩本は、懲役一年半の刑を受け、広島刑務所に入れられていた。

懲罰房から出た者も、モタ工へ三、四カ月いて、他の工場へ移って行った。

が、山田と岩本のふたりは、一年近くたっても、モタ工から他の工場へ移ることはなかった。

一年目、岩本は、刑期を終え、刑務所から出て行った。

山田は、出所して行く岩本に、自嘲気味にいった。

「岩ちゃん、いつまでもモタ工に残るわしゃあ、モタ工の主《ぬし》になるしか道はないわい」

山田は、モタ工にいつづけるなら、モタ工の主になるしかない、と決めた。

モタ工は、刑務所の中の刑務所のような場所である。そろっているのは、荒くれ者のひと筋縄ではいかない者たちばかりである。

山田は、役人に信頼されるためにも、煙草をきっぱり止めた。はじめのうちは苦しかったが、意地でも止めた。

違反で煙草を吸っているのが役人にわかると、いくら仕事を真面目《まじめ》にやっても、信頼はされない。煙草の火のため、火事が起こる。煙草の取り合いで、喧嘩も起こる。煙草に対しては、役人たちは神経を尖《とが》らせていた。

山田は、モタ工内で仲間同士の喧嘩があっても、睨みをきかせ、止めさせる力もつけてきた。広島の者たちは、「ジャックナイフの久」の時代から山田の暴れぶりを知っていた。

「山田とだけは、まともに喧嘩をするなよ。狂犬みたいなやつじゃけん、殺されるかわからんど……」

山田に恐れを抱くと同時に、一目《いちもく》置いていた。

山田は、いくつかある作業のテーブルから離れた工場の壁ぎわにある机に向かい、ひとりで座っていた。彼のうしろには、看守が、一段高い台の上に立ち、モタ工の連中を監視している。

山田は、他の県から来ている、いわゆる旅の者に対しても、抑えはきいた。何しろ、広島の者たちが背後にそろってついていた。

もちろん、喧嘩の強さだけで抑えがきくものではなかった。

また、煙草を止めて役人に気に入られるだけでは、ボスにはなれなかった。仲間からは、「担当に調子よく取り入りやがって……」と反感を買う。

山田は、仕事の能率の悪い者の手助けもしてやった。

けである。

モタ工では、麦藁帽子を編む材料をつくっていた。それを使って、業者が、帽子を編むわ
山田らは、七、八ミリの木の皮のようなものを、みつ編みにしていく。ノルマとして、一日一反半、つまり七十二キロくらいは編まなければいけない。

しかし、娑婆《しゃば》での怠《なま》け癖がどうしても抜けず、一日に半反も編めない者がいる。

そういう者は、担当の役人に怒鳴《どな》られている。しかし、役人がいくら怒鳴っても、編まない者は、編まない。娑婆に残した女が浮気をしているという話を新しく入ってきた仲間から聞いて、ふさぎこんでしまう者もいる。

山田は、そういう者のところへ行って、背中を叩いてささやいた。

「おい、今日は調子が悪そうじゃけん、そのままさぼっとれえや。わしがうまく帳尻《ちょうじり》合わせてやるけえ」

山田は、真面目に三反近く編んだ者のところへ行って、ドスのきいた口調でいった。

「おい、やつはふさぐことがあって、仕事が手につかんのじゃ。一反ばかり、分けてやってくれや」

山田にいわれると、しぶしぶながら一反渡した。

山田は、その男にいった。

「他のことで、またええ目さしちゃるけんの」

山田は、その一反を今度はふさぎこんだ男に渡し、その日のノルマの帳尻を合わさせた。

そのかわり、ふさぎこみが終わると、山田は、その男の肩を叩いて発破《はっぱ》をかけた。

「おい、もうちょっとやって、みんなにこれまでの借りを少しずつでも返していけや」

山田のいうとおり、働かない者も、少しは身を入れて働くようになった。

山田は、工場の仲間に苛《いじ》められて自分を頼ってくる者は、徹底的にかばった。

娑婆では、金で人を支配したり押さえることができる。

「おまえは仕事をよくするから、給料を二倍にしよう」

といって、より働かせたり、忠誠心を持たせることもできる。

が、刑務所では、それは不可能だ。裸のつき合いにおいて、喧嘩の力と、めんどう見の良さのふたつがそなわっていないと、荒くれどもをいうとおりに動かすことはできない。

山田は、広島刑務所に入って三年目、一級に進級した。毒には、毒をもって制するしかない、という刑務所側の発想もあったのだろう。

一級になると、他の仲間とは、住むところも違う。雑居房でなく、一房に住んだ。

一級の者は、各工場に三、四人しかいなかった。

ふつうの工場の責任者には、やくざ者はなれなかった。しかし、山田は例外として、すぐにモタ工の責任者となった。

それまでの人生を、一匹狼として暴れ放題に暴れてきた山田にとって、刑務所で責任者になったことは、知らず知らずのうちに、人を率《ひき》いていくための、じつにいい勉強になった。

刑務所の中では、山田がのちの三代目共政会の会長になったときの幹部たちとの出会いもあった。

のち三代目共政会常任参与となる和田堅二が、「機織《はたお》り工場」から、モタ工へ下りてきたのは、山田がモタ工の責任者となって、半年後であった。

和田は、昭和八年一月八日生まれで、山田より五歳年下であった。西の岡組の岡友秋組長の子分であった。

傷害の刑で入所し、はじめは、機織り工場へまわされた。絣《かすり》の着物を織る仕事をさせられた。

が、一週間で仕事を投げてしまった。

担当に怒鳴られたが、平然と食ってかかった。

「こんなめんどくさいこと、朝から晩までできませんよ！」

「それなら、モタ工へ行かすぞ」

「ああ、けっこう。あっちの方が、わしにゃ向いとりそうじゃ」

和田は、わずか一週間で、機織り工場からモタ工へ下ろされた。

ところが、モタ工に下りてその日、和田は喧嘩をはじめた。

モタ工の古株の金盛玄太郎が、和田に因縁《いんねん》をつけた。

「わりゃあ、新入りの癖に、のふうどうじゃのう」

「のふうどう」というのは、無礼という意味の「のふうぞう」の広島なまりである。

そのときには、和田の右拳が、金盛の顎《あご》に入っていた。

金盛は、四十を過ぎている。和田の一発で、仕事場の床にのけぞり転がった。

和田は、すかさず金盛に飛びかかった。

金盛の首を、両手でぐいぐいと締めつけた。

山田は、はじめ喧嘩に気づかなかった。みんなが編んだものを一反ずつ巻き、誰がいくら仕事をしたか、帳面につけていた。

騒ぎに気づくと、すぐに席を立った。

が、そのときには、担当がすでに仕事場の非常ベルを鳴らしていた。

非常ベルが鳴ると、保安課から、「特警《とっけい》」と呼ばれている特別警備隊が駆けつける。

喧嘩をした当事者は、懲罰房《ちょうばつぼう》に入れられてしまう。

山田は、金盛の首を締めている和田のところに走った。

「やめんかい！」

怒鳴り、ふたりを引き離した。

和田は、それでもなお、金盛の顔を蹴った。

山田は、和田に怒鳴った。

「やめろいうんが、わからんのか！」

山田は、和田と娑婆で話し合ったことはないが、顔を合わせたことはあった。和田が、岡友秋の子分であることも知っていた。

特警の者が、二十名近くなだれこんできた。

責任者が、和田の腕を摑まえ、引きずるようにした。

「懲罰房へ、ぶちこんでやる！」

山田は、その責任者にいった。

「待ってつかあさい！　いま担当さんが非常ベルを押したのは、あくまで手違いです。ふたりは、喧嘩をしたんじゃないんです」

特別警備隊の責任者は、何を屁理屈《へりくつ》ぬかして……という顔で山田を見た。

特警の責任者は、和田の殴った金盛の顔を指さした。

「鼻血が出とるじゃないか！　鼻血が。これでも、喧嘩でないといい張るのか」

山田は、引き下がらなかった。

「この男は、躓《つまず》いて転んだんじゃ！　それを、和田が抱き起こそうとしたところを、担当が喧嘩と間違えて、非常ベルを押したんじゃ」

山田は、そばにいる担当に、相槌《あいづち》を求めた。

「のう担当さん、喧嘩はしとらんよの」

担当は、山田によって、モタ工での喧嘩がまったくといっていいほどなくなっていることを知っている。どう答えていいものか、判断に迷っているようであった。

山田は、いま一度念を押した。

「担当さん、ハッキリ説明してもらえませんか」

担当は、山田に今後つむじを曲げられても困る、と判断したのであろう。特警の責任者にいった。

「どうやら、喧嘩と見誤《みあやま》ったようです」

担当にそう説明されれば、特警もそれ以上追及できなかった。すごすごと引きあげた。

和田は、丸坊主《ぼうず》の頭を、山田に下げて礼をいった。

「すみません」

山田は、和田にいった。

「わしも、全部はかばいきれんけえの。少しは、おとなしうせえよ……」

それから一年後、山田をモタ工の責任者から引きずり降ろし、代わって責任者にのし上がろうという一派が現われた。

山田は、そのころ、自分の個人房から、ふたたび雑居房に帰っていた。刑務所内に赤痢《せきり》が流行《はや》っていた。次々に増える患者を収容するところが必要となった。個人房を明け渡さざるを得なくなり、雑居房に帰ったのである。

6

山田がモタ工から仕事を終えて帰ると、総検、つまり総合検査が全房にわたっておこなわれた。山田は、別にやましいこともないので、私物の点検を何食わぬ顔で見ていた。

ところが、自分の私物箱の中から、煙草が三本発見された。

「山田、この煙草は、どういうことだ！」

山田は、眼の前に三本の煙草を突きつけられても、まったく身におぼえがなかった。

「何のことか、わかりませんが」

「白ばっくれやがって」

「本当に、入れたおぼえはありません」

山田には、調べ官の白眼の部分が、偏執的《へんしつてき》に黄色く光ったように思われた。

「きさま、担当官におぼえがめでたいと思って、いい気になりすぎるぞ」

山田には、本当におぼえがなかった。

第一、刑務所内では煙草を断とうと決めていらい、煙草を吸ったことがなかった。

ただし、仲間たちのために、たまに雑居房まで煙草をひそかに持って帰り、分けてやることはあった。

二級以下の囚人は、作業を終えて房に帰るとき、冬の寒いときでも、裸検診を受ける。

ふんどしまで外し、素っ裸になる。

五十センチの高さにかかげられた棒をまたぐ。肛門に何かを差し入れて隠していないかの検査である。

両方の手のひらもひらいて、調べ官に見せる。手の中に何かを隠し持っていないかの検査である。

口の中まで大きくあけ、自分の番号と名前を叫ぶ。口の中に何かを隠し持っていないかの検査である。

いわゆる「カンカン踊り」と呼ばれる検査である。

棒をまたぐのは、肛門の中にも、何も隠しておりません、ということを証明するためであった。肛門も突き出してみせる。

しかし、一級の者には、そのカンカン踊りはない。不正はおこなわないだろう、と信頼されているためである。

もし一級の者までカンカン踊りをさせると、一級の者が横の繫《つな》がりを持って反乱を起こす。刑務所内の統制は、とれなくなってしまう。

山田は、その特権を利用し、ときおり煙草を自分の房の者のために運んできてやっていた。

しかし、煙草を自分の箱に隠しておいたおぼえはない。

そのとき、そばに立っていた岩本敏幸が、山田の耳元でささやいた。

「久、おまえを責任者から追い落とすために、誰かが仕組んだ罠《わな》じゃないのか」

「罠……」

岩本は、一年半の刑期を終えて出所したが、また傷害事件を起こし、ふたたび刑務所に舞いもどっていた。

〈罠とすると、誰が仕組みやがったのか……〉

山田は、同じ房にいる岩本と和田を除いた他の五人のひとりひとりの顔をうかがった。

山田に睨《にら》まれ、五人とも、それぞれ顔を強張《こわば》らせた。

調べ官が、苛立《いらだ》たしそうにいった。

「明日の朝の十時、保安課まで来い！」

山田は、怒りに燃える眼を調べ官に向けた。

「誰かが、意図《いと》を持ってやったことじゃ思いますんで、その犯人を連れていっしょに行きます」

調べ官が雑居房から出て行くと、岩本が入口に立ち、山田にいった。

「わしが、見張りをしちょいたる。久、徹底的に調べろ」

和田も、凄《すご》みのある眼を光らせ、低いドスのきいた声を発した。

「おい、てめえら五人のうちに、かならず山田さんの私物箱に、わざと煙草を入れておいたやつがいるはずだ。白状せんかぎり、この房から、生きては出られんど」

房を、凍《こお》りつくような空気が支配した。

山田は、五人のひとりひとりの面をあらためて睨みすえた。

山田の射るような視線は、ひとりひとりの心の中まで見ぬいていた。

四人目の清長武晴という、和歌山生まれの二十歳を過ぎたばかりの囚人が、山田に射すくめられ、唇をわなわなと震わせはじめた。

青色の囚人着のズボンの下から、小便も漏《も》らしはじめた。

〈殺される……〉

と思うと、生きた心地がしなかったのであろう。

山田は、清長の眼から眼を離さず、ひとこと訊《き》いた。

「誰に頼まれてやった？」

「……………」

清長は、唇をわなわなさせるが、言葉にはならない。

山田の眼に、血の線が閃《はし》った。

入口に立っている岩本が、清長をうながした。

「おい、これ以上山田を怒らさん方がええど。知っとるじゃろうが、いま村上組と岡組の抗争がぴたり止んだのも、山田が村上の者を殺ったのがとどめになったようなもんじゃけえの」

清長は、震え声で懇願した。

「い、命だけは、助けて下さい……」

山田は、低いがドスのきいた声で訊いた。

「誰なら？」

しばらく沈黙がつづき、清長がいった。

「隣りの房の黒崎竜造です」

山田の額《ひたい》の血管の青筋が、ぴくりと動いた。

黒崎竜造は、モタ工にいた。九州は唐津の玄界灘育ちの荒くれ者であった。どの組にも入っていない一匹狼である。日本刀でやくざの背中を叩っ切り、懲役二十年の刑をいいわたされていた。全身に龍があれ狂っている墨を入れていた。

表面に立っては山田に手向かわなかったが、山田に服従する気配も見せなかった。反感を抱いていることは、山田にもわかっていた。

〈正面切って勝負できんくせしやがって〉

山田は、清長が白状したので、それ以上痛めつけることはしなかった。

翌日、山田は、清長を連れ保安室に行った。

清長に、

「あれは、わたしのやったことです。すみませんでした」

と詫《わ》びさせた。

その日の午後、モタ工場で、作業中のひとりが、突然腹を抱えてもだえ苦しみはじめた。

「も、盲腸《もうちょう》かもしれん……」

尋常《じんじょう》の苦しみようではなかった。

眼を白黒させ、七転八倒している。

誰が見ても、本当としか思えなかった。

じつは、山田の命令でやっている演技であった。が、その演技は迫真力があり、額には、脂汗《あぶらあせ》が滲《にじ》んでいるようにすら見えた。

担当は、あわててその男を抱きかかえるようにしてモタ工から外へ連れ出した。

次の瞬間、岩本と和田が作業場から立ち上がった。

黒崎のところへ行くと、「おい、立たんかい」と脅《おど》し、立たせた。

山田がそこに行き、黒崎を見すえた。

黒崎は、まるで喉元《のどもと》に匕首《あいくち》を突きつけられたような動転《どうてん》ぶりであった。

山田が啖呵を切った。

「ほんとにこの工場のボスになりたいんなら、力ずくでわしを殺《や》ったらどうない。一騎打《いっきう》ちでやろうじゃないか」

黒崎は、浅黒い顔を強張《こわば》らせ弁解《べんかい》した。

「何のことか、おいにはわからん！」

和田が、そばからいった。

「清長から、みな聞いとるんど」

清長の名を出すと、黒崎は居直った。

「清長がどういう出鱈目《でたらめ》をいうたかしれんが、おいが何かしたという証拠でもあるんか」

山田には、黒崎が正面切って勝負を挑《いど》んでくる勇気のないのはわかった。山田は気が短かった。担当も、すぐに帰ってくる。ぐずぐずといい合いをしている暇《ひま》はなかった。

山田の右膝が、黒崎の腹を蹴りあげた。

「うッ！」

黒崎は、腹を抱えてうずくまった。

山田は、叫んだ。

「みんな、手を出すな！　黒崎と一騎打ちじゃけえの！」

黒崎は、眼を剝《む》き、山田を睨んだ。

山田は、頰に不敵な笑いを浮かべて、挑発した。

「来い！　度胸があるなら、来いや！」

山田は、広島刑務所に入って五年間、大好きな喧嘩をしていなかった。体が疼《うず》いてきた。

いい機会だ。徹底的にやりたかった。相手にとって不足はない。

〈殴り殺してやる……〉

山田は、怒りが頂点に達すると、自分でも何をしでかすかわからなかった。殴ったあと、自分がどういう立場に置かれるか、考えもしなくなる。

黒崎は、山田のすさまじさに、さすがに震えあがったのか、歯向《はむ》かってこようとはしなかった。

山田は、右膝を、今度は黒崎の鳩尾《みぞおち》に打ちこんだ。

「さあ、かかって来い！　かかって来んかい！」

黒崎は、鳩尾を押さえてうずくまり、うんうん唸《うな》りはじめた。

そこに、担当が帰ってきた。

岩本が、冗談めかしていった。

「担当さん、ここにもひとり、盲腸の疑いのあるのがおるぞ」

担当は、気にして黒崎に走り寄って訊いた。

「あんたも、おなかが痛いんかいの。何か、昼飯でも、当たったんじゃないかの……医務室に行くか」

黒崎は、もだえ苦しみながらいった。

「か、かまわんで下さい」

その日以来、黒崎は、山田の前では、借りてきた猫のようにおとなしくなった。山田に代わってモタ工のボスになろうという素振《そぶ》りは、まったく見せなくなった。

昭和三十四年八月、のち四代目共政会の会長となる沖本勲が、初犯で入所してきた。彼もまた、すぐにモタ工にまわされてきた。

沖本は、昭和十二年一月五日、広島市楠町に生まれた。

崇徳高校を卒業後、愚連隊になった。

愚連隊のとき、金銭恐喝事件を起こし、山口県岩国にある『大畑特別少年院』に入れられた。

少年院を出たあと、広島市流川町の新天地公園を根城に愚連隊をつづけた。

そのうち、打越会に目をつけられた。打越会山口英弘組所属の若衆となった。

二十歳のとき、町の愚連隊と因縁のつけ合いで、太田川の土手で、喧嘩となった。

沖本は、相手がてっきりひとりだと思い、軽く考えて土手に行った。

ところが、相手は五人もいた。

沖本はとっさに短刀を抜き、相手のひとりを刺した。

さいわい、相手は死ななかった。

沖本は、傷害罪で、広島拘置所から広島刑務所送りになったのであった。

山田は、沖本とは、娑婆にいるとき、一度顔を合わせたことはある。が、口をきくのははじめてであった。

沖本は、傷害罪で懲役一年六月の刑を受けていた。

山田は、眼のくりっとした沖本にいった。

「おい、おまえに、新しいふんどしをやるよ」

刑務所では、知っている者が入ってくると、先輩は、ツギが当たってはいるが、まだ誰も着たことのない洋服などをプレゼントするしきたりになっている。

山田は、沖本にふんどしをやることにした。ふんどしといっても、刑務所でみんなが穿《は》いているふんどしは、正規のふんどしとはちがう。横に紐《ひも》をとおし、ただ前を隠しただけのものである。

山田は、古い囚人の服をつぶさせ、洋裁工場に頼み、ふんどしを作ってもらった。

のちに、沖本から、

「山田さんから、ふんどしをもらった」

とずいぶんとからかわれたものである。

昭和三十四年十一月、山田は、十カ月の仮釈をもらって、ようやく出所することになった。

山田は、いよいよ出所するとき、みんなに沖本のことをくれぐれも頼んでおいた。

「おい、こいつを頼むぞ」

頼むぞ、といわれれば、誰も沖本をいじめたり、歯向かう者はなかった。

山田は、十一月十二日の午前十一時、広島刑務所から出所した。

冬にしては強い陽が頭上から差しこんできた。

〈四年十カ月ぶりじゃのォ〉

服部武と、岡山県笠岡市の浅野真一組長とその若衆十二、三人が、そろって出迎えてくれた。その二カ月前に出所していた和田も、いっしょに出迎えに来ていた。

山田には、浅野の出迎えが理解できなかった。

服部が、説明した。

「じつは、こんながナカへ入っとるとき、わしと浅野親分とは、ある事件をとおして、兄弟分の盃を交わしての」

服部の説明によると、昭和三十年五月九日、広島県府中市で起こった殺人事件をきっかけに、いわゆる備後拳銃事件が起こった。

服部は、浅野組と対立した側についた。

服部は、岡組の看板《かんばん》をかけて、浅野との話し合いにのぞんだ。有木博も同席していた。

服部と浅野は、おたがいに譲れぬぎりぎりの気迫で話し合った。

そのうち、敵対する間柄にもかかわらず、意気投合し、浅野と服部はやがて兄弟分の盃を交わしたというのであった。

浅野は、山田の手を握り、黒縁眼鏡の奥の鋭い目を光らせ、放免祝いの言葉をのべた。

「山田君、わしの力になれるところはなるけえ、服部を助けて盛りあげてくれよ」

山田は、服部への気持には複雑なものもあった。が、浅野の言葉に、すべてを呑むことにした。

服部は、山田の放免の花興行《はなこうぎょう》という名目で、「松竹少女歌劇団」を呼び、盛大な興行を打った。

岡組七人衆のひとり網野光三郎が、神戸の山口組の田岡一雄組長の経営する神戸芸能社から荷をもらい、広島演芸社という会社を経営していた関係上、服部も興行を打ったのである。

山田は、出所して半年後、薬研堀の連れこみ旅館の一室にある服部組の事務所に、服部親分といた。そばに、服部の若い衆十七、八人がいた。

山田が服部武から殺しを頼まれたときには、服部のところには、若い者も四人しかいなかった。山田の腕を借りざるをえないほど、弱小軍団だった。が、いまや服部組は上り坂で、二十人近い組員がいた。

事務所では、当番の若い衆たちが街の女たちが上がってくると、泊まりか休憩かに分けて帳簿《ちょうぼ》をつけていた。

山田は、そういう辛気くさい仕事は一切しなかった。

服部が、浅黒い顔に血をのぼらせ、山田に文句をいった。

「久、うちの若い者が行儀が悪いのは、われの教育の悪いせいど」

山田の頭に、血がのぼった。

山田は、服部の正式な盃《さかずき》は受けていなかった。が、世間の誰が見ても、服部武とは、親分子分の関係である。

しかし、山田は、たとえ服部が親分であろうと、いいたいことはいっておきたかった。

「あんた、それを本気でわしにいいよるんか！」

「おお、本気じゃ。そりゃあ、おまえが悪いけえ、若いもんがおかしうなるんじゃ」

「なにイ、もう一回いうてみい！」

山田は、頭がクラクラするほど怒っていた。

服部は睨みすえた。

「ほいじゃあ、いまからわしがいわしてもらおう。二十六から刑務所に入り、帰ってきたら、三十一じゃ。そうして、帰ってみると、わしの知らん若い者がたくさんいる。わしには、六年近い空白がある。他の者は、服部の若いもんいうんで、どんどん伸びとる。金にしても、わしは、刑務所から帰ってきて、まったくない」

山田のための「松竹少女歌劇団」の放免《ほうめん》興行の儲《もう》けの金も、じつは、山田にはまったく入っていなかった。すべて親分側の金として使っていた。山田は、背広を一着つくってもらっただけである。

山田は、眼をぎらぎらと憎しみに燃やし、食ってかかった。

「わしが寂《さび》しそうな顔をしとったら、弟分たちが、兄貴、飲みに行きましょうか……いうて誘う。わしも、酒が好きじゃけん、つい、すまんのういうて出る。だったら、若い者が粗相《そそう》をしても、怒ろうと思うても、そのような世話になっとったら、できんじゃないですか。十怒るところが、六つか七つしか、怒れんじゃないですか！」

山田は、拘置所《こうちしょ》でふとんをかぶって泣きあかした六年前を想い出し、あらためて胸をかきむしられる思いがした。

山田は、前へ前へにじり寄りながら、食ってかかった。

「それなのに、わしにそれほど寂しい思いをさしながら、わしの教育のしかたが悪いというのは、あんまりわしがかわいそうじゃないですか」
服部は、ついにあとずさりして、帳場の壁まで下がっていた。
山田は、心の中で叫んでいた。
〈わしは、絶対にあんたに負けんど。いつの日か……〉

第3章　抗争の導火線

1

山田久は、ズボンのポケットに手を突っこみ、世の中すべてに突っかかっていくかのように、肩を怒らせて歩いていた。

酒が入っている。足も少しふらついていた。

広島市内でも、もっともバーやキャバレーの密集している薬研堀であった。

昭和三十五年六月中旬の夜十一時過ぎである。

もし誰か山田の肩にぶつかれば、殴り殺されそうな殺気が漂っている。擦《す》れ違う者は、彼を避《さ》けるようにして歩いた。

ふいに、にわか雨が降ってきた。

山田の五分刈りにしている頭とアロハシャツが、またたく間に濡《ぬ》れた。

まわりを歩いていた者たちも、

「おい、こりゃ、当分やまんかもしれんど」

「そこらの店に、入ろうや」

と口々に叫び、雨やどりをはじめた。

山田は、雨やどりする店を選ぶため、鋭い眼をまわりのクラブに放った。

そのとき、山田に声がかかった。

「服部さんのところの兄さん！」

真向かいから、流しのギター弾《ひ》きが走ってきた。

商売道具のギターを、雨に濡れないように胸に抱えこむようにしている。

山田の顔見知りのギター弾き健坊であった。

健坊は、小学生のとき、安佐郡の可部の奥の祖母のところにあずけられていた。その間に、原爆で市内の中心に住んでいた親兄弟をすべて亡くした。歌とギターが上手《うま》かったため、戦後は、ギター弾きで生計を立てていた。

山田は、広島刑務所から出て三カ月後、流川の焼鳥屋で、健坊が客に絡《から》まれ半殺しの目にあっているのを助けてやったことがある。

「おい健坊、そこの店でも入ろうや」

健坊の顔は、山田が広島駅前の赤玉パチンコで村上組の大上卓司を撃ったときの道案内役であった堂前少年によく似ていた。よけいに情が湧《わ》いていた。

山田は、健坊を連れ、『紫園』というクラブに入った。

ちょうど二階に、岡組の賭場があった。

山田は、これまでこのクラブに入ったことはなかった。

店内は、真ん中にカウンターがある。左側に、三ボックス、右側に、二ボックスあり、さらに歌の歌える少し高い段がある。

カウンターの中には、ママが立っていた。そこだけ大輪の花が咲いたように美しい。年の頃は、三十七、八歳か。

日本髪を結《ゆ》っているので、抜けるように白い肌の色が、いっそう目立った。豊満《ほうまん》で、じつに貫禄《かんろく》があった。

白地に大きく銀色の流線紋様《りゅうせんもんよう》を配し、大きな真っ赤な牡丹が飛ばしてある、あでやかなお召《め》しに身を包んでいた。帯は、金地の袋帯《ふくろおび》を締めている。

満員で、すべてのボックスが塞《ふさ》がっていた。

山田と健坊は、カウンターの止まり木に座った。

「いらっしゃいませ。お飲みものは、何にいたしましょうか」

ママにいわれ、山田は、ぶっきら棒にいった。

「それより先に、おしぼりをくれ」

ボーイが間髪を容れずにさっと差し出したおしぼりで、山田はアロハの濡れを拭《ぬぐ》いながら、いった。

「水割りをくれ」

健坊は、断った。

「わたしは、いいです」

山田は、アロハを拭《ふ》き終わり、五分刈りの頭も拭きにかかりながら、健坊に勧めた。

「わしが奢《おご》るけえ、何か飲めや」

健坊は、ぺこりと頭を下げた。

「それでは……」

と注文した。

「ビールをお願いします」

しばらくしてウイスキーの水割りが運ばれてきたが、山田は飲まないで待っていた。健坊のビールが運ばれ、グラスに注がれるのを待ち、健坊のグラスにウイスキーの水割りのグラスを合わせ、乾杯した。

健坊は、ビールに口をつけると、あらためて頭を下げた。

「兄さんには、本当にいつもお世話にばかりなりまして」

「なーに、これからも、いつでも因縁をつけられたときには、わしのところに電話を入れてこいよ。わしが、しごうしたるけん」

しごうする、というのは、しごく、つまりいためつけるの広島のなまりであった。魚を包丁をもっておろすことも、やはり、しごうするという。

山田は、相手が誰であろうと、一回関わりを持った人間は、相手が裏切らないかぎりとことんめんどうを見るところがあった。

山田は、健坊にいった。

「おい、健坊、『大利根無情』を歌うけん、弾《ひ》いてくれや」

三波春夫の歌う『大利根無情』は、前年の昭和三十四年七月に発売され、大ヒットしていた。

発売直後、広島刑務所に入ってきた男が山田の入っていた雑居房で歌っていたのを聞いていらい、山田は、この歌が好きになっていた。

この浮世の冷たさを歌う歌詞と、歌う主人公平手造酒《ひらてみき》の落魄《らくはく》した姿に己れの姿を重ね合わせ、惚《ほ》れこんでいた。

山田は、低い声で歌いはじめた。

そのとたん、ママが真紅の口紅をひいた厚めの唇をゆがめ、大声で一喝《いっかつ》した。

「よしんさい！」

あたりを圧する声であった。クラブの中が、一瞬、凍りついたように静かになった。

じつは、そのママは、このクラブの二階にも賭場を持つ広島一の親分岡敏夫の愛人であった。

一喝がぴたりと決まるのも、岡親分を背景にしてのことであった。

ところが、山田は刑務所から出所して間もない。浦島太郎のようなところがある。岡とその愛人との関係をまったく知らなかった。

健坊は、恐れをなしてギターを弾《ひ》くのをやめた。

山田は、健坊をせかした。

「健坊、かまうこたあない。弾け！」

ママは、ふたたび怒鳴った。

「うちにゃあ、専属《せんぞく》バンドがいるんじゃけえね。そこらへんのバーと、いっしょにせんといてえよ」

山田は聞く耳もたぬという顔で、ママに横顔を向けたままいった。

「この流しも、客としてこの店に来とるんじゃないか。せっかくいい気持で弾いて歌っとるんじゃけえ。しばらくの間、耳をふさいどいたらどうの」

山田は、眼で健坊に弾きつづけるように命じた。

健坊は、おずおずと弾きはじめた。

山田は、今度は、声を張りあげて歌った。何事も高飛車《たかびしゃ》に出る人間が嫌いであった。

ママが、いきり立った。

「やめんさいいうたら、やめんさい！」

バーテンも、カウンター越しに健坊の胸倉《むなぐら》を摑《つか》み、凄《すご》んだ。

「やめろというのが、わからねぇのか！」

山田が怒りを抑えるのも、限度であった。

店中の客の眼が、山田とママに集中していた。

山田の座っているカウンターの眼の前には、メロン、バナナ、葡萄《ぶどう》などのフルーツの皿が出されていた。

山田は、その皿を握《にぎ》るや、「うるさい！」と叫び、ママの顔めがけ投げつけた。

皿の中のメロンやバナナが、あたりに飛び散った。

店の客やホステスが、「きゃあ！」と叫び声をあげた。

皿は、ママの顎《あご》を直撃した。

皿は、真っぷたつに割れた。

ママの顎から、血がしたたった。

ママは、顎に右手をやった。女夜叉《やしゃ》のような形相になった。

それでもあわてず、バーテンに命じた。

「早く、みんなを呼んできて」

山田は思った。店の用心棒たちを呼びつけるらしい。どこの組の者が駆けつけてくるかわからない。用心棒たちに捕《つか》まれば、流しの健坊は、確実に半殺しの目にあう。

山田は、止まり木から腰を浮かしながら、健坊に声をかけた。

「おい、逃げろ！」

山田も、店の入口に走った。

ドアを開けるや、健坊を先にドアから出し、外におどり出た。

にわか雨は、いっそうひどくなっていた。

山田は、雨の中を、どちらの方向かもわからず、走り逃げた。

酔いが深く、足がもつれた。

が、可能なかぎり、走りつづけた。

路地から路地に逃げた。

どうやら、百メートル道路に近づいていることがわかった。

百メートル道路というのは、市を東西に貫く道路幅百メートルもの広さの平和記念道路として昭和二十三年から着工されていた。当時は、まだ工事は完成されていなかった。薬研堀から、南へ三百メートルくらい向かった田中町と富士見町の境にあった。

山田は、翌日、昭和町にある当時ときどき泊まりこんでいた女のアパートの二階の一室で、目を覚ました。

というより、流川のクラブに勤めていたその女性に、揺《ゆ》り起こされた。

「服部さんのところの若い衆が下に来て、あんたに訊《き》きたいことがあるいうとってが、部屋に上げてええん」

「誰や」

「福島さん」

「おお、上げえや」

女は、薄紫色《うすむらさきいろ》のネグリジェを着たままの姿で、部屋を出て行った。

山田は、ふとんの上に半身を起こした。

ズキズキと痛む頭を、右の平手で叩いた。二日酔いがひどい。頭は朦朧《もうろう》としている。

ただ、『紫園』でもめた事件は記憶にあった。

〈健坊が、うまく逃げとりゃあええが〉

心配であった。

すでに部屋のカーテンから明かりが差していた。鏡台の下の時計に眼をやった。午後の二時をまわっていた。

部屋のドアが開き、福島が入ってきた。

ふとんの前に膝《ひざ》をついて、口をとがらせるようにして訊いた。

「兄貴、ゆんべ、薬研堀で飲んで、どっかの店で暴れんかったかいのォ」

「おお、暴れたで」

山田は、彼女に水を持ってくるよう手真似で命じて、福島にいった。

「それが、どうしたんや」

「やっぱり、兄貴か……」

「おまえと、その店と、なんか関係があるんか」

「馬鹿じゃのォ……あの店が、誰の店か知っとるんかいの」

「誰の店や」

「あれは、岡の親分の愛人のやっとる店なんよ」

山田は、一瞬にして二日酔いが醒《さ》める気がした。

彼女が、水の入ったグラスを右手に持ったまま運んできた。

が、山田は、しばらく茫然《ぼうぜん》として、口に運べなかった。

いくら恐い物知らずの暴れ者でも、岡親分の愛人の店で暴れ、そのうえ美貌《びぼう》まで傷つけたとなると、胆《きも》を冷やさざるを得ない。

山田は、ようやくグラスの水を飲み、逆に福島に訊いた。

「どうして、わしじゃとわかったんや」

もしかしたら、「流しの健坊」が捕まったのか。袋叩きにあったすえ、うたわされてしまったのではないか。そう心配したのである。

「兄貴、ギター弾きといっしょに、岡親分の愛人の店へ行ったでしょう。そのギター弾きが捕まって、いっしょにいた男は誰だ、と問い詰められたらしいんですよ」

山田は、「流しの健坊」のお岩のように腫《は》れたであろう顔を想像しながら、心の中で彼に詫《わ》びていた。

〈事件にやつを巻きこんで、悪いことをしたのォ〉

福島が、女に差し出されたサイダーに口をつけると、話をつづけた。

「そのギター弾きが、しゃべらされたんですが、『服部組の兄さん』としかいわんで、ついに名前まではしゃべらなかったそうです」

山田は、「流しの健坊」に感心していた。

〈やくざ者でも、平気でうたう時代じゃ。それなのに、カタギの健坊が、そこまでがんばったんか。感心なことじゃ〉

福島が、話しつづけた。

「岡親分のところから、服部親分のところに知らせが入り、服部親分が、みんなを集め、いまカンカンなんです。『誰がやったんならあ』……いうて」

「服部の親分には、わしじゃとすぐわかったんか」

「服部親分は、奥沢の兄貴にちがいないと疑っているんですが、おれは、こんな無茶苦茶《むちゃくちゃ》やるのは、兄貴しかいないと見当をつけまして」

2

山田は、ふとんから起き上がった。

福島のいる前で、すっ裸になった。下着を着がえ、アロハシャツを着、ズボンをはいた。

急いで、薬研堀にある服部の事務所に向かった。

歩きながら、腹を決めた。

〈こりゃあ、指詰めは覚悟せにゃならんの〉

山田は、服部の事務所裏口から入った。表口からは、さすがに入りにくい。

靴を脱いで、申しわけなさそうに上がった。

服部の事務所は、連れ込み旅館の帳場でもあった。

服部は、相撲取《すもうと》りとまちがえられるほど太っている。百キロは、ゆうに超えている。背広の下から、太い腹が突き出ていた。

浅黒い顔をテレビに向け、テレビのプロ野球デーゲーム中継を見ていた。

山田は、畳の上に手をつき、頭を下げて詫《わ》びた。

「ゆんべ、岡親分の愛人の店で暴《あば》れたのは、わしです」

テレビは、地元の万年最下位広島カープ対読売ジャイアンツの試合を映していた。テレビの画面に釘づけになっていた服部が、画面から眼を離し、山田に顔を向けた。

「おまえか」

「ええ、わしです」

「おまえ、刑務所に舞《ま》いもどりたいんか」

山田は、昨年の十一月に、広島刑務所から十カ月の仮釈をもらって出所していた。仮釈期間の切れるまで、まだ二カ月も残っていた。

小さな事件でも起こせば、仮釈は取り消される。刑務所に舞いもどらねばならない。もし岡親分と関係のない店なら、警察に通報され、まちがいなく、事件になっている。傷害罪で、逮捕されている。

山田は、頭を上げていった。

「誰が、刑務所に舞いもどりたい者がおろうね」

服部は、岡親分の愛人のクラブで暴れたのが、こともあろうに山田であったことに、舌打ちしたい顔になった。

「おまえが悪いんじゃない。酒が悪いんじゃろう。酒、一週間やめえや」

「わかりました」

「それから」

服部は、妙にあらたまった口調になった。

山田は、「指を詰《つ》めろ」と命じられることを覚悟して、次の言葉を待った。

まわりの幹部たちも、この事件が、いったいどういう決着を見せるのか、緊張のおももちで見守っていた。

服部は、山田にいった。

「岡親分の愛人が傷ついちゃあ、あの店も、当分は営業ができんじゃろう」

「はい」

「岡親分に、断りだけはしとけよ」

服部の口からは、ついに、「指を詰めろ」という言葉は発せられなかった。

服部は、六年前、盃も交わしていない山田に、村上組の大上卓司を銃撃させて、六年の刑を食わせている。出所してまだ一年もたっていない山田の指を詰めさせることは、さすがにできなかったのである。

山田は、その足で、柳町にある岡の賭場に向かった。

有木博が、

「山田、ゆんべ親分の店で暴れといて、今日謝りに行くいうのも、風《ふう》が悪かろう。わしらがいっしょに付いて行ってやるよ」

有木は、昭和三十二年二月に、服部が愛宕町に新宅を建てるときの建築材の納入業者との支払いのいざこざで、脅迫罪で三年の刑を鳥取刑務所で勤め、昭和三十五年二月に娑婆《しゃば》に帰っていた。

有木といっしょに、半村隆一も、山田に付いて、岡の賭場に向かった。

半村も、やはり有木と同じ罪で、二年半の刑を受け、鳥取刑務所に服役し、昭和三十四年七月に出所していた。

山田は、有木、半村といっしょに、『紫園』の二階にある岡の賭場に上がった。

服部武と並ぶ岡組直系若衆の広岡正幸が、ダボシャツ姿で腕を組み、賭場を鋭い眼つきで見守っていた。

客たちも、真夏なのに閉めきったクーラーのない暑い部屋で、裸同然の姿をして四点張りに興《きょう》じていた。

山田は、「赤玉パチンコ事件」で大上を銃撃して、打ちあわせどおり的場町の民家に堂前少年と逃げこんだとき、その民家に広岡が駆《か》けつけた縁で、おたがいに親しみを感じあっていた。

山田は、広岡の背中に声をかけた。

「こんにちは」

広岡は、後ろ向きのまま、怪訝《けげん》そうに訊いた。

「おお、えろうかしこまって、どうしたんなら」

山田は、正座をし詫びた。

「じつは、ゆんべの夜、親分の関係のクラブで暴れたんは、わしです」

広岡は、振り返り眼を剝《む》いた。

「おまえか？　そりゃ、困ったことになったのォ」

「はい……」

「いま、親分は、『リッツ』に映画を観《み》に行っとるけん、一刻《いっこく》も早う、断りいいに行ったがええど」

「わかりました」

広岡は、ため息まじりにいった。

「ほいじゃが、こんなあ、困ったことになったのォ」

山田は、有木や半村といっしょに賭場を出ながら、今度は覚悟していた。

〈やはり、指は詰めにゃならんことになるじゃろう〉

山田が、村上組の大上卓司を銃撃したことにより、岡組と村上組との対立は終結を見せた。

その後、岡組は、広島市東部から、中央部にかけて県内随一《ずいいち》の勢力を誇るようになった。百六十人もの組員を擁《よう》していた。賭場、競輪場、バー、キャバレーと、豊富な資金源を持ち、ゆるぎない広島の「闇の支配者」になっていた。

山田は、タクシーを流川町にあるリッツ劇場に飛ばし、劇場の前で降りた。

映画館には、アラン・ドロンの看板が大きくかかっていた。上半身を剝き出し、太陽の強い陽を浴び、船の舵を持って野心に燃える青い眼を光らせている。

『太陽がいっぱい』のメロディも、アラン・ドロンの甘いマスクとアンニュイにぴたりの雰囲気で奏《かな》でられていた。

しかし、指詰めを命じられるかどうかの山田に、アラン・ドロンの看板に見とれている心のゆとりはなかった。

山田は、有木と半村といっしょに劇場に入った。

ドアを開け、暗闇に溶けた。

山田は、暗闇を透《す》かして、懸命《けんめい》に岡を捜した。というより、ベレー帽姿を捜した。岡は、いつも粋《いき》にベレー帽をかぶっていた。

座席の中央に、ベレー帽姿が見つかった。

山田は、岡の座っているすぐ斜め後ろの席が空いていることを確認し、その空いた席の前に向かった。

さすがに緊張していた。小さい声で、恐縮《きょうしゅく》しながら声をかけた。

「親分、服部のところの山田久です」

岡組長は、振り向いた。

暗闇の中で、山田の顔を認めた。

「おお、おまえか」

「じつは、ゆんべ、『紫園』の店で暴れたのは、わたしです」

岡組長の表情が、一瞬強張《こわば》ったように映った。

が、すぐに優しい声になった。

「おまえじゃったんか。いまごろは、警察の暴力団狩りがうるさいから、気をつけろよ」

その二カ月前の四月一日から、広島県警二課と県下各署は、行楽シーズンの暴力犯一掃に力を入れ、二回にわたって、いっせい取り締まりをおこなっていた。

その結果、四月三十日までに、暴行や傷害の疑いで、二百四十五人も逮捕していた。

岡組長は、山田に、怒るよりむしろ心配するようにいったうえ、さらに包《つつ》みこむようにいった。

「あんまり暴れるなよ。頼むけんの」

岡組長は、山田と親しく話しあったことはなかった。しかし、山田があとで岡組長から聞いたところによると、無鉄砲で何をしでかすかわからないが、どこか一途《いちず》で憎めないところのある十六歳も年下の山田に、妙に情を感じていたという。

もし山田と自分の年が近いか、あるいは、自分がまだ若くて血の気が多いと、山田の無鉄砲さに苛立《いらだ》ち、大喧嘩をしたであろう。

しかし、岡組長も、いまや四十七歳であった。丸味も帯び、人間を包みこめる寛容《かんよう》さも出てきていた。

人間、丸味が出てくれば、昔の自分の若い頃のように、先のことを利害のみで考えないで、無鉄砲に突っ走る若者にかえって惹《ひ》かれるものである。

賭場に山田がかつて顔を出したときには、岡組長は、たいていは麻雀をしていた。

麻雀の強い山田を見ると、岡組長は、

「おお、来たか。ちょっと替わってくれや」

といって山田にあとをやらせていた。

たまにバーで山田と会うと、岡組長は声をかけていた。

「おい、たまにはおれんとこに顔を出して、麻雀を替わってくれや。わしゃあ、負けてばっかしおるけんの」

その山田が、愛人の店で暴れ、顎まで傷つけていた。

ふつうの若い衆なら、指を詰めさせねば収まらないところだった。が、なぜか、怒る気になれなかったという。

岡組長も、あらためて自分の心の動きを妙に感じていた。

指詰めを今度こそ覚悟していた山田は、

「親分、ほんとうにすみませんでした……」

と頭を下げ、引き下がった。

山田は、劇場の闇の中から出口に向かいながら、不敵《ふてき》な笑いを浮かべていた。

3

山田は、有木博といっしょに、流川町の一画にあるキャバレー『カサブランカ』に入った。

岡の愛人のクラブで暴れて半月後のことである。

山田は、あいかわらずアロハシャツを着ていた。

百くらいあるボックスのうちの、左側の一番奥のボックスに座った。

ホステスが、山田と有木のふたりにそれぞれついた。

ところが、有木のグラスにビールを注いでいたホステスが、山田の横顔をしげしげと眺《なが》めた。何かいい出そうとして、やめた。

ママの紹介では、彼女は、百五十人いるホステスの中で、ナンバー3に入る美人とのことであった。

彼女は、グラスに注ぎ終わると、やはり気になるらしく訊いた。

「お兄さん、あんた、うちに下宿していた秋子さんところに顔を出していたひとじゃない！」

山田は、急に昔のことをいわれ、口に運んでいたビールの入ったグラスを止めた。

「あんた、清水さんのところの娘さんか」

「そうよ、思い出してくれた」

思い出してくれたか、といわれても、山田の記憶の中には、裸足《はだし》で弁当を買いに行っていた中学生の少女の面影《おもかげ》しかない。

「清水さんのところには、娘さんがぎょうさんおったけえの。どの女の子か、ようわからんの」

清水家には、四人の男の子と、四人の女の子がいた。山田には、目の前にいるホステスが、その何番目の女の子か、見極《みきわ》めがつかなかった。

「あんた、何番目の女の子か」

「わたし三番目の、美千子」

山田は、信じられないほど垢抜《あかぬ》けしている彼女の横顔をあらためて見た。

「それにしても、女は化けるいうが、きれいになったのォ」

美千子は、山田のそばにいたホステスと入れ替わった。山田の右隣りに座った。

美千子は、山田のグラスにビールを注ぎながら、甘えるようにいった。

「ねえ、お兄さん、長女の由紀子姉ちゃんと、二番目の多美子お姉ちゃんのふたりで、スタンドバーをやっているの」

美千子にとって、幼いときから知っている山田は、まるっきり他人の気がしなかった。

「そうか。姉妹でやってるなんて、感心じゃないか。この店を出たら、行ってやるよ」

美千子は、山田のたくましい右腕にもたれかかり、素直によろこんだ。

「お兄ちゃん、やさしいのね」

十二時が過ぎた。店が閉まると、山田は、美千子に案内され、有木といっしょに美千子の姉たちふたりが経営しているスタンドバーに行った。

七月に入り、夜風がなまあたたかく山田の頬を撫《な》でてすぎる。

美千子は、『カサブランカ』を出て、薬研堀のところの宝塚ビルの一階のスタンドバーの前に立った。

小さな店の看板には、『麗子《れいこ》』とあった。

山田は、看板を見上げ、彼女にいった。

「なんや、あんたの妹の名前じゃないか」

「そう、姉ちゃんたちが、つけたの」

美千子は、ドアを開け、山田と有木を店に入れた。

店には、真ん中にカウンターがあり、左右にふたつずつボックスがあった。

カウンターの中に、ふたりの女性がいた。

美千子は、左の若い女性の前の止まり木に山田を座らせると、まるでクイズ番組の問いでも出すようにしていった。

「多美子姉ちゃん、このひと誰だか、当ててごらん。ぴたりと当てたら、うち千円、姉ちゃんにあげる」

多美子姉ちゃんと呼ばれた女性は、大きな黒眼がちな眼を山田に向けた。肌がまばゆいほど白いため、眼の黒さがよけいに目立つ。

多美子は、記憶の糸を辿りはじめた。

「どこかで見たことがあるんだけどねえ……」

眼の前に座っている男のもみあげの青々とした剃《そ》り跡に、見おぼえがあった。

多美子は、幼い頃からの記憶を辿っていった。

多美子の脳裏《のうり》に、ふいに、十六歳のころの雪の日の記憶が生々しく蘇《よみがえ》った。

「あの雪の日に、刺されてトタン板で運ばれたお兄さんじゃないの」

多美子が十六歳で、小出洋裁学校に通っているとき、自分の家に下宿していた仲居の秋子のところに通ってきていた男が、山田であった。

ところが、雪の日、当時まだ生きていた父親の叫び声で眼を覚ますと、玄関に、背中をナイフで刺され血まみれになって倒れている山田が眼に入った。

秋子を巡《めぐ》って、別の男と喧嘩になり、刺されたのである。

「おい、多美子！　おまえも手伝え！」

トタンを運ぶのに四人の人手がいる。

父親は、多美子にも手伝わせて、近くの武市病院に山田を運んだ。

多美子は、トタンの端を持ち、雪の中を歩きながら、トタンにくるまれた男の、男の臭いと、血の臭いを敏感に嗅《か》ぎ取り、妙な昂《たかぶ》りをおぼえたことを、まるで昨日のことのように生々しく思い出していた。

多美子は、このとき、自分のまったく知らない、まるで映画のなかの一コマの一員にでもなったような不思議な興奮をおぼえた。のぞいてはならない凶々《まがまが》しい世界だが、ふとのぞいて見たくなる誘惑を持っている世界のように思えた。

山田は、彼女が自分を覚えていたことに驚きながらいった。

「わしじゃいうことが、ようわかったの」

「あのころに較《くら》べると、ふとって貫禄が出たようね」

山田も、急に多美子に懐《なつ》かしさをおぼえた。

山田は、ウイスキーの水割りを頼んだ。

多美子のつくった水割りを飲みながら、あらためて彼女を見た。

美千子も、『カサブランカ』でナンバー３に入る美人であったが、姉の多美子は、山田の眼には、美千子以上に美しい花に成長していた。

山田は、しんみりした口調で訊いた。

「お父さんは、元気か……」

多美子は、ふと寂しそうな顔になった。

「お父さんは、メチルアルコールの後遺症《こういしょう》がひどくなり、あれから、完全に失明してね」

「家の間貸しくらいじゃあ、生活は苦しかったろう」

「かわりに、お母さんが横川に家政婦の勤めに出とったんじゃが、三、四年前のことよねえ、お父さんが、自分の眼が悪いのに、つい昔警官じゃったようなひとじゃけえ、お母さんを迎えに行くいうてきかんのよ」

山田にも、父親の男としての気持がわかるようであった。

「ほいで、しょうがないけえ、弟の毅が、お父さんの手を引いて、その日も、お母さんを横川まで迎えに行ったんよね。ところが、何の事情か、お母さんに会えんで、お父さんは毅に手を引かれ、帰りかけたとき、歩道に突然突っ込んできたトラックに撥《は》ねられ、死んでしもうてね」

「そりゃあ、かわいそうなことをしたのォ」

山田には、他人の不幸には思えなかった。

山田は、その毅という少年の記憶もあった。たしか、五歳くらいの少年であった。

「事故とはいえ、お父さんを死なせてしまったという負い目も、弟さんを苦しめただろうな」

「ええ、毅には、気にするな、というたんだけど、それからグレはじめてね。暴れてしょうがないんよ。今度弟に会ったら、説教してやって」

多美子も、長い間戦地へでも征《い》っていた親しいお兄さんに話すような懐かしさを感じていた。

山田は、その翌日から、毎晩のように『麗子』に顔を出しはじめた。

最初のときとはちがい、かならずひとりで顔を出した。

多美子も、山田が顔を出すと、カウンターの中は姉の由紀子に任せ、一番奥のボックスで、山田とふたりきりで語り合うようになった。

多美子は、妹の美千子の話から、山田が、やくざ者であることはわかっていた。

しかし、やくざと知りながら、しだいに惹《ひ》かれていく自分を、止めることができなかった。

〈うちはいま、いままでのうちなら考えられない気持になっている〉

多美子は、それまで、やくざを毛嫌いしていた。

彼女は、姉とこのスタンドバーをはじめる前に、生活のため、仕方なく流川の『それいゆ』というクラブに勤めていた。

はじめは、レジとして働いていたが、ママにせがまれた。

「ねえ、多美子ちゃん、店に来るお客さんの中に、多美子と話しながら酒を飲みたいいう客が多いんよ。他のホステスには内緒で、特別に金も出すから、お願い、店に出て」

断わりきれず、ホステスとして店に出るようになった。

ホステスは、店に三、四十人いたが、そのうちに、またたく間にナンバー1になった。

それぞれの店からナンバー1が選ばれて出る「ミス観光」にも出たことがある。

そういう彼女に、店に来たやくざが眼をつけ、強引にそばにはべらせようとした。

多美子は、そのようなときはかならず、ママに救《たす》けを求めた。

ママも、レジにいた多美子を、頼みこんでホステスにしていたので、多美子の懇願《こんがん》するとおり、やくざの席には彼女を絶対に座らせなかった。

そこまで徹底《てってい》してやくざぎらいだった彼女が、どうした風の吹きまわしか、やくざの中でも、特に無鉄砲でとおっている山田には、まったく抵抗を感じなかった。十六歳のときの雪の日の記憶のせいもあるのか。

多美子は、自分にいいきかせていた。

〈『それいゆ』のママがいったとおりだわ。わたし、このひとに、もう惚《ほ》れてしまっている。引き返せない〉

『それいゆ』のママが、多美子とふたりきりで飲んだとき、しんみりといったことがある。

「惚れるってことは、わたしとしたことが、という状態になることなのよね……たとえば、それまで、男にかしずかれるのが当然と思いつづけてきた女王のような女が、なぜかその男にだけは、逆にかしずいて、とことん尽くしてみたりね……男は、絶対に金持でないといや、と思っていた女が、貧乏で一銭の金もない画学生に貢《みつ》いでみたりね……わたしとしたことが、という状態になったときは、もう惚れちゃってるのね」

ママは、そういうと、まるで自分にも隠された過去があるように、ため息まじりにいった。

「そういうときは、惚れたが負け。でも、恋は、惚れて負けた方が、世間的にはどんなに不幸でも、本人は幸せなものなのよ。多美子ちゃん、よくおぼえておくのね」

山田も、多美子に惚れていた。

これまで三人の女とヒモ同然の関係を持ってきたが、「死ぬまでいっしょに暮らそう」とまで思った女はいなかった。

多美子だけは、例外であった。

これまでの女たちからは、平気で女が稼《かせ》いだ金を自分の金同然に使っていたが、生まれてはじめて、

〈この女のために、おれが稼いで、食わせてやろう〉

という気になっていた。

山田は、多美子が休みの日には映画に誘い、荒くれたやくざ者の世界とはまったく別の時

間を持った。

多美子と知り合って一カ月後、山田は、彼女といっしょに映画を観た。

日活映画の小林旭の渡り鳥シリーズ『渡り鳥いつまた帰る』を広島市荒神町にあった『広島劇場』で観た。

その帰り、的場の中華料理屋『来々軒』で食事をし、タクシーで広島駅裏にある『双葉荘』に向かった。

旅館の一室で、多美子は、山田の逞《たくま》しい胸に強く抱かれた。

山田は、多美子の白いからだを抱きしめた。

ふとんの枕元のほのかな明かりだけの中で、彼女の眼を射るように見て、念を押した。

「やくざ者の女になると、苦労するど。それでええんか」

多美子も、閉じていた眼を一度だけ開き、火のように燃える眼を彼に向け、うなずいた。

山田は、いま一度念を押した。

「本当に、ええんじゃの」

多美子は、きっぱりといった。

「うちは、昔警察官じゃったお父さんが生きとって、たとえどんなに反対しても、あんたとこへ走っとる。あんたしか、うちに男はおらん」

山田は、より激しく多美子を抱きしめた。

山田は、そこまで覚悟して、ふつうでは飛び越せぬ川を飛び越えてきてくれた多美子が、いとおしくてたまらなかった。

多美子は、山田の墨の入っていない白無垢《むく》の背に腕をまわした。

山田の胸に顔を埋めた。

涙を流しながらいった。

「うち、あんたに、とことんついて行く……」

4

山田久は、その翌日から、清水多美子の部屋に寝泊まりしはじめた。

段原町の木造二階建てのアパート二階奥の、六畳一間であった。

山田は、その狭い部屋に、さっそく冷蔵庫を買ってきて据えつけた。冷蔵庫といっても、中に氷を入れて冷やす古いタイプのものであった。

電気釜も、ひとつ買ってきた。

山田は、多美子にいった。

「いまに、洗濯機も買うたるけえの」

多美子は、冷蔵庫が入っただけでうれしそうである。冷蔵庫の表面を両手で撫でながら、黒眼がちの眼を輝かせた。

「狭いながらも楽しいわが家いうけど、こういうことをいうのね」

多美子は、山田の背に頰を埋めた。

「あなた、ありがとう……この他に、洗濯機までいっぺんに買うてもろうても、部屋が狭いんじゃけえ、入らんよ。無理せんと、少しずつでええんよ。それに……」

多美子は、頰を恥ずかしそうに染めた。

「あんたの下着は、洗濯機じゃのうて、うちの手で洗うてあげたいし」

ふたりで同棲をはじめて三日目の朝の九時前であった。所狭しと引かれたふとんの中で、ふたりとも抱き合うようにして泥のように深い眠りに入っていた。

どんどん、と誰かが戸を叩く音がする。

「誰かいね……」

多美子は、眠い眼をこすりながら、ドアを開けた。

血みどろの若者が、倒れこんできた。

「殺！」

多美子の弟の毅が、顔面を血みどろにしてもだえ苦しんでいる。

山田は、自分の頭の上にふいに人が倒れこんできたので、寝こみでも襲われたのかと思った。とっさに、いつも枕元に置いて寝る拳銃に手を伸ばしかけた。

多美子は、あわてて山田の手を押さえた。

「やめて！　弟じゃけえ！」

山田も、相手が毅とわかり、拳銃に伸ばしかけていた手を引っこめた。

ふとんの上に、半身を起こした。

毅の血だらけの顔を見て、訊いた。

「誰にやられたんなら。やくざ者か」

毅は、前歯を二本ばかり折られた口で、とぎれとぎれにいった。

「ガソリンスタンドで、わしは確かに車にガソリンを満タンにしたんじゃ。それなのに、客が、完全に入っとらん、金を全部払われるかい、いうてケチをつけやがった」

毅は、ペッペッと、畳の上に血を吐《は》いた。

憎しみに燃える眼で、話しつづけた。

「わしゃあ、頭にきた。ライターに火を点《つ》け、客にいうたったんよの。

『おんどりゃあ！　つべこべぬかすなら、ガソリンの中に、このライター投げこんだるど！』

客はびっくりした。車の中の仲間も、飛び降りてきた。三人に襲いかかられ、こういうことになってしもうて……。やつらの顔は、よう覚えとる。今度見たら、生かしちゃおらんけえの」

多美子が、水に濡らして絞《しぼ》ったタオルを持ってきた。

毅の顔の血を拭《ぬぐ》いながら、泣き出しそうな声でいった。

「毅は、ろくなことをせんねえ……ウチの店にたまに来りゃ、ウイスキーをくすねて持って出て売ったり」

山田は、毅の顔をのぞきこんだ。

「おい、半端《はんぱ》な生き方せんと、まともに暮らせよ。やくざになれば、はたから見とっちゃわからん地獄が、またあるんじゃけえの」

毅は、山田を慕《した》っているらしく、素直にうなずいた。

しかし、それから一週間後、毅は、傷害罪と窃盗罪で逮捕された。

広島県比婆郡西城の八本松町にある少年院に送られてしまった。

山田は、多美子といっしょに、八本松の少年院に毅の面会に行った。

二本の歯が折れたままの毅が、金網《かなあみ》越しに、殺気じみた眼を光らせ、口をゆがめるようにして訴えた。

「お義兄《にい》さん、わし、絶対にうとうとらんけえの。それだけは、信じて下さい」

毅が、何人かの仲間といっしょに、カミナリ族と喧嘩をした。カミナリ族の連中を始末し、そのオートバイを奪《うば》って乗りまわし、あげくのはてに河に投げ捨てた事件であった。

毅の面《めん》が割れていたため、彼ひとりだけ逮捕された。

が、毅は、口が裂《さ》けても仲間の名前は口にしないと覚悟を決めていた。

多美子は、面会からの帰り、少年院から八本松に向かう田圃《たんぼ》道を考えこんで歩いた。

そのあげく、山田にぽつりといった。

「ねえ、あんた、毅を、あんたの若い衆にしてもらえんね」

「毅を、やくざに……」

山田も、歩みを止めた。

「ええ、きょう来る汽車の中でも、ずっと考えとったんよ」

「おまえ、いうたじゃないか。あんたは、もう知ったときにやくざじゃったんじゃけえ堪《こら》える。しかし、毅だけは、やくざにしとうない。そういい張っとったのは、おまえじゃないか」

「たしかに、そう思っとったの。ほいじゃが、毅をこのまま半端もんで置いといても、どうしようもない思うんよ」

「…………」

「まともになれるんなら、まともにしてやりたい。けど、まともになれんで、ずるずる半端なままで置いとくと、かえってつまらんもんになる。それより、いっそのこと、あんたの若い衆にしてもろうて、修業させて半端じゃないようにした方がええ思うてね」

山田は、立ち止まって西の空を見つめた。

夏の夕空は、凶々《まがまが》しいほどの血の色に染まっている。

すぐには返事をしなかった。

歩きはじめながら、考えつづけた。

多美子のいうことに、一理はあった。が、やくざのつらさ、醜さを、いやというほど知っている。

山田は考え、ようやく決心した。歩みを止めた。

後ろから付いてくる多美子にいった。

「わしゃあ、これまで、若い衆をとることが好きじゃなかった。が、毅が少年院から出たら、毅を、わしの若い衆の第一号にしよう。毅は、今度うたわんかったことを見とっても、たしかに根性はある。やくざにしても、ひとかどの者にはなるじゃろ」

多美子は、涙ぐんだ。

「わたしも、やくざにせんでよければ、しとうはないんよ。でも、でも……ここまでくれば……」

多美子は、山田に頭を下げた。

「何から何まで、あんたにめんどうをかけるけど、毅を、頼むね」

清水毅の運命の賽《さい》の目は、そのときからはっきりと変わった。

5

山田久は、八本松の少年院に面会に行って帰った三日後、薬研堀の飲屋街の一角のクラブ『アラベスク』で飲んでいた。

そこに、半村から電話が入った。

「久よ、いま、誰と飲んどるんなら」

「わしひとりじゃ」

「ほいなら、近くの『あかね雲』で飲んどるけえ、こっちに来んかい」

「よし、いまから行く」

山田は、電話を切ると、ホステスに訊いた。

「『あかね雲』という店は、どこなら」

「うちが、案内してあげる」

山田は、ユミコというホステスに連れられ、『アラベスク』を出た。

彼女は、髪の毛を染め、ハーフかと思われるようなエキゾチックな顔をしている。

異様に蒸し暑い夜であった。山田は、麻の白い背広を着ていたので、全身がよけいに不快にべとつく。

流川町側に向けてほろ酔いかげんで歩いた。

ユミコが、山田の右手を取り、手をつなぐかたちで歩いた。

四十メートルくらい歩いたとき、向こうから歩いてきた男が、山田と手をつないだ彼女の間に割りこむようにして入ってきた。プロレスラーのような五分刈りの大男であった。が、ふたりのつないだ手を撥《は》ねどけ、強引にとおろうとした。

山田は、背広を着ているうえ、金縁《きんぶち》の眼鏡をかけていた。相手は、山田のことを、恰幅のよさとあわせ、金まわりのいい中小企業の社長とでも判断したらしい。

山田も、七十キロを超える体軀《たいく》であった。しかし、その男は、山田をはるかに超えている。

山田は、大男を押しもどした。

怒りを抑えながら、つとめておとなしくいった。

「そげなこと、するなや」

山田は、前年の十一月に、十カ月の仮釈で広島刑務所を出所していた。岡親分の愛人の店で暴れたのは不幸中の幸いで、警察に通報されないですんだが、今度路上で喧嘩になると、仮釈が取り消されることは目に見えている。

しかも、相手は、一見やくざ風だが、本物のやくざではない。山田は、相手がやくざかどうかは、いかに相手がおとなしそうにしていても、雰囲気で判断はつく。相手が素人《しろうと》となると、よけいにやっかいなことになる。

多美子にも惚れ、同棲もはじめている。

ここはひとつ、我慢するしかなかった。

大男は、それでも山田と彼女の間を押しとおろうとした。

大男は、酒臭い臭いを、全身から発している。そうとう酔っている。

〈この外道《げどう》、こっちに事情さえなけりゃあ、すぐにでもぶち殺したるんじゃが〉

山田は、右の握り拳《こぶし》を固く握り締め、なお耐えた。

大男は、意地でもとおろうと、山田の胸倉《むなぐら》を摑んできた。

「おんどりゃあ、なんでとおれんようにするんなら」

山田の全身の血は、逆流するほど奔騰《ほんとう》していた。

が、胸倉を摑んだ相手の手を外《はず》した。

「やめや、いうとるじゃろうがい」

あくまで下手に出た。

逃げるように、その場を離れた。

耐えるのも、限度であった。

ユミコは、青ざめながら半村の待つ薬研堀ビルの二階にあるあかね雲に山田を案内した。

カウンターに座って飲んでいる半村が、振り向き、山田にいった。

「えらい遅いんで、アラベスクに、もういっぺん電話を入れたんで。何かあったんか」

山田は、殺気立った顔で、「ビール頼む」とビールを頼んだ。

が、ホステスがグラスに注ぐのももどかしく、自分でビール瓶《びん》を持ち、グラスに注いだ。

一気に飲んだ。

ビールが喉に染《し》み、胸にまで染みてくると、あらためて怒りが込みあげてきた。

しばらくして、あかね雲のドアが開いた。

先ほどの大男が顔を出した。今度は、ふたりの仲間を連れ、三人でやってきていた。

大男は、山田の傍《そば》にやってくると、声を荒らげた。

「てめえ、このまま逃げれると思うとるんか！　落としまえをつけてもらいたいの」

山田を、てっきり中小企業の社長とでも思い違い、三人がかりで因縁をつけ、金をゆすり取ろうという魂胆《こんたん》は見え見えである。

しかし山田は、それでも耐えた。

〈この腐れ外道めらが、仮釈中じゃなけりゃあ、ぶち殺したるんじゃが〉

組のために体を張るわけではないので、耐えられるだけ耐えようと心に決めていた。

そのとき、隣りに座っていた半村が、大男に怒鳴った。

「わりゃあ！　この男を、誰じゃ思うとるんなら」

大男は、半村の顔を見るや、顔を強張《こわば》らせた。半村が服部組の者であることを知っていたのである。

半村もまた、その大男を知っていた。

大男は、元タクシーの運転手で、いまは定職もなくぶらぶらしていた。

しかし大男の連れは、事情を知らず、半村の胸元を摑み凄んだ。

「おんどりゃこそ、わしらを誰じゃ思うとるんなら！」

連れのひとりが、半村の顔面に拳を叩きこんだ。

山田の狂暴な怒りは、溜まりに溜まり、止めようのないものになっていた。

「野郎！」

山田は、半村の顔面に拳を叩きこんだ男に襲いかかった。

耳めがけて、拳を叩きこんだ。

山田は、そばにいた大男の顔面にも、右拳を叩きこんだ。

大男は、山田に体当たりしてきた。

山田の体が、近くのボックスにまで跳ね飛んだ。

「きゃあ！」

店にいたホステスの悲鳴があがった。

ホステスも客も、一番奥のボックスに走り逃げた。

半村は、他のふたりの男を相手に、殴りあいをはじめた。

大男は、ボックスのテーブルの上にあったビール瓶の口を握った。テーブルの角に叩きつけ、割った。

瓶の中に入っていたビールが、飛び散った。

欠けて凶器になったビール瓶を右手に持った大男の眼は、脅《おび》えと狂気に、獣《けもの》のように不気味に光っている。右眼の端は切れ、血が流れている。

殺《や》るか、殺られるか、ふたつにひとつしかない追い詰められた眼であった。

山田は、この夜は、懐《ふところ》に匕首《あいくち》も、拳銃も呑んでいなかった。

大男は、ジリジリと山田を奥のボックスまで追い詰めてきた。

山田の後ろにいたホステスは、あまりの恐ろしさに、客にしがみついて震えていた。

山田の額には、蒸し暑いせいだけでなく、脂汗《あぶらあせ》が滲《にじ》んでいた。もちろん、酔いなど吹っとんでいた。

一瞬でも避け方を失敗すると、命を失う。

山田は、後ずさりしながら、カウンターの中に眼を走らせた。

カウンターに座ったとき、ボーイのひとりが、まな板の上で、かまぼこを切るのに包丁を使っていたのを眼にしていた。

その包丁さえあれば、確実に眼の前の男を殺《や》れる。

しかし、カウンターまで行くまでに、大男にビール瓶の欠片《かけら》で喉でも抉《えぐ》られ、殺されかねない。

半村は、ふたりを外に誘い出し、入口あたりで殴りあっていた。

「おんどりゃあ！」

という叫び声と、殴りあうひびきが聞こえてくる。

山田はカウンターに向け走った。

大男のビール瓶の欠片が、山田の右腕に食いこんだ。

山田の麻の白い背広が、鮮血に染まった。

山田は、痛みを感じている余裕はなかった。

カウンターに左の手のひらをつくと、躍りあがった。カウンターを越えた。

痛み疼《うず》く右手に包丁を摑んだ。ふたたび左の手のひらをカウンターにつけ、カウンターを飛び越えた。

大男は、待ちかまえていたように、ビール瓶の欠片を山田の顔面めがけ突き刺してきた。

山田は、右に跳ね飛ぶようによけた。一瞬でも避けまちがうと、確実に急所である眉間《みけん》にビール瓶の欠片が刺さり死んでいる。

山田は、「往生《おうじょう》せい！」と叫び、大男の後頭部を包丁で切った。

鈍《にぶ》い音がし、大男の後頭部から血が吹き出した。

大男は、ビール瓶を握ったまま、絨毯《じゅうたん》の上にうずくまった。

山田は、血に染まった包丁を絨毯の上に投げ捨てた。

あかね雲のドアを開けた。

外に走り出た。

半村は、まだふたりと殴りあっていた。

山田は、半村に叫んだ。

「殺ったけえ。逃げえ！」

返り血を浴びて白い背広を血に染めた山田は、半村といっしょに逃げた。

比治山の方に向けて走った。

山田は、翌日、半村といっしょに大阪に向けて逃亡した。

仮釈が十四日残っている。その間は逃げ、自首する腹であった。

山田は、大阪の西成で、有木博からの電話を受けた。

「久の刺した男は、病院に担ぎこまれてまもなく死んだ」

山田は、一回目の殺人と違い、今回の殺人は悔《くや》んだ。

山田は、多美子が姉と経営しているスタンドバー麗子に店がはねたころ大阪から電話を入れ、詫びた。

「馬鹿な殺しをしてしもうてすまんのォ……殺さんでもすんだのに……」

「……」

「おまえのことも考え、辛抱《しんぼう》できるとこまでしたんじゃが」

「元気？」

「おお、半村といっしょに元気にしとる。本当は、おまえといっしょに逃げたかったんじゃが、おまえを巻きこんじゃ悪いと思っての」

「こっちから、連絡できんの」

「転々とするけえ、無理じゃ」

「体だけは、気をつけてね。もし何かあったら、いつでも連絡して。うちは、どこへでも、すぐに行くけえ」

「一段落したら、自首するけえ、心配するな」

山田は、仮釈の切れた九月、半村といっしょに広島に舞いもどった。広島東署に自首して出た。

当時は、仮釈期間逃亡していれば仮釈は取り消されないですんだ。

山田は、翌年の春、一応保釈で、広島拘置所を出た。

傷害致死で、少なくとも七年の刑は打たれることを覚悟していた。

6

岡組の直系若衆網野光三郎の若頭である片山薫は、流川の料亭『安芸船』の離れ座敷で、服部武から放免祝いの席を設けてもらっていた。

昭和三十六年十月二十五日の夜の八時過ぎであった。

片山薫は、昭和二十七年十一月六日、村上組の村上三次組長の次男村上正明殺人未遂事件で懲役八年の刑を受けた。広島刑務所、名古屋刑務所、三重刑務所を転々とし、この三十六年十月二十二日に出所していた。

服部は、網野とは、岡組の兄弟分の関係にあった。

座敷には、もうひとり、服部武の弟の繁がいた。

繁は、有木と共犯の脅迫罪で、四年の刑を受け、鳥取刑務所に入っていたが、昭和三十六年五月、出所していた。

外は、木枯《こが》らしが、不気味な音をたてて吹きつづけている。

服部武は、片山の盃に酒を注ぎながらいった。

「こんなあ、例の刑務所の法律論争を見てもわかるように、度胸《どきょう》だけでなく、頭もええけえの。網野さんも幸せじゃのォ」

服部が話題に出した法律論争というのは、片山が、昭和三十六年の四月、三重刑務所の獄中から、上沢隆同刑務所長を相手取り、津地裁民事部へ訴えをおこした論争のことである。

『①三十六年三月十一日から二カ月にわたっておこなわれた文書、図書の閲読《えつどく》禁止を取り消せ。

②戸外運動、入浴およびラジオ放送の聴取禁止は憲法違反である。』
その判決によると、村上裁判長は、この訴えを受け、三十六年十月二十一日、確かに片山のいうとおり、憲法違反であるとの判決を下した。

『①図書の閲読禁止は、憲法第十九条「思想の自由」第二十一条「表現の自由」にもとづき、図書閲読は本質的には受刑者でも自由であり、これは監獄の特別的権力で制限することはできない。したがって閲読を許さぬ監獄法三十一条行刑累進処遇令は違反である。
②戸外運動、入浴は受刑者の健康をたもつうえから必要であり、憲法（二十五、三十六条）監獄法（三十八条）でも保障されている。同所が原告に与えた処分は違憲違法である。
③ラジオ放送聴取も、図書閲読と同様国民の基本的人権に属するものであり、懲罰執行中でも合理的な理由なく禁止することは憲法違反である。
④新聞閲読に対する制限は、監獄という特別権力においても、合理的な理由のないかぎり加えられない。』
ということであった。
片山は、獄中で、六法全書を読破し、訴えをおこし、勝訴したのである。

片山は、服部に注いでもらった盃を口に運び、一気に飲み干した。

八年間の勤めの疲れが、あらためて取れ、気持もほぐれてきた。

服部は、浅黒い顔を酒の酔いに赤黒くさせ、片山を褒《ほ》めつづけた。

「今度の網野さんの放免興行も、何とも豪勢じゃったけえの」

網野は、片山の放免興行として、東映の近衛十四郎はじめ松方弘樹らの看板スター五十三人を呼び、市の公会堂で盛大な興行を打っていた。

片山は、服部によってふたたび盃になみなみと注がれた酒を飲み干しながら、思っていた。

〈わしゃあ、日本一の幸せもんかもしれんの〉

その放免興行に、全国の親分衆から銭が集まったが、網野にその大金をそっくりもらっていた。

そのうえ、片山が八年間勤めている間、岡組長が、片山のために貯金してくれていた金ももらっていた。

服部は、そばにいるのが弟の繋という気安さから、つい秘密のことを口にした。

「わしゃあ、こんなが入っとる間に、あの件がばりゃあせんかと、心配じゃったぞ」

その瞬間、片山の、一見銀行員といってもおかしくない端整《たんせい》な顔の中で、眼だけが、異様に殺気を帯びて光った。

片山は、いま一度盃を仰ぎながら、心の中でつぶやいた。

〈わしも、獄中で、雪が降るたびに、あの夜のことを思い出したもんじゃった〉

片山の眼には、いまだ迷宮入りになっている八年前のその夜の事件が、そのまま眼の前に広がっているように映っていた。

八年前の昭和二十八年一月の八日、片山は、やはり流川のこのような料亭で服部からごちそうになったあと、ふたりきりになり、耳元でささやかれた。

「片山、頼む、高橋をとってくれ」

とってくれ、というのは、命をとってくれ、という意味である。

「高橋いうて、まさか、高橋国穂さんのことじゃあるまいね」

「その、まさかじゃ」

高橋が、岡組に敵対している村上組の幹部なら話は早いが、じつは、高橋は、岡組の岡敏夫組長の弟分であった。

前科八犯でありながら、広島市に隣接する安芸郡船越町の町会議員でもあった。当時四十三歳で、でっぷりと太って貫禄があり、押し出しもりっぱであった。丸い眼鏡をかけ、鼻の下に髭《ひげ》をたくわえ、威厳《いげん》もあった。

当時、まだ下っぱだった片山にとっては、近寄りがたい存在であった。

その高橋を殺してくれ、と頼まれたのである。

服部は、片山の迷いにとどめを刺すようにいった。

「網野の親分も、承知のことじゃ」

片山は、自分にとっての直接の親分である網野も承知といわれれば、それ以上迷うこともなかった。

なぜ仲間の高橋を殺さねばならないか、その理由をあえて問いただす必要もなかった。

要は、殺《や》れといわれた相手が誰であろうと、確実に殺れればよかった。

「わかりました」

片山は、一月八日の夜の十時半過ぎ、雪の激しく降る中を、高橋の愛人の家がある仁保町堀越に向かった。長靴を履いていた。

その間の情報は、片山の耳に入っていた。

高橋は、まさか服部武に自分の命が狙われているとも知らず、午後七時半ごろまで、服部武と、広島市内立町の小料理屋の二階で飲んでいた。

七時半過ぎ、高橋は、服部と別れてひとりで小料理屋を出た。

高橋は、店の前に置いてあった彼のバタンコ、いわゆる自動三輪車に乗った。

そのとたん、待ち伏せていた男が、いきなり、バタンコに乗りこんできた。

高橋の進駐軍作業衣の胸倉を摑まえ、拳銃の引き金を絞った。

弾丸は、進駐軍作業衣とセーターを貫いた。が、右胸から左腕にかけてかすり傷を与えたにとどまった。

片山薫は、高橋にとどめを刺すため、ふたりの男を引き連れ、仁保町の高橋の愛人の家に向かった。

片山は、腹巻の中に、コルト45口径の拳銃をしまいこんでいた。

その二カ月前、同じコルト45口径で、村上正明の背後から左脇腹を狙い撃ちこんだが、殺しそこなっていた。

今度こそ、狙いは外《はず》すまい、と緊張していた。

片山は、午後十時半過ぎ、高橋が奥の六畳間で寝ていることを確かめた。

高橋は、特飲街に売られてきた十八歳の女性を、自分の女にして囲っていた。

片山は、ふたりの若者に、左側の窓ガラスをこじ開けさせた。

コルト45口径の拳銃を右手にしっかりと握り、窓を開けた。

高橋の寝ているふとんに銃口を向けた。

一瞬、高橋の隣りに、長い艶《つや》のある髪の毛がのぞいていた。

〈女には、当たらんように……〉

と祈る気持で、引き金を絞った。

すさまじい轟音《ごうおん》と同時に、高橋の体とふとんがはねた。

高橋の頭に、二発、胸に二発、肩に一発、右手に一発、撃ちこんだ。

ふとんと畳は、血に染まった。

〈今度こそ、確実に往生したろう〉

片山は、確信を持って、雪の中を逃げた。

翌日、片山は、高橋が即死したことを知らされた。ただし、高橋の愛人は生きていた。仕事を確実にし終えた、という満足感と、女の命はとらなくてすんだという安堵感が、片山の胸をよぎった。

そのときの事件は、いまだ迷宮入りで、片山に捜査の手は伸びていなかった。

服部は、その事件以来、片山に借りをつくっていた。

今回、片山が自分の直接の若い衆でもないのに、放免祝いの席をあえて設けたのも、その借りのせいでもあった。

服部は、さらにいった。

「おい、片山、おれの組にこんかい。おまえがくれば、うちの若頭《わかとう》にするがの」

服部が、今度片山の祝いをしたのは、いまひとつ目的があった。

本気で、片山を自分の組に欲しかったのである。

服部の脳裏《のうり》には、山田久の顔が浮かんでいた。

服部は、山田にも、片山と同じような借りがあった。盃も交わしていなかった山田に、村上組の幹部を殺《や》らせ、六年間もの勤めに行かせたのである。

しかし、服部は、山田が苦手で仕方がなかった。

片山は、自分に従順であったが、山田は、何かと親分の自分にたてをついてくる。

まるで手のつけられない暴れ牛を抱きこんでいるようなものである。こちらが油断していると、いつ鋭い角《つの》で襲いかかられるかわからない。

手なずけようにも、手なずけようがなかった。

昨年の六月中旬、山田が、こともあろうに、岡親分の愛人のクラブで暴れ、愛人の顎まで傷つけてしまった。

ふつうの者ならたとえ幹部でも指を詰めさせ、岡組長にその指を持って行かせて、詫びを入れさせるのが筋だ。が、こと山田がやったとなると、どうも「指を詰めろ」といいにくかった。

仕方なく、山田に、遠慮がちにいった。

「おまえが悪いんじゃない。酒が悪いんじゃろう。せめて一週間は、酒をやめえや」

山田も、「わかりました」と承知しておきながら、三日目には平気で禁を破り、飲んだ。しかも、飲んだ勢いで服部組の事務所までやってきて、麻雀を打っている自分にまで絡《から》む。

山田に、注意した。

「おい、あれほど一週間は禁酒せえ、いうたじゃないか」

ところが、山田は、詫びるどころか、逆に食ってかかった。

「三日間禁酒しとれば、上等よ。清水次郎長伝に出てくる森の石松だって、一里出たら、旅の空、いうじゃないか。金毘羅《こんぴら》参《まい》りに、清水港を出て、一里過ぎりゃあ、酒飲んでもわかりゃせんいうことよ。出て帰るまで、ずっと酒を飲むな、いうのが、無理な話よ」

その翌日、服部組の若い者と、近所の魚屋や八百屋の兄さんたち商店街チームとが、小学校で野球の対戦をすることになっていた。

その野球大会で山田と顔を合わすと、服部武は昨夜の山田への怒りは忘れ、山田につい機《き》嫌《げん》を取っていた。

「久、おまえ、三番打てえや。わしが四番を打つけえ」

もちろん山田に四番の座を譲《ゆず》ることはしなかったが、三番を山田にし、機嫌を取っていた。

服部は、山田の、親分を親分とも思わぬ不敵な態度にも怒っていたが、山田に対し、どうしても抑えのきかない自分にも苛立ちをおぼえつづけていた。

遠い将来だが、服部の跡目も、かならず問題になる。

本心は、弟の繁に継がせたかった。が、やくざ世界の掟《おきて》として、組を兄弟や子供など血の繋《つな》がっている者に継がせるわけにはいかない。

となると、力からいって、山田というところに落ちつく。

しかし、服部には、山田にどうしても継がせたくない気持が働いていた。山田に継がせると、山田と同じ年の弟の繁とも対立する。

自分が院政を敷き、いつまでも力を誇示《こじ》しておくことは難しくなりそうであった。

それなら、いっそ、網野のところの片山を養子として服部組に迎え入れ、若頭にし、いずれは片山に服部組を継がせるということを考えてもいい。

片山に、かつての借りも返せる。自分にとっても、片山となら、いっしょに事を運びやすい。

片山は、興奮と酔いに染まった顔を輝かせ、

「そこまでおっしゃって下さって、ありがとうございます」

と感謝し、頭を下げた。

しかし、頭を下げると、きっぱりといった。

「わしは、ごぞんじのように網野の親分に、よくしてもろうとります。日本一の果報者《かほうもの》じゃ思うくらいにようしてもろうとります。それなのに、頭の上に、ふたりの親分を頂くことはできません」

何事にも如才《じょさい》のない服部は、すぐに笑顔になった。緊張をほぐすようにいった。

「わかった、わかった。今夜の話は、わしの気持がそういうもんじゃいうことを、あんたの腹の中にしもうとうてくれ」

服部は、手を打って仲居を呼んでいった。

「おい、きれいどころを入れてくれや。今夜は、これから飲み明かすけえ」

が、服部は、心の中であらためて思っていた。

〈今回は片山を口説《くど》けんかったが、いつかかならず片山を口説いて、ウチの若頭に据《す》えてみせる〉

7

片山が出所して一週間後、山田は、服部が経営している愛宕町の金融会社『栄興商事』事務所に顔を出した。

服部は、商才に長《た》けていて、やくざとしてのあがりだけでなく、連れこみ旅館『夕月』の他、金融会社『栄興商事』、建設会社『西日本建築』も経営していた。

新しく建てた三階建てのビルの一階が栄興商事で、二階が六部屋ある連れこみ旅館『夕月』、三階を自宅にしていた。

山田は、堅気の者が出入りする西日本建築に顔を出すことはなかったが、栄興商事にはしばしば顔を出していた。

山田は、社長机のそばのソファに腰を下ろした。

服部は、眉間に皺《しわ》を寄せ、不安そうな表情になった。

「おい、どうも十月に、打越親分が、神戸の山口組の安原政雄と兄弟分の盃を交わすらしいの」

「山口組と……」

山田もおどろいた。

顔だけ出して帰ろうと思ったが、事が事だけに、はいそうですか、とは帰れない。

山田は、ソファに深々と腰を下ろし、服部の話に耳を傾けることにした。

服部は、熱いお茶に口をつけていった。

「岡の親分も、山村の親分も、なりゆきを心配しとられるんよの」

山田は、身を乗り出すようにしていった。

「へたをすると、打越の親分が、安原との兄弟分の盃を交わすことに成功したチャンスをとらえ、田岡親分の舎弟にでもなれば、山口組が、広島に進出してくることになりますけえの」

「それなんよ。やはり、広島の街は、わしら広島の博徒で治めるんが、筋じゃけえの」

山田も、

〈困ったことになったのォ〉

と腕を組み、宙を睨《にら》んだ。

打越組と山村組が、いずれは衝突《しょうとつ》するのではないか、と心配してきた。が、それが現実のものとなりつつある。

打越は、戦後、広島市西部地区の中心地己斐駅前マーケットを根城《ねじろ》にして、不良グループの首領《ボス》として台頭してきた。

昭和二十五年の春、東の岡敏夫の舎弟となって手を組み、組織の拡大をつづけた。

打越は、大正八年一月生まれで、岡敏夫より六歳年下であった。

昭和二十五年、岡敏夫の舎弟葛原一二三が、岡組に反逆した。

同時に、打越の若衆とも揉事《もめごと》を起こした。

打越は、若衆三人に、さっそく命じた。

「葛原の外道の命《タマ》を、とれ」

打越の若衆三人は、「海の記念日」の七月二十日の午後一時四十分、猿猴川でおこなわれていたボートレースの観客に紛《まぎ》れこみ、葛原の命を狙った。

レースを見学していた葛原の頭に二発弾丸をぶちこみ、射殺した。

この事件で、「広島に打越あり」と名が高《た》まった。

打越は、力だけでなく、利権漁《あさ》りにも長けていた。

昭和二十五年、広島市民の球団である『広島カープ』が発足した。打越は、さっそく『鯉城後援会』を結成した。

ファン代表に名を借り、打越は、広島球場の警備、自転車預かり、売店、メンバー表売りまで、球場に関するあらゆる利権を独占した。

打越は、例の昭和二十七年暮れから二年間にわたり、死者十一名まで出した岡組と村上組との抗争には、中立を装《よそお》い、直接介入しなかった。そのため、漁夫の利《ぎょふのり》を得て、着々と自分の組の地盤を築き、広島市の中心部へ進出を図っていった。

運転手の経験もある打越は、昭和二十九年には、実兄のタクシー会社『紙屋町タクシー』の営業権を継ぎ、企業の一歩を踏み出した。

その後、次第に業績をあげ、昭和三十四年までには、タクシー会社三社を買収した。タクシーも三十二台に増え、市内三位のタクシー会社にのし上がった。

三十六年四月には、それまでの有限会社を株式会社にした。

いっぽう、呉では、山村辰雄が勢力を伸ばしていた。

山村は、大正十一年の春、十九歳のとき、呉市の博徒、小早川親分の輩下となり、渡世人仲間に身を投じた。

昭和九年、大阪に行き、浪花造船所で工員となって働いていた。

戦後、郷里の呉に舞いもどった。

昭和二十一年十月、海生逸一親分から資金援助を受け、土建請負業『山村組』をつくった。

進駐軍関係の用材や、爆弾運搬の事業に進出することに成功し、着々と財を築いていった。

同時に、裏では、呉市内や周辺の不良どもを集めて盃を交わし、博徒山村組を結成した。

昭和二十四年九月、山村組は、広島の岡組や村上組とともに、「団体等規正令」により、解散を命じられた。

しかし、講和条約発効後の昭和二十七年七月、「団体等規正令」が廃止されるや、ふたたび山村組を結成した。

山村組は、またたく間に呉市内を席巻《せっけん》した。身内は、百人を超えるほどふくれあがった。

昭和二十年代初期には、広島市の岡敏夫と兄弟分の盃を交わし、組織は、ますます強大化していった。

山村は、明治三十六年生まれで、岡親分より十歳年上、打越より、十六歳年上であった。

山村は、呉で土建業界の雄となっただけでなく、公共事業の大半を請け負うまでになった。

呉だけの勢力に飽《あ》きたらず、さらに広島への進出も図った。

昭和二十九年十一月、広島県の宮島町、大野町、大竹市が、宮島競艇施行組合をつくり、ボートレースをはじめた。

その競艇場の運営のため、当時の宮島町長の梅林義一を社長とする『大栄産業』を設立した。

目端《めはしき》の利く山村は、顔を利かし、その会社の取締役に入りこんだ。

さらに五年後の昭和三十四年六月には、梅林町長に代わり、山村が、『大栄産業』の社長に就任した。まんまと、全施設を独占したわけである。

昭和三十四年の宮島競艇の年間売り上げは、なんと十七億もある。そのうち、一市二町に還元された金は、わずか四パーセント、七千万円にすぎない。営業と経費を引いた残りは、すべて山村組と、レースの実権を握っていた岩田組の懐に転がりこんだ。

資産十数億円にのぼると噂《うわさ》された山村組は、そのうえ、昭和二十七年には、広島市三川町のキャバレー『パレス』を買収し、そこを拠点とし、広島市内への進出も図っていた。

山村は、呉と広島の両市にまたがって、山村コンツェルンを形成していった。

山村は、広島の地元の大親分である岡敏夫への義理をはたすため、岡組に対し資金援助をつづけることも忘れなかった。

山村は、岡に資金援助をし、昭和三十年には土建業『新生建設』を設立し、企業への進出を図らせた。

しかし、数年後には『新生建設』は倒産し、山村は、岡に、借りをつくらせた。

山村は、その件からも、岡組において発言力を強化していった。

打越にとって、当然、山村組と岡組の広島市中央部への進出がおもしろかろうはずがない。

猜疑心《さいぎしん》の強い打越は、山村組と岡組の広島中央進出に強い恐怖感さえ抱いた。

その緩和策として、山村組の幹部美能幸三、岡組の幹部網野光三郎、服部武、原田昭三らを舎弟とする盃を交わし、組織の維持を図った。

打越は、山村組の強力な進出を阻止するには、それだけでは落ちつかず、ついに、県外勢力の支援を必要と考えたのであった。

当時、関西の神戸山口組と、本多会の勢力が、すさまじい勢いで、関西から中国地方に伸びつつあった。

打越は、

「いまこそチャンス……」

とばかり、山口組と手を結ぼうと働きかけたのであった。

服部は、山田にいった。

「困ったことに、打越が、山口組と手を組めるということでのぼせあがってしもうてのォ」

山田も、事の深刻さに頭を悩ましながらいった。

「打越は、義理にしても、親分の兄貴に当たるわけですけえの。へたに広島が火を噴くことにならにゃええが……」

服部や山田の心配したように、この一連の打越の動きは、山口組、本多会がからみ、広島と呉を、ふたたび戦火に巻きこむ導火線になっていくのである……。

第4章　代理戦争勃発

1

山口組の三代目組長田岡一雄は、神戸市生田区の住宅街の一角の山口組事務所を、組員たちに四方を護衛させて外に出た。

田岡組長は、紋付羽織り袴《はかま》という、厳《いかめ》しいいでたちであった。

この日、昭和三十六年十一月五日午前十時より、神戸市須磨区須磨寺町にある由緒ある割烹旅館『寿楼』において、山口組重鎮《じゅうちん》の安原政雄と広島の打越組組長の兄弟分の盃が交わされることになっていた。

山口組の本拠《ほんきょ》は、神戸地方裁判所の近くで、法律事務所やビルの密集した町の真ん中にあった。

木造瓦葺《かわらぶ》きの、二階建てのしもたや風で、とりたてて目立たないふつうの建物であった。観音開《かんのんびら》きになった表ガラス戸に、特徴ある形の山口組の代紋が刷《す》りこまれている。

田岡組長は、自動車に乗りこんだ。

その前と後ろを別の車が護衛《ごえい》するように挟《はさ》みこみ、走りはじめた。

田岡組長につづき、舎弟頭の松本一美をはじめとする山口組の四十人を超える幹部たちもそろって車に乗り、田岡組長の後につづいた。

田岡組長は、車の後部座席で、ふたりの組員に守られ、腕を組んだ。

窓の外に切れ長の威圧《いあつ》するような眼を放った。

広島との縁にふさわしい、さい先のいい秋晴れの空であった。

前日の、午前一時から朝方の七時にかけて雨が降った。が、それ以降は晴れ、この日も、事務所に近いところにある自宅で目覚めたときから、晴れあがっていた。

田岡は、大正二年三月二十八日、徳島県三加茂町に生まれた。

大正八年、母親が死に、神戸の叔父宅に引き取られて育てられた。

高等小学校卒業後、家計を助けるため船人足の仲間に入った。

その仕事をとおし、神戸の船人足を支配していた山口組の二代目山口登の若い衆となった。

昭和十二年二月のある夜、山口は、浪曲の興行の交渉を終えて兵庫県切戸町の山口組事務所にもどった。

二階の寝室で眠りに入った。

まもなく、山口の命を狙い、日本刀を手に玄関を打ち破って躍《おど》りこんだ男がいた。

博徒の大長八郎である。

田岡も、急いで日本刀を手にし、大長に立ち向かった。

田岡は、一刀のもとに大長八郎を叩き斬《き》った。

大長八郎の倒れる音とただならぬ物音に、山口は目を覚ました。

二階から、田岡に思わず声をかけた。

「何事だ？」

田岡は、平然としていい放った。

「親分、自首しますわ」

山口は、そのときはじめて、田岡が大長八郎を叩き斬ったことを知った。それほどの早業《はやわざ》であった。

田岡は、この事件で懲役八年の刑に服した。このとき、田岡一雄二十三歳であった。

この事件で、田岡は「切戸町の熊」との異名《いみよう》をとった。兵庫一帯のやくざの世界に一躍《いちやく》名をとどろかせた。

田岡は、昭和十六年に出所した。

終戦後の昭和二十一年秋、その三年前に喪《な》くなっていた山口登二代目の跡目を継ぎ、山口組三代目を襲名した。

それ以後、田岡は、神戸港の船内荷役業の独占をはかった。

「これからは、やくざも仕事を持て！」

と説いた。

昭和三十一年には、全国港湾荷役振興会を結成、田岡は、副会長におさまった。

いっぽう、昭和三十二年には、神戸芸能社を設立。人気歌手の美空ひばりもあつかった。

さらに戦後の英雄であった力道山のプロレス興行をも手がけた。

このような仕事をとおし、着実に経済界の実力者とも深い関係を持っていった。

時の大臣が遊説《ゆうぜい》のために関西に来ると、田岡を訪ねるようにまでなった。

田岡は、三代目を襲名してわずか十年の間に、政財界をはじめ、芸能界、右翼にいたるまで深い繋《つな》がりを持つようになった。

山口組は、組織も他のやくざ組織にない、独自の方法をとった。

それまでのやくざ組織は、親分がいて、その下に代貸がいる、という縦の順列であった。代貸が子分を持つことは、親分の許可がなければ許されなかった。

ところが、田岡は、舎弟が独自に子分を持つことを許した。さらに、その子分が、また子分を持つことも許した。

この方式により、山口組は、子分が子分をネズミ算式に増やしていった。この当時、傘下《さんか》に四百二十四団体、総数九千四百五十人の組員を擁《よう》するまでに強大な山口組王国を築《きず》いていたのであった。

田岡組長を、実質的な「日本の首領《ドン》」にしようと、いならぶ幹部たちも、威勢がよかった。

そのために、勢力を神戸から外に幹部たちが競い合うように拡大していった。まず地方を押さえ、その力を背景にし、さいごに東京を制覇《せいは》し、名実ともに三代目を「日本の首領」にしようとの野望に燃えていた。

その全国制覇の第一歩が、昭和三十五年八月に起きた「明友会事件」であった。

八月九日の夜、田岡は、大阪ミナミ千年町のサパークラブ『青い城』で歌手の田端義夫、若衆中川猪三郎らと飲んでいた。

そこに明友会の幹部六人が、雪崩《なだれ》を打つように入りこんできた。

愚連隊を吸収統合した明友会は、韓国人を主体に、配下千人を擁していた。明友会は、山口組がバックアップしていた南道会と、大阪ミナミの縄張をめぐり全面抗争を繰《く》り広げていた。

明友会の連中は、田端といっしょにいるのがまさか、田岡一雄とは知らなかった。テーブルを取り囲んで、絡《から》んできた。

「よう、バタやんやないか。一曲唄ってくれんかいな」

中川猪三郎が、とりなすように中へ割って入った。

「田端はんは、今夜は遊びにきとるんや。勘弁《かんべん》してやってくれんか」

「引っこんでろい！」

中川は、いきなり胸倉《むなぐら》を摑《つか》まれた。

中川はいった。

「山口組と知ってのことか！」

「山口組が、なんじゃい！」

そのうえ親分を守ろうと抵抗する中川は、六人がかりで顔面を殴られた。強烈な頭突きまで食らわされてしまった。

明友会の連中は、うそぶいた。

「山口組など、のさばりかえる大阪やないで！」

田岡組長の面前で恥をかかされた山口組の幹部たちは、ただちに報復に出た。

三日後の八月十二日朝の八時三十分、今回広島の打越と兄弟分の盃を交わす安原政雄率《ひき》いる「安原会」を中心とする混成襲撃班三十人が、報復に向かった。

拳銃を持ち、数台の乗用車に分乗し、西成区西萩町の清美荘アパート二階二号室を急襲した。

愛人の部屋に匿《かくま》われていた明友会幹部李猛を、ドア越しに撃った。相手に瀕死《ひんし》の重傷を負わせた。

さらにその八日後の八月二十日の早朝六時、加茂田組組長加茂田重政の指揮する第二次襲撃班十五人が、日本刀や拳銃を用意した。

乗用車三台に分乗し、布施市足代一丁目の遊楽荘アパート十三号室を襲撃した。

そこに、サパークラブ青い城で山口組の中川を殴りつけた明友会幹部の宗福泰、韓建造がいるはずであった。

ところが、宗らは、斬りこみを事前に察知し、逃亡したあとであった。

加茂田らは、かわりに寝ていた明友会系三津田会の五人を襲った。

日本刀で山岸譲の胸を突き、その場で殺した。

李明峰の右肩を切り、三週間の傷を負わせた。

その三日後の八月二十三日、大阪箕面市の箕面観光ホテルで山口組と明友会の手打ち式がおこなわれた。

明友会会長の姜昌興以下幹部十数人は、左小指を切りとり、この式に持参した。

山口組軍団は、わずか十日間の電撃作戦により、明友会を完全降伏させた。大阪の富裕な縄張を奪い取ったのである。

東の大阪を攻め、勢いに乗った山口組は、今度は、隣り合う西の山陰道を攻めにかかった。

明友会事件の一カ月後の昭和三十五年九月、山口組若衆頭の地道行雄は、鳥取県米子市の山陰柳川組組長柳甲録と小塚組組長小塚斎を自分の舎弟の列に加えた。

小塚は、山口組の傘下に入ると、田岡の経営する神戸芸能社の興行下請けとして日本海芸能社を設立し、島根県松江市の南条会を呑みこみ、その支社とした。

山陰柳川組は、昭和三十六年三月、鳥取市進出に動きはじめた。

山口組を背景として攻めこんできた山陰柳川組への対抗策として、地元鳥取市で、興行を打っている菅原組二代目組長松山芳太郎は、本多会の若頭平田勝市から舎弟の盃を受けた。

菅原組を平田会鳥取支部と改称した。

本多会は、山口組と同じ兵庫県を本拠地とする強大な軍団であった。

傘下に百六十六団体、四千九十人と、戦力こそ山口組のおよそ半分であるが、こと本拠地の兵庫県下にかぎってみれば、山口組が五十七団体千三百五十九人に対し、本多会は二十一団体千八百二十三人と、逆に優位を誇《ほこ》っていた。

本多会の総帥《そうすい》本多仁介は、かつて神戸大嶋組の大嶋秀吉組長の配下であった。

山口組の初代山口春吉も、かつて大嶋組長の配下であったことがある。

本多仁介は、昭和十三年七月、六甲山麓《さんろく》を襲った大水害を機に、土建業を起こし、大嶋組から独立、本多組を創立した。のち本多会と改称したのである。

田岡一雄は、本多会の力を侮《あなど》ってはいなかった。本多会と全面戦争すれば、山口組も、本多会も、双方とも崩《くず》れてしまう。そう読んでいた。

そのため、田岡は、あくまで本多仁介と五分と五分の兄弟分の盃を交わし、友好関係を保っていた。

しかし、幹部の地道をはじめ、山口組の戦闘軍団は、局地戦において、代理戦争のかたちをとって本多会を叩こうとしていた。

鳥取市進出も、その一環であった。鳥取進出は、地道行雄が采配《さいはい》をふっていた。

地道は、山口組の中でも、戦闘は地道、内政は安原政雄、渉外は吉川勇次といわれるほど、戦闘能力を高く買われていた。

「地道の通った跡には、ペンペン草も生えん」

と他の組からも恐《おそ》れられていた。

地道は、「本多会が、なんじゃい！」と、柳甲録に、徹底的《てっていてき》な攻撃を命じた。

柳は、まず、境港市内のパチンコ店の利権のことで松山芳太郎に因縁《いんねん》をつけた。

そのうえ、昭和三十六年十月四日、山陰本線の夜行列車で鳥取に帰ろうとした松山芳太郎を、山陰柳川組の組員の本多稔ら三人組に襲わせた。日本刀で斬り殺させた。

この事件は、山陰道のやくざ組織に、大きな衝撃をあたえた。

山口組の恐ろしさに震《ふる》えあがった組の中には、山口組に投降してくる組織もあった。

山口組戦闘軍団は、山陰道一帯に狙《ねら》いをつけると同時に、岡山県と広島県へも進出しようと謀《はか》っていた。

岡山県児島市には、現金屋組長三宅芳一がいた。

三宅は、戦後隠退蔵物資の略奪《りゃくだつ》によって得た巨財を背景に、岡山だけでなく、海を越えた四国の香川県北部にまで睨《にら》みをきかせていた。

山口組戦闘軍団は、いずれ現金屋も傘下におさめる腹づもりであった。が、その前に、山陽道一の大都市広島の打越から、安原政雄に対して兄弟になりたいという縁組みの申し出があった。

中国一の広島を手に入れれば、四国、九州への睨みもきく。

田岡も、広島との縁組みには賛成した。

さっそく広島に知人が多い若頭補佐の山本健一に仲をとりもたせ、兄弟分の結縁をさせることにした。

山口組にとって、広島との縁は願ってもないことだ。

2

同じ時刻、打越組長も、山口組の安原との兄弟分の盃のため、寿楼へ向け、真っ赤に塗った自慢のオースチン・ヒーレーを走らせていた。

やはり、羽織り袴に紋付姿であった。

打越組長は、憧《あこが》れの山口組の田岡一雄の縁に繋《つな》がることで興奮していた。

〈いよいよ、わしも山口組と縁ができるんじゃ。これで、山村の外道《げどう》を押さえこめる〉

打越組長は、広島市内で三位のタクシー会社『紙屋町タクシー』の経営を軸に、着々と広島市内に勢力を伸ばしていた。

が、呉から広島中央進出をはかる山村組と、それを助ける広島の地元の親分岡敏夫率いる岡組に、強い恐怖を抱いていた。

打越組長は、その緩和策《かんわさく》として、昭和三十五年十二月、刑期を終えて横浜刑務所を出た岡組幹部原田昭三に目をつけ、いろいろと彼の世話を焼いた。

打越組長は、翌年二月の原田の放免祝いの席上、岡組の幹部原田昭三、網野光三郎、服部武、それに山村組の幹部美能幸三を舎弟とする盃を交わし、組織の堅持をはかった。

打越は、舎弟となった原田の出所披露の花興行のチラシに賛助《さんじょ》として山口組の田岡組長の名前を使わせてもらったことが縁で、三十六年六月、神戸市の料亭で田岡に礼の挨拶《あいさつ》のために会った。

打越は、そのときいらい、すっかり田岡に惚《ほ》れ込んでいた。

同時に、

〈ようし、これを機会に、山口組と縁を結んじゃろう。山口組と縁を結びゃあ、山村の外道はもちろん、岡の親分までも、わしに一目置くに決まっちょる〉

やくざの世界は、食うか食われるかの弱肉強食《じゃくにくきょうしょく》の世界だ。このときでこそ広島も表面上の調和が保たれていたが、明日は、誰が牙《きば》を剝《む》き、誰が食われるかわからない。少しでも油断をしていると、食い殺される。特に打越組長には、政治的手腕こそあったが、岡組や山村組のような肝心《かんじん》の武力がなかった。

山口組と組み、山口組の武力を背景に、広島で他の組に睨みをきかせる腹づもりであった。

岡組の岡敏夫組長も、同じころ車で寿楼に向かっていた。

やはり、羽織り袴に紋付姿であった。

岡組長は、心臓病で健康がすぐれず、貫禄《かんろく》のあった体も、別人のように痩《や》せていた。やつれた頬の色も悪かった。ベッドから起きるのもようやく、という状態であった。

それだけでなく、岡組長は、この日の打越組長と山口組の安原とが兄弟分の盃を交わすことに、はじめから反対であった。

岡組長は、今回の盃事の根まわしに熱心に動いている山村組幹部の美能幸三から、いわれていた。

「山村の親分も、すぐに引き受けてくれとりますけん」

岡組長には、兄弟分の山村組長が、すぐに了承したことが納得できなかった。

なお、美能は、山村組幹部であるが、打越組長と舎弟の盃も交わしていた。その縁で、打越組長の盃のために奔走《ほんそう》していたのであった。

岡組長は、美能から、自分もその盃の席に出席してくれと頼まれ、即座に反対した。

「悪いことはいわん。やめとけや。同じ広島の人間同士の盃ならともかく、旅の人との盃は、やめとけや」

岡組長は、打越組長の人間性を根本的に信頼していなかった。

「あんたは、ま、何も知らんがよ。打越ほど考えがのうて、口が軽いのはおらん。それに極道の筋にしても、ああせにゃいけん、こうせにゃいけんいうて、なんぼ教えちゃっても、駄《だ》目《め》じゃけん。やめとくがええ。このようなのを相手にしよったら、さきであんたがひとり泣くようになる」

美能は、それでも粘った。

「わしが岐阜刑務所から出た当時、打越親分には世話になったことがあるけん」

美能はその後も、広島と神戸を行き来し、岡組長の説得にかかった。

岡組長も、美能の熱心さにほだされ、ついに今日の寿楼での打越と安原との兄弟分の盃の式に出席することになったのである。

しかし、岡組長は、いまだに今回の盃に気が進まなかった。

〈打越が、この盃をきっかけに、妙な動きをせにゃあええが〉

十時から寿楼本館二階の百五十畳敷の大広間で、打越組長と安原の兄弟分の盃が交わされた。

この大広間の窓からは、真言宗上野《じょうや》山須磨寺が見下ろせた。通称「大池《おおいけ》」と呼ばれている池も見えた。

大池には、紅葉した紅葉《もみじ》が美しく映《は》えている。

大広間の正面には、中央の右側に山口組三代目の田岡一雄組長が威厳《いげん》のある表情で座っていた。

その左隣りに、山村組親分の山村辰雄が座っていた。

山口組側は、後見人の田岡組長の右隣りが、取持人の山口組若頭の地道行雄、さらに右隣りが、見届人の松本友八であった。

さらに、舎弟頭の松本一美、舎弟の岡精義、安原政雄、松本国松、藤村唯夫、三木好美らが並んだ。この六人と地道を加えた七人が、いわゆる「山口組七人衆」と呼ばれていた。

その他に、若頭補佐の梶原清晴、山本健一、山本広、中山美一らの幹部が並んだ。山口組からは、総勢四十人が出席していた。

いっぽう、打越側は、山村の隣りに、取持人の岡組組長の岡敏夫、その隣りが、見届人の広島の横奥組組長横奥喜平、さらに呉の海生組、岡組、山村組、横奥組、打越組からの混成部隊四十人が座った。

八十人を目の前に、安原と打越がおたがいに正座して向かい合った。

短く髪を刈《か》り、血色もよく、堂々たる体軀《たいく》で正座している安原は、貫禄十分であった。

打越は、緊張に強張《こわば》った顔をしていた。

張りつめた空気の中で、盃固めの式が進められた。

ふたりの前には、真新しい檜《ひのき》の白木で作られた四角い台である三方が置かれている。その上に、素焼きの盃がふたつ、懐紙でつながれている。

取持媒酌人の地道行雄が、口上をのべた。

「ただいまより、山口組組長田岡一雄舎弟安原政雄と、打越組組長打越信夫、兄弟分、固めの盃事とりおこないます」

ふたつの盃に、均等に酒が注がれた。

打越は、安原と同時に盃を口に運んだ。

打越も安原も、盃を飲み干《ほ》すと、懐紙で盃を包んで懐にしまった。

打越は、安原と手を固く握り合った。

取持媒酌人の地道が、打越と安原の握り合った手を、上と下から固く押さえた。

打越と安原とが、同時に凜《りん》とした声を放った。

「兄弟、よろしく、頼みます」

打越は、興奮に頬を紅潮《こうちょう》させ、心の中でつぶやいていた。

〈つぎは、田岡親分から舎弟の盃ももろうて、広島をわしが制覇してみせちゃる〉

山村組長は、この盃を見ながら、ひときわ険《けわ》しい表情になっていた。

〈わしゃあ、迂闊《うかつ》なことをしてしもうたのォ……気軽に打越と安原の盃を認めたが、大変なことになる。へたをすると、広島は山口組に荒らされ、わやになるかもしれんど〉

わや、というのは、広島弁で、滅茶苦茶《めちゃくちゃ》にされることをいう。

勘の鋭い山村組長の予感は、やがて的中することになる……。

3

昭和三十七年四月、山田久は、親分の服部武に呼び出され、服部の経営する愛宕町の金融会社栄興商事に行った。

服部は、山田をソファに座らせていった。

「岡の親分が、いよいよ引退することになったぞ」

山田は、突然のことにおどろき、身を乗り出すようにして訊《き》いた。

「やはり、体のせいですか」

「体のせいもある。何しろ、病院でも、『血圧が高うてのう。寝とって、起きようとしたとき、体の重みで、足をくじくんじゃけんのう、やれんわい』とこぼしとるくらいじゃけえ。それに……」

服部は、一服喫《す》っていった。

「岡親分の息子さんが、頭がええじゃろう」

「たしか、大学を出て、アメリカにまで留学したいうて聞いとりますの」

「ほいじゃが、日本に帰ってみりゃあ、新聞に岡親分がどうしたこうした、とやくざもんとして大きく出る。ほいで、息子さんが、岡親分に、泣いて迫ったんよ。

『お父さんの時代は終った。もうこれ以上、息子のぼくに、恥ずかしい思いはさせんでくれ』

岡親分も、そこまでいわれては……とついに引退を決意したんじゃ」

山田は、番茶をひとすすりして訊いた。

「ところで、岡親分の跡目は、どうなるんです」

「呉の山村さんが、預かる」

「山村さん……」

「ああ」

「打越さんも、岡親分には、よほど嫌われたもんじゃのォ」

「岡親分は、打越が、山口組と接近しすぎることを、えろう嫌うとるけんの。例の打越が、安原だけでなく、田岡親分とも盃を交わし、舎弟になろうと焦《あせ》ったときも、打越を、えろう怒ったけんの」

山田も、その一件は耳にしていた。

打越は、この年三月、田岡から、念願の舎弟の盃をもらう日取りまで取り決めた。しかし、盃を焦《あせ》るあまり、兄弟分の安原にも相談せず、話を決めてしまった。

安原は怒った。異を唱《とな》えた。

それを知った岡組長も、打越組長に田岡との盃に反対する、と強く迫った。

「広島は、やっぱり広島の博徒で治めるべきじゃ。旅の者を入れるべきじゃない！」

安原、岡組長の反対により、打越組長と田岡組長の盃は、ひとまず延期となった。

服部がいった。

「それに、岡の親分は、打越が、博打のカスリを自分のところに持ってこんことに怒っとったしのォ。打越に跡目をまかすと、そのカスリが、みんな山口組に流れることを恐れ、山村さんにそっくり預けることにしたんよの」

山村組長と岡組長の関係は、五分ではなく、山村組長が岡組長に対して、五厘上がりの兄弟分である。岡組長は山村組長に対し、五厘下がりの兄弟分であった。

岡組長は山村組長を呼ぶとき「兄貴」と呼ぶが、山村組長は、岡組長を「兄弟」と呼んでいた。

山田は、頭の中で岡組長引退後の広島のやくざ勢力を計算していた。

〈山村組は、これまで六十人じゃったが、岡組をそのまま吸収すれば、いっきょに二百二十人くらいにふくれあがる。それに較べ、打越組は、これまで八十人くらいの勢力で山村組に勝っとったが、これで、完全に山村組に圧倒されてしまうことになる〉

山田は、服部にいった。

「打越のことじゃけん、このまま引き下がりはせんじゃろう。広島も、また岡組対村上組の抗争のように火を噴くんじゃないですかね」

「わしも、それを心配しとる。へたすると、山口組を相手にやらにゃならんようになるど。いまから、覚悟しとかにゃいかんのォ」

それから一週間後、打越組長は、市内中心部の中の棚にある紙屋町タクシー二階の社長室で、岡組幹部の原田昭三の報告を、怒りに顔をゆがませて受けていた。

原田は、山村の斡旋役《あっせん》として伝えた。

「山村さんが、今度岡組を預かることになりましたんで、ついては、打越さんも、山村さんの若い衆に、ということですが」

原田は、山村の言葉を、少しやわらかく伝えた。じつは、岡組を預かることで、

「これで、わしゃ、山陽一の大親分じゃあ」

とすっかり強気になっていた山村は、息まいていた。

「打越は、わしの若い衆にならしてやってもええ。ほいじゃが、舎弟にはしてやらんど」

打越は喫《す》いかけていた煙草を灰皿の中で捻《ねじ》り潰《つぶ》しながら、ののしった。

「わしを、山村の若衆に⁉　山村の風下につく気は、ないわい！」

打越組長は、岡組の跡目は自分、と自他ともに認めてきた。

神戸の田岡組長にも、そう吹聴《ふいちょう》していた。

ところが、岡組長は、岡組を自分に継がせずに、兄弟分の山村組長にそっくり預けるというのだ。打越組長の腹の中は、煮えくり返っていた。

打越組長は、原田にいった。

「山村の若い衆になるという風《ふう》の悪いことが神戸に聞こえてみィ。田岡親分との間が、おかしうなるで……」

取りつく島がなかった。

原田が引きあげると、打越組長はソファから立ち上がった。

部屋中を動物園の熊のように苛々《いらいら》しながら歩きまわり、ぶつぶつとひとり言をいった。

「早う田岡親分との盃を進めとりゃあ、岡親分の跡目は、わしに来とったかもしれんのに……安原め、兄弟分の癖《くせ》に、わしに嫉妬《しっと》して、田岡親分との盃をささんようにしたのが、こういう結果になってしもうたんよの」

打越組長は、そばにいる幹部の山口英弘にいった。

「おい、わしゃあ、明日にでも、岡親分への盃は返すけえの。広島をわしが制覇しちゃる。呉の山村の外道に、広島をとられてたまるかい！」

打越組長は、そのためにも、延期になっていた田岡組長との盃を、早急に現実のものにしなくては……とあらためて決意していた。

広島やくざの世界は、風雲急《ふううんきゅう》を告げていた……。

4

昭和三十七年六月二日、山村組長は、広島の羽田別荘で、「俠道一代限り」を声明して組を解散した岡組相続の披露宴をひらいた。

この宴には、地元選出の砂原格代議士、中津井真県会議員、池永清真県会議員ら、政界人をはじめ、下関・合田組合田幸一組長、海生逸一、尾道・高橋組高橋徳次郎組長、小倉・工藤組工藤玄治組長の舎弟・松岡武、神戸・山口組安原政雄、児島・現金屋三宅芳一組長、笠岡・浅野組浅野真一組長、打越信夫組長、宇部・岩本組岩本政治組長、山村辰雄組長の舎弟・熊本義一ら錚々《そうそう》たるメンバーが出席した。

その直後、山村組長の妹が病気で死んだ。その葬儀に元岡組幹部の網野、原田、服部の三人が悔やみに激しい雨の中を駆けつけた。

その帰り、網野の運転する車に、服部と原田、それに山田久が乗っていた。元岡組幹部の中で当時乗用車を持っていたのは、網野ひとりであった。

網野が、車を運転しながら、服部と原田にいった。

「おい、わしゃあのォ、岡の親分から、山村親分について釘《くぎ》を刺されとるんじゃ」

山田は、全身を耳にして聞いていた。ふつうは、親分についての話を大幹部たちが語るときには、若い衆はその場から席をはずされる。しかし、網野や服部ら幹部は、いつも山田には、席をはずさせなかった。山田を、それだけ認めていたのである。

「岡親分がいうんよの。『今度親分になる山村は、わしとちごうて、奥が深いで。おまえら、わしと同じくらいに思うて、油断すんなよ。よう気をつけて親分と付き合えよ。そうせんと、大ヤケドするど』。うちの親分が、神妙《しんみょう》な顔でいうとったけえ、みんなも、心しておけよ」

山田も、網野の話を肝《きも》に銘じていた。

そのころ、服部武は、山村組の若頭を命じられた。

服部は、その夜、山田を流川の行きつけの料亭安芸船に呼び、いった。

「おい、山田、明日からおまえ、山村親分のボディーガードを引き受けてくれ」

山田は、緊張に身を固くして答えた。

「山田久、山村親分の体を、命を捨てて守らせてもらいます」

服部は、厳しい表情になった。

「打越の者や、山口組が、親分のタマを狙うてくるかもしれんけえの。頼むで……」

山村組長のボディーガードをおおせつかった山田は、自分を捨てきって任務に徹した。

それまで、服部に対しては我を張り、わがまま放題にふるまっていたが、山村組長への尽くし方は、別人の観があった。

山村組長は、岡の跡目を継ぐまでは、呉市北迫町に本宅を構えていた。総檜《ひのきば》張りで、天井には金が張ってあるような豪壮《ごうそう》な造りで「山村御殿」と呼ばれていた。

山田は、毎朝、広島からその呉の山村御殿まで車を飛ばし、山村組長を迎えに行った。

そこから、山村組長の車に乗り換える。山田は、助手席に乗って、後部座席にひとりで乗っている親分を守った。

広島に入ると、山村組長は、広島の拠点である広島市の中心街流川六丁目のパレスビルに顔を出した。

パレスビルは、四階建てで、一階がキャバレー・パレス、二階が洋画専門館リッツ劇場、三階が山村組の事務所、四階に、山村の姐さんが寝泊まりしていた。

もともとは、このビルの建物と土地は、山本龍三が所有していた。山本龍三は、戦後の闇成金で、表向きは、あくまで実業家であった。しかし、裏では、岡と五分の兄弟の盃を交わしていた。

ところが、策謀家《さくぼうか》であった山村組長は、パレスビルの経営に参加し、自分が社長になり、山本を専務とした。

そのうち、経営不振を理由に、従業員の給料も出さず、ついに倒産のかたちにして、乗っ取ってしまっていた。

山田は、車の中では、助手席に乗り、山村組長を守った。

山村組長が車から降りて散歩するときには、その一メートル後ろを歩いた。

腹巻には、かならず拳銃を忍ばせていた。

山村組長に近過ぎては、まわりの者からボディーガードとわかってしまう。はっきりと他の者からボディーガードとわかってはいけない。

かといって、離れすぎてはいけない。山村組長が匕首《あいくち》なり拳銃で狙われると、まず親分にかわって的になる。

それから敵を攻撃しなくてはならない。そのためにも、一メートル以上離れていてはいけない。

いわゆる親衛隊長である山田は、さらに、親分の前後左右の四方に、親分から三メートルくらいずつ離れさせて若い衆を配置していた。

その若い衆のひとりに、彼の妻の多美子の弟である清水毅もいた。

山田は、いつ山村組長に拳銃を向けられても、ためらいなく拳銃と親分の間に、何も考えずに飛びこむ肚《はら》は据《すわ》っていた。

山田は、親分のまわりを取り囲ませている毅ら若い衆に繰り返しいっていた。

「自分を平気で殺せんと、この稼業じゃ、男は売れんど。女を恋しう思うたり、ムショ行くのが恐ろしいと思う気持が、心の底にちょっとでもありゃあ、いざというとき、親分の陰に隠れることになるど。そんときゃあ、この稼業じゃ笑いもんになって、終わりど。わしら、あくまで親衛隊じゃけえの。自分の身を守る自衛隊じゃないんど」

若い衆たちは、山田のいいつけを守って、山田といっしょに命がけで山村組長を守りつづけた。

山村組長は、洒落者《しゃれ》であった。

毎日欠かさず散髪に行き、眉墨《まゆずみ》で、眉を描いていた。

ポケットには絶えずコンパクトを入れていた。車の中などで、人目をはばかりながらパフで鼻の頭を叩いた。顔を左右に動かして、化粧直しをしていた。

顔にしみができていたせいもあるが、生来、見栄っぱりで、恰好《かっこう》をつけたがっているせいでもある。

服装も、蝶ネクタイをするなど、ダンディな恰好をしていた。

本通りにある高級衣料品店『ひつじやサロン』に入ることも多かった。

山田は、そのときには、鋭い眼を店内に放つ。やくざや、因縁でもつけそうな柄の悪い連中がいるかどうか、すばやく確認した。

うるさそうな者がいないばあいは、決して山村組長といっしょに、店内には入らなかった。

いっしょに入って店内をうろうろしていては、店の者にもめいわくだ。親分にとってもわずらわしい。

入口のショーウインドーをのぞきこむ恰好をしながら、親分に危害を加えそうな者が店に入って来やしないか、見張りつづけていた。

山田は、どんなことがあっても、山村組長と肩を並べて歩くことはなかった。

かつて、ボディーガードで、山村組長と肩を並べて歩いた者がいた。

山村組長は、その直後、そのボディーガードを店の入口付近に待たせておいて、自分だけクラブへ入って酒を飲んだ。

しばらくすると、表に待たせているボディーガードに声もかけず、裏口から知らぬ顔で出て行った。

ボディーガードは、あまりに親分の出てくるのが遅いので、不審に思ってクラブをのぞいた。ママに、

「あら、親分は、とっくにお帰りになりましたよ」

といわれ、あわてて山村組長を捜して駆けまわった。

ボディーガードが、親分を見失ったということは、最大の恥である。

翌朝、山村組長は、そのボディーガードを怒鳴りつけた。

「この腐れ外道めが！　わりゃあ、いつからわしと肩を並べて歩くように偉うなったんなら！」

そのボディーガードは、即刻、任務をはずされた。

山田は、山村組長が岡組を預かると決まったとき、網野の運転する車の中で、網野が服部と原田にいっていた岡組長の言葉を、あらためて思い出していた。

「今度親分になる山村は、わしとちごうて、奥が深いで。おまえら、わしと同じくらいに思うて、油断すんなよ。よう気をつけて親分と付き合えよ。そうせんと、大ヤケドするど」

山村組長は、クラブや料亭で飲んでいるとき、山田によく声をかけた。

「おい山田、外は、雪が降りそうなほど寒いじゃろう。もう見張らんでもええ。ここにきて、熱いのをキュッと一杯やれ。さあ、一杯やれや」

山村組長は、熱燗《あつかん》を注いだ盃を持って、山田を誘う。

が、山田は、そのようなとき、決して親分の甘い言葉に乗らなかった。自分を固く戒《いまし》めた。

〈わしゃあ、親分を守るんが任務じゃ。いま親分といっしょに酒を飲んで酔いでもして、もし血気にはやった打越の者でもピストルを持ってなだれこんでくると、コトじゃ。親分に弾を撃ちこめば、守りきれんかもしれん。稼業の者にのちのち笑われるような不細工な真似だけは、できん〉

「勝てば監獄、負ければ地獄」、と常々自分にいい聞かせていた。

山田は、山村組長に丁重《ていちょう》に断った。

「親分、お気持だけで、ありがとうございます。酒は、親分を送ってひとりになったとき飲ませていただきます」

山田も、熱い酒が飲みたいのはやまやまであった。冬の寒い夜は、拳銃を腹巻にしのばせていると、腹が冷えて下痢をする。熱燗を飲んで、腹を温めたかった。

しかし、山田は、山村組長のボディーガードをおおせつかったときから、親分と行動をともにしているときには、一切自分のために生きることを止めていた。

親分のための体である。自分の欲望は、一切捨てきっていた。

親分と寝食をともにする、という言葉があるが、たとえ寝は親分の隣りの部屋なりでともにしても、食は絶対にすまい、と心に決めていた。

山村組長は、一切誘惑に乗って来ない山田を、眼を細めて見ていた。

「こんなあ、意外に一徹なところがあるのォ……わしがええいうんじゃけえ、ここへきていっしょに飲みゃあええのにの」

山村組長は、そういいながらも、心の中では、まったく別のことを考えていた。

〈こんなあ、なかなか見どころがあるど。いっしょに飲めえいうて誘いに乗ってきて飲むと、明日にでも服部に、皮肉をいってやろうと思ったのに〉

山村組長は、その皮肉の文句も考えていた。

「山田め、わしのボディーガードをしときながら、わしに勧められたけえいうて、いい気になって酒を飲んで酔ってけつかるんど。わしに万が一のことがあってみィ、どうする気なんや。それに、あの調子なら、敵に酒を勧められても、ついいい気になって飲むど。われも、えろう頼りになるボディーガードを、わしにさしむけてくれたもんよの」

が、あてがはずれた。

猜疑心《さいぎしん》の強い山村組長は、そのようにして幹部や若い衆たちを絶えず試していた。

山村組長は、一度も自分の甘い言葉に乗って来ようとしない山田が、すっかり気に入った。

ポケットから鰐革《わにがわ》の財布を出した。一万円札をぬきとり、山田に、手渡した。

「おい、小遣いじゃ。あとで、これでゆっくり飲めえや」

一回の小遣いが、たいていは二万円あった。当時の二万円は、山田にとってはありがたい金であった。大卒銀行員の初任給が、一万九千円の時代である。ひとりだと、三、四千円ですんだ。一万円も飲めば、大散財である。

山村組長は、キャバレーに子分たちを連れて行き、ビールを二十本飲めば、翌日、若い衆にビールの現物二十本と、おつまみ代として千円程度キャバレーに届けさせた。

キャバレーは、山村組長のケチぶりに、

「親分が来ても、儲《もう》けにならんけえ、本当は店に来てもらいとうない」

と陰口を叩いていたほどである。

それなのに、山田に二万円の小遣いをポンと気前よく与えた。山田がよほど気に入っていたのである。

山田は、夜は、山村組長を広島から呉まで送って行った。

呉に入ると、山村組の幹部美能組に車をつけた。

美能幸三の子分で、のち三代目共政会副会長、二代目美能組組長となる藪内威佐夫に、

「親分さんを頼みます」といって山村組長を渡す。

それからはじめて、自由になった。

山田は、山村組長のボディーガードをつづけることにより、必要なときには、自分を捨てる肚が据った。

5

山村組長は、パレスビル三階の十五畳近い山村組事務所で、ののしっていた。

「岩本組を、ひねり潰《つぶ》しちゃる！」

山村組長のテーブルの上には、薬瓶《くすりびん》がずらりと六つも並べられていた。

山村組長は、そのうちのひとつの蓋《ふた》をあけた。ビタミンCの錠剤を口に放りこんで、ののしりつづけた。

「岩本組を潰《つぶ》して、打越に、わしの恐ろしさを見せつけちゃる！」

山村組長は、岡組長が健康のためもあって身を引いたのを目のあたりに見ていた。それいらい、これまで以上によけいに健康に気を配りはじめた。

人間、いかに力があっても、体が弱くなってはその力を維持できない。そう胆に銘《めい》じていた。

そのため、このごろは、胃や腸を冷やすのを防ごうと、ビールまでお燗《かん》して飲んでいた。

山村組長は、この六月はじめ、山口県徳山市でおこった事件を重視していた。

岩本組の組長である岩本政治が、縄張をめぐって対立していた浜部組の若者頭高橋琢也を、殴り倒したのであった。

じつは、岩本組組長と、打越組組長は、きわめて親密な間柄にあった。

いっぽう、浜部組組長の浜部一郎と、山村組幹部の樋上実も、兄弟分であった。

策謀家《さくぼうか》の山村組長は、絵図を書いていた。

〈ここはひとつ、浜部組へ肩入れしちゃって、岩本組を懲《こ》らしめちゃろう。そうすること

が、岩本と親しい打越への牽制球《けんせいきゅう》にもなる〉

山村組長は、テーブルの上の別の薬瓶の蓋をあけた。キャベジンを口に放りこみ、水をぐいと飲んで、さらなる絵図を書いた。

〈もし打越の外道が、岩本組にヘタに肩入れすると、それを機会に、打越組をぶっ潰しちゃる〉

山村組長は、部屋の隅で入口を見張っているボディーガードの山田に声をかけた。

「のォ、誰かが、岩本の家へ行ってよ、ダイナマイトをぶちこんだりゃあええんじゃ。びっくらこいて出てくるところを、こうして……」

山村組長は、両手で長い銃を構える真似をした。

「カービン銃で、片っぱしから撃ちまくりゃええんじゃ」

山田にも、山村組長が、本気で岩本組の挑発《ちょうはつ》を考えているのがわかった。

〈こりゃあ、近いうち、うちの組と、打越組との全面戦争が起こるぞ〉

山田は、ボディーガードとしての役目の重要さをいっそう感じ、身を引き締めた。

六月十七日の午前零時過ぎ、浜部組系の金子組の金子組長が、山口県光市櫛ケ浜のバー『白馬』前の市道で、岩本組系の青木組の青木組長ら五人に突然取り囲まれた。頭をいきなり拳銃で撃ちぬかれ、即死した。

山村組が岩本組を挑発するより先に、岩本組が浜部組に仕掛けてきたのだった。

その翌日、山田が、山村組長を呉まで迎えに行き、広島に向かう車の中で、山村組長は、興奮気味にいった。

「ようーし、岩本組にデモンストレーションをかける絶好の機会じゃ。できるだけうちの組から葬式に参加させたるど」

いっぽう打越組長は、事態を穏便《おんびん》にすませるため、進んで今回の仲裁《ちゆうさい》を買って出た。

〈早いうちにこの喧嘩を鎮《しず》めとかにゃあ、こっちに飛び火せんともかぎらん〉

という気持であった。

仲直りの地固めの会合は、広島市内中の棚の『寿司福別館』でひらかれた。

その席には、打越組長の他に、喧嘩の当事者岩本組、岩本組と対立している浜部一郎組長と兄弟分である山村組幹部の樋上実が出席していた。

打越は、樋上にいった。

「いろいろと、おたがいにいい分はあるでしょうが、ここはひとつ、仲直りという線で努力していきましょう」

打越組長は、仲直りのために必死であった。樋上とできるだけなごやかな雰囲気をつくるために、酒も飲んだ。

日が暮れて別れるときには、打越組長は確信を持っていた。

〈これで、わしの狙いどおりにいった〉

ところが、翌朝、打越組長が紙屋町タクシー二階の打越組の事務所に出ると、幹部の山口英弘が、苦りきった顔で話した。

「親分、岩本が、ゆんべ、わやなことをして、仲直りをぶち壊しました」

「わやなこと……」

「ええ、こともあろうに、浜部組の組長宅に、ひとりで殴りこんだんです」

「きのう、仲直りの席に、岩本も来とったんど……」

打越組長は、狐につままれた表情になった。信じられなかった。

「親分と別れて宇部に帰る予定だった岩本が、徳山で突然、途中下車し、そのまま浜部組長宅に殴りこみをかけてしもうて」

「わやをしてくれるのォ……ほいで、殴り合いにでもなったんか」

「岩本は、浜部組長宅へ殴りこむと、『おんどりゃあ！　みな殺しにしたるけえ、出てこい！』と叫んで、玄関口にいた若い衆に、二、三発びんたを喰らわした。そのうえ、懐に忍ばせていた拳銃を、三発発射して蹴散らし、それから宇部の岩本組事務所にもどったというんです」

打越組長も、さすがに頭から血の気の引く思いであった。

「岩本め、馬鹿なことをしやがって……」

山口英弘がいった。

「山村組の樋上さんから何度も電話があり、親分が来しだい、すぐに山村組まで電話をくれ、と怒り狂っちょります」

打越組長は、渋々、樋上に電話を入れた。

樋上は、電話口で、打越の鼓膜《こまく》が破れそうなほど怒鳴った。

「仲直りは、やめじゃ、やめじゃあ！　浜部は、カンカンになって怒っとるど！　浜部は、てっきり思いこんどるど。岩本があんたとグルになって、和解の話を進めながら、いっぽうじゃあ、浜部組との抗争準備の時間稼ぎをしとる、との」

打越組長に弁解の余地はなかった。

樋上は迫った。

「ええですの。あんたに、仲裁人としての責任はとってもらいますけえの」

追い詰められた打越組長は、山口ともうひとりの若衆を連れ、宇部の岩本組の事務所へ行った。

岩本組長の説得にかかった。

岩本組長は、日頃は性格はおとなしいが、ひとたび怒ると、やられてもやられても突っこんでいく執拗《しつよう》な男であった。

かつて岩本組長が山口刑務所に入っていたとき、彼の親分の一松組の一松実男組長が、興行のもつれで敵対していた組の若衆に刺された。しばらくして、一松組長を刺した男が、山口刑務所に入ってきた。

岩本組長は、その男に復讐する機会を執拗に狙った。刑務所内での相撲大会のとき、ついに隠し持っていた木工工場で使うノミで、その男を刺し殺した。

打越組長は、弟分である岩本組長の性格を知り抜いていた。説得工作が難しいことは覚悟していた。

案の定、岩本組長は、頑《がん》として説得に応じようとはしなかった。

「樋上が、どうしたんなら！　岩本政治は、ひとりになっても、山村組と喧嘩したるで！」

打越組長は、いよいよ窮地《きゅうち》に追い詰められた。

〈この馬鹿めら、困ったことをしてくれたのォ……ヘタすると、わしの指を詰めにゃならんことになるんど〉

いっぽう、山村組長は、樋上から打越組長の喧嘩の仲裁失敗の報告を受け、パレスビルの事務所で、はずんだ声を出した。

「狙いどおり、打越を潰すチャンスが来たど」

山村組長にとって、いまひとつ、打越組長を攻め、潰しにかかる絶好の事件が起こった。

六月二十七日、山村組の幹部である網野、原田、美能の三人は、それぞれ配下ひとりずつを連れ、東亜航空コンベア機に乗りこみ、九州小倉へ発《た》った。

山村組と親しい久留米市の浜田組二代目襲名披露に出席するためである。

服部は、このとき、肝臓病で大学病院に入院して彼らと行動をともにはできなかった。

三日後の六月三十日、三人は、小倉の工藤組工藤玄治組長の舎弟松岡武に招待され、博多の中華料理店に行った。

その席で、松岡武が、三人に忠告した。

「打越はな、宇部の岩本に刺客ばさし向けさせよって、福岡空港での帰りに、あんたら三人ば殺《や》れ、と命じたらしか。気いつけて帰られるがよか」

網野、原田、美能の三人は、おどろいて顔を見合わせた。

三人とも、いまでこそ、打越組長と険悪な雰囲気になっている山村組の幹部になっているが、打越信夫組長とは、舎弟の盃を交わしている。

「なんで兄貴にあたる打越が、わしらの命を狙わにゃならんのや」

三人のうち、誰ともなくいった。

「ぐずぐずしとると、危ないど……。すぐに広島にもどろうや」

翌日に披露宴を控《ひか》えていたが、命を失っては、元も子もない。

「その方がよか……」

松岡武も、賛成した。

三人は、披露宴への出席を急遽《きゅうきょ》取りやめた。祝儀を松岡武にことづけ、その夜のうちに広島に舞いもどった。

三人は、翌日、打越と舎弟の盃を交わしていた山村組の他の幹部、永田重義、進藤敏明、それに入院している服部武に代わって弟の服部繁を加え、紙屋町タクシーの二階にある打越組の事務所に盃を返しに向かった。

舎弟の側が兄貴に盃を返すことは、「逆縁の盃」で、この稼業ではやってはならないことであった。それをあえてやる六人の覚悟は、動かなかった。

打越組長は、青ざめた顔で待っていた。

六人を代表して、原田が殺気《さつき》立った口調でいった。

「打越さん、いままで、いろいろと世話になったですが、今日かぎりで、他人になってもらいますけん」

打越組長の青ざめた顔は、そのとき、土色になっていた。

山村組長は、網野ら六人がそろって打越組長に盃を返したことを知ると、その夜、山田が助手席に乗ってボディーガードして呉に帰る車の中で、上機嫌でいった。

「これで、打越も、広島じゃあ大けな顔はできんようになったど」

山田も、その言葉に、

〈打越さんも、これで終わりじゃろう〉

と信じた。

打越組長は、それから三日後の七月三日、岩本組と浜部組の手打ちの失敗と、福岡空港事件の責任を取り、左小指を第二関節から切断した。

その指をアルコール漬けにして瓶に入れ、山村組長に差し出して詫《わ》びを入れた。

その当時、広島や呉では、盃を水にすると、かならずといっていいほど、付録に拳銃の一発がついた。

打越組長も、殺されるのを恐れた。

打越組長は、その夜のうちに、東京に逃げた。

山村組長は、いよいよ強気になった。

「これで、広島と呉を、わしが完全に制覇したで……」

山村組長は、それまで打越組長がやっていた広島球場の警備の仕事まで取りあげてしまった。

6

ところが、山村組長も、そのままわが世の春を謳《うた》いつづけるわけにはいかなかった。

打越組長が、山口組の助けを借り、巻き返しに出てきたのである。

打越組長は、指を詰めて山村組長に届けた屈辱《くつじょく》を生涯忘れまい、と復讐を誓っていた。幹部たちにいっていた。

「山村の外道め、いまいい気になっとるじゃろうが、かならずわしが巻き返してやる。反対にひねり潰しちゃる……」

打越組長は、兄弟の盃を交わしていた山口組幹部の安原政雄に、頼みこんだ。広島に乗りこみ、てこ入れをしてもらうことにした。

昭和三十七年七月十七日から、安原と、舎弟頭の松本一美が、広島に乗りこんだ。打越組の勢力挽回《ばんかい》のための根まわしをはじめた。

安原の根まわしが功を奏し、八月三日、市内三川町にある清水旅館に、打越組長に舎弟の盃を突き返した網野、原田、美能の三人が集まった。本来なら服部もこの場にいるはずであったが、このとき入院していた。

打越組長に対し、詫びた。

「福岡空港事件は、根拠があいまいで、誤解から生じたもんじゃった。一方的に盃を返したことを、許してください」

三人は、打越組長から、舎弟の盃をあらためて受けることを承知した。

打越組長は、顔をほころばせた。

〈どうじゃ、山口組の代紋をかたどる金バッジが、いかに底知れぬものか、これでようわかったじゃろう〉

それから三日後の八月六日、山口県湯田温泉の松政旅館の一室で、打越組長は、さらにみずから仲裁人となり、岩本組と浜部組の手打ちもおこなった。

勢いを得た打越組長は、その二日後の八月八日、広島市内の料亭『魚久』で、山口県防府市の田中会会長田中清物を舎弟に、山口県岩国市中村組組長中村展敏を子分とする盃を交わした。山村組攻略の外堀を着々と埋めていった。

打越組長は、安原に頼んだ。

「安原の兄弟よ、去年からいうとった三代目の舎弟にしてもらう話よの、一日も早う実現したいんじゃ。三代目に、頼んでくれんかのォ」

打越組長の長年の念願は、ついにかなった。

九月二日、打越組長は、神戸において、山口組三代目田岡一雄から、六十一番目の舎弟の盃を受けた。

盃の神酒を感激にふるえる手で飲みながら、打越組長は、心の中で山村組長に挑みかかっていた。

〈山村よ、これでわれも、わしにゃあ、迂闊《うかつ》に手を出せんど〉

打越組長は、このときから、山口組の組織に倣《なら》い、それまでの打越組を再編成し、連合組織「打越会」とあらためた。

代紋も、山口組にならって同じ形にした。打越会の看板の横には、「山口組中国支部」の看板まで掲げた。

打越組長は、幹部の山口英弘を、初代若頭に据《す》え、結束を図った。

山村組長は、山口英弘が打越会の初代若頭に据えられたことで怒り狂った。

じつは、山口英弘は、山村組長にひそかに近づき、打診していた。

「親分、わしゃあ、打越にはついていけんけぇ、親分の若いもんにしてもらいたいんじゃ。お願いします」

山口英弘は、山村組幹部の樋上実と兄弟分であった。

おまけに、山口英弘の妻は、山村組長の経営するキャバレー・パレスの支配人石崎文雄の妹で、山村組とは近い関係にあった。

山村組長も、山口を引きとることを認めていた。

ところが、その山口英弘が、打越会の初代若頭に就任したのだ。

山田は、この年の暮れの雪の激しい夜、服部組長の入院していた大学病院を見舞った。

服部組長は体を悪くして入院し、病院から指図《さしず》をしていた。

服部組長は、山田にいった。

「二、三日前、笠岡の浅野親分が見舞いに来て、『本多会と親戚付き合いをせんか』いうんじゃ」

服部組長と、笠岡の浅野真一組長は、山田が村上組の大上卓司を撃って広島刑務所に入っている間に、兄弟の盃を交わしていた。

浅野組長は、山田が、昭和三十四年の十一月十二日に広島刑務所から出所したときも、わざわざ出迎えに来てくれたほど義理堅い人物である。

今回も、服部が山村組の若頭として悩んでいるのを、見るに見かねて縁話を持ちこんできたのである。

服部組長は、ベッドから半身を起こし、強調した。

「本多会と組むことで、統一のとれん山村組にも、びしっと一本筋がとおる。わしらが、いま、打越会だけでなく、山口組と戦っているんじゃ、ということが、全員にはっきりと伝わる。そうすることにより、結束が強くなり、山口組にも対抗できるようになる」

「浅野の親分が、そこまで熱心におっしゃって下さるとは、ありがたいことじゃないですか……」

山田も、このまま打越会の連中に山口組と同じ紋をつけられ、わが物顔で広島の町を闊歩《かっぽ》されるのは癪《しゃく》であった。

「広島は、何も山口組の植民地じゃないわい！」

無性《むしょう》に腹が立っていた。

広島は、広島の者で守り、旅の者には指一本触れさせないのが、理想だと思っていた。しかし、敵が山口組を導き入れてしまい、山口組の者を広島の町でものさばらせるなら、こちらも手をこまねいている必要はない。

山口組と唯一拮抗《きっこう》できる戦闘能力を持っている本多会と組むのも、いたしかたない。いや、積極的に組むべきだ、と思った。

山口組は、鳥取攻略のため、山陰柳川組の柳甲録と手を組んで以来、山陰道全域の制圧にかかった。

柳の組員が、昭和三十六年十月四日、本多会の平田勝市から舎弟の盃を受けた平田会鳥取支部の菅原組二代目松山芳太郎を日本刀で殺害した。その一カ月後、島根県江津市の井上組組長井上章が、自ら柳甲録の子分となり、山陰柳川組の江津支部をつくった。

昭和三十七年十月には、鳥取県倉吉支部、島根県太田支部がそれぞれ結成された。

山口組は、戦わずして、山陰道の組を次々に投降させていた。

山口組は、中国地方一帯を呑みこむため、山陽道の攻略にかかった。

が、本多会も、山口組に踏みにじられるままにしていなかった。

山口組が、山陰を攻め落としている間に、平田勝市は、岡山県で拠点をつくっていた。

昭和三十六年十月に、平田会新見支部をつくったのをはじめ、平田会津山支部、平田会岡山支部をつくった。

本多会と同盟を結んでいる重岡房二率《ひき》いる黒崎組も、三十六年二月、黒崎組津山支部をつくった。岡山清水組も傘下に吸収した。

やはり本多会と同盟を結んでいる姫路木下会の高山雅裕会長も、岡山島津組を吸収、岡山平岡組も傘下にした。

やはり本多会と同盟を結んでいる大阪中山組の中山武夫組長も、三十七年の十一月に、岡山石田組を合併した。

本多会はこれらの同盟軍と手を組み、山口組の山陽道制覇を、まず岡山で防ごうと躍起《やっき》になっていた。

しかし、山口組は、岡山だけでなく、海を越えた四国の香川県北部にまで睨《にら》みを利かせている現金屋組長三宅芳一の取りこみにかかった。

三宅組長は、敗戦後の混乱期、旧軍用被服廠を略奪、横流ししていっきょに巨財を握り、進駐軍から「内海のカポネ」とあだ名された人物である。

以後、土建業、観光ホテルを経営し、さらに競艇にも介入し、利権を拡大していた。

しかし、一カ月前の三十七年十一月、三宅組長は、岡山県会議員になることを宣言し、引退を表明していた。

三宅組長は、その跡目を、幹部の熊本親に譲ることをほのめかせた。

それを知った現金屋の主流派である畠山派は、内紛を起こした。熊本親は、畠山一派を押さえこむため、近く山口組の若衆頭で、山陰道進攻に采配をふっていた地道行雄と舎弟の盃を受けることが決まっていた。

山田は、あらためて思っていた。

〈どこの県も、似たようなことが起きるんじゃのォ……弱い者は、やられそうになると、強い者に助けを求める〉

熊本が地道と盃を交わすことが決まり、親分の三宅芳一も、田岡組長から、山口組客分の盃を受けようとしている、と山田も耳にしていた。

焦った本多会の平田勝市は、広島の山村組長と縁を結ぼうと手を伸ばしてきたのであった。

服部は、険《けわ》しい表情でいった。

「来年の二月ごろ、神戸で、山村親分と本多会会長の本多仁介さんとの縁組みの盃がおこなわれることになろうが、山村親分のボディーガードとして、守って行ってくれや。なんというても、神戸は、山口組の本拠地でもあるけんのう。くれぐれも、頼むど」

7

昭和三十八年二月三日の午後、山田は、広島駅発の準急で神戸に向かった。

車中で、山村組長が、いつ山口組の者か打越会の者かに襲われ、拳銃の弾をぶちこまれるかわからない。

山田は、山村組長の後部座席に座り、拳銃を懐に周囲に眼を配りつづけていた。

一行は、山村組長の他、取持人の下関、合田組合田幸一組長、服部武、浅野真一、美能幸

三、それにそれぞれの若頭をひとりずつ連れていた。
夜の九時、一行は、会場である須磨の料亭寿楼に入った。一年三カ月前、打越会長が、山口組の幹部の安原と兄弟分の盃を交わした料亭である。

この夜は、山口組の襲撃を警戒し、夜間外出は一切禁じられた。

翌日の二月四日の朝の十時から、本多会会長の本多仁介と、山村組長との盃が交わされた。

山田は、万が一の襲撃にそなえ、儀式のはじまる寸前まで廊下で見張っていた。

いよいよ儀式が執りおこなわれるとき、座敷に入り、一同とともに座った。

羽織り袴姿の山村組長は、長い白髪の本多仁介会長にいった。

「会長、ぜひ舎弟のひとりにお取り立てを」

本多仁介は、数々の修羅場《しゅらば》をくぐってきて、いまは堅気の実業家のように映る表情をいっそうやわらげた。

「いや、あなたも立派な渡世人だ。兄弟分でいいではないですか」

本多会長の申し入れにより、五分五分の盃となった。

取持媒酌人の合田幸一組長が、重々しい声で口上をのべた。

「ただいまより、本多会会長本多仁介と、山村組組長山村辰雄、兄弟分、固めの盃事をとりおこないます」

　ふたつの盃に、均等に御神酒《みき》がつがれた。

　山田も、広島のやくざの世界の歴史が確実に変わっていく一齣《いっせき》に参加している厳粛《げんしゅく》さに、身の引き締まる思いがした。

　山村組長は、本多会長と同時に、盃を口に運んだ。

　本多会長は、盃を飲み干すと、懐紙で盃を包んで懐にしまった。

　山村組長は、手を差し出し、山村組長の手を強く握った。

　日頃から、感情が激してくると涙をポロポロ流す山村組長である。このときも、込みあげてくる涙を抑えようともせず、眼に涙を浮かべていた。

　取持媒酌人の合田組長が、ふたりの握り合った手を、上と下から固く押さえた。

　山村組長は、感激にふるえる声でいった。

「よろしく頼みます……」

　ところが、それから六日後の二月十日、同じ寿楼で、今度は、山口組三代目組長の田岡一雄が、岡山の現金屋三宅芳一を客分とする盃を交わした。

　媒酌人は、右翼の大立者児玉誉士夫であった。

8

山田久は、そのわずか二日後の三十八年二月十二日、広島拘置所に収監された。三十五年八月中旬に、執拗にからんできた運転手くずれの大男を包丁で刺殺した事件で、二年七月の判決を受けたためである。

その日、打越会若頭山口英弘の若者であった竹野博士の父親の葬儀が、広島の白島町でおこなわれた。

山田は、刑務所に入るのにそなえ前日、頭を丸坊主にし、午前中にその葬儀に出た。昼の一時に、広島市中区上八丁堀にある拘置所の玄関前に、妻の多美子と、妻の弟で、山田のはじめての若衆の清水毅に見送られて行った。

ところが、拘置所の前は、四、五十人もの黒山の人だかりである。

「いったい、何じゃろうか……」

山田は、怪訝《けげん》な表情で黒山の人だかりをうかがった。

山村組長のボディーガードについた網野の若衆の片山薫が眼に入った。

さらに眼をこらした。なんと、その中には、服部組長だけでなく、山村組長までいるではないか。

山田の見送りに来ているのだ。

服部組長が来るのはわかるが、山村組長まで直接に足を運ぶのは、かつてなかったことである。

山田も、さすがに胸が熱くなった。

山村組長は、山田に手を出し、強く握った。

「おい、元気で早う帰ってこいよ」

山田は頭を下げた。

「ありがとうございます」

山村組長は、あらためて山田を見ながら思った。

〈近いうちに、山口組と打越会を相手どって、大戦争になるこたあ、眼に見えとる。それなのに、美能は、山口組や打越会に尻尾をふりゃあがって、腰がふらついとる。あいつを破門にしちゃらんといかんときに、この山田をナカに持っていかれるなあ、もったいない〉

山村組長は、山田の手を強く握ってさらに思った。

〈いけいけ、進めの命知らずのこんなが娑婆《しゃば》におってくれると、戦争も助かるんじゃがのォ……〉

山田は、広島拘置所にまず入った。
一カ月後、吉島の広島刑務所に移され、娑婆と遮断《しゃだん》された。
外の情勢が気になった。が、刑務所にいては、どうするすべもない。
広島刑務所では、とりあえず、鉄工工場へまわされた。鍛冶工をやらされた。

第5章　山口組への挑戦

1

山田久が広島刑務所に収監されている間、広島では、ついに、神戸の山口組、本多会を巻きこんでの第二次広島戦争が勃発《ぼっぱつ》した。

その導火線となったのは、打越会初代若頭の山口英弘破門事件であった。

打越信夫会長は、昭和三十八年二月二十八日、沖縄の観光旅行から帰るなり、紙屋町タクシーの事務所に向かった。その車の中で、山口英弘にかわり二代目の若頭となっていた植松吉紀から、耳打ちされた。

「親分、昨日、突然、山口組から安原さん、山健さん、松本さんら幹部が広島へ来られちょります」

山口組若頭の安原政雄は、打越信夫と五分の兄弟盃を交わしていた。その安原だけでなく、若衆の山本健一、松本一美ら大幹部までそろって広島にやってくるとは、ただごとではない。

この日こそ空は晴れ上がっていたが、前日は雪が降り、途中からみぞれに変わっていた。その中を、わざわざ神戸から車を連ねてやってきたというのだ。

打越は訊《き》いた。

「まだ広島へ居《お》られるんかいのォ」

「観音山荘で、親分の帰りを待っとられます」

やはり、ただごとではない。

植松はつづけた。

「安原さんらは、うちの山口英弘を、破門にせい、というとられるんです」

「山口を、破門に……」

打越は、あまりに唐突《とうとつ》な要求に驚愕《きょうがく》した。

山口組が、山口英弘に疑いの眼を持ち打越会から追放しようと思っていることはわかっていた。

山口英弘は、打越と敵対関係にある山村組幹部の樋上実と兄弟分の間柄であるばかりでなく、山口の妻は、山村組長の経営するキャバレー・パレスの支配人石崎文雄の妹でもあった。

山口英弘は、山村組長と親しいこともあり、打越会長が、山口組の田岡一雄三代目組長と舎弟の盃を交わし、山口組信奉政策を取ることへの非難も強めていた。

宇部の岩本組と徳山の浜部組との抗争のさいも、岩本組を応援する打越と、浜部組に肩入れする樋上との板ばさみになり、消極的態度を取りつづけた。

山口英弘の煮え切らぬ態度が、山口組の幹部たちの耳にも入り、打越会長は、幹部から苦言を呈されていた。

「打越会の行動が、浜部組に抜けたのは、山口英弘の仕業《しわざ》ではないんか……」

昭和三十七年末、防府市でおこなわれた花興行の案内状の中に、山口組の意にそわない組の名前があったということで、山口組が責めてきた。

山口組は、このときも執拗《しつよう》に責めた。

「山口英弘が、わざとやったことではないんかい！」

打越会長は、山口組の怒りをおさめるため、山口英弘を謹慎《きんしん》処分にした。

山口英弘は、このとき若頭を辞任した。

山口組は、それでも山口英弘への追及をゆるめなかった。ついに「山口英弘を、破門にせんかい」とまでいってきたのだ。

山口英弘は、その翌日の三月一日、紙屋町タクシー二階の打越会事務所で、打越会長にいい渡された。

「山口、おまえは、今日から破門じゃ」

山口英弘は、別に狼狽《うろた》えはしなかった。すでに覚悟していたことである。

〈来るべきものが、ついに来たか……〉

山口英弘は、自分に代わって打越会の若頭になった植松に、この年に入り、執拗にいわれていた。

「樋上と、絶縁せえや」

植松だけでなく、山村組幹部の美能幸三からも、釘《くぎ》を刺されていた。

「こんなあ、樋上と縁を切らんと、ひどいことになるど」

美能は、山村組子飼いの幹部であったが、打越と舎弟盃を交わしていた。

前年六月の、福岡空港刺客疑惑事件で、美能はじめ、服部武、原田昭三、網野光三郎の四人は、打越に対し、逆縁ながら、そろって舎弟分の盃を返していた。

ところが、その後の山口組の介入で、美能は、ふたたび他の三人といっしょに打越への舎弟分の盃を受け直していた。

山口英弘は、植松と美能から樋上との絶縁を何度迫られても、ついに樋上との交際を断たなかった。

そのせいもあり、ついに破門にいたったのだ。

山口英弘は、打越会長にきっぱりと答えた。

「わかりました」

山口英弘は、その夜、中の棚にある自分の事務所に、大下博、沖本勲、梶山慧、竹野博士ら三十人の若衆を集めて宣言した。打越会でも、精鋭とされていた者たちがそろっていた。

「今日、打越親分から、破門の宣告を受けた。これからは、わしゃあ、独立する。わしに従《つ》いてくる者は、従いてこい！」

そこに集まった三十人の若衆全員が、賛同した。

「親分に従いて独立します」

当時、打越会の総勢は、百十九人であった。そのうちの三十人もの精鋭が、そっくり打越から抜け、独立したわけである。

山口英弘は、大下博らの闘志に燃えあがる眼を見ながら、思っていた。

〈これだけの頼りになる若衆を連れて山村親分に味方すりゃあ、山村親分も、よろこんでくれるじゃろう〉

山村組の山村組長は、山口英弘がついに打越会から破門されたと聞くと、広島市内流川六丁目にあるキャバレー・パレス三階の山村組事務所で、樋上を前に、吐き捨てるようにいった。

「樋上よ、山口英弘の破門も、みんな、うちの美能の画いた絵図ど……」

樋上もうなずいた。

美能は、山村組の勢力を拡大するのに、確かに大きな役割をはたしてきた。が、ここにきて、山村組の実力者である樋上と主導権を争い、犬猿《けんえん》の仲となっていた。

山村組長は、テーブルの上にずらりとならべてある薬瓶の中から、ひとつの瓶を開けた。若衆の運んできた水を飲むと、錠剤を口に放りこんだ。

薬を飲み終わると、美能への憎しみをこめた表情になった。

「美能は、呉市内を掌中《しょうちゅう》におさめ、ゆくゆくは、中国一の親分になろうとしとるんじゃ。そのために、打越を後ろから支えちょる山口組の山健さんにも近づき、山口組の力まで借りて、野望を達成しようとしとるんよの」

山健というのは、山口組幹部の山本健一のことである。

樋上も、うなずきつづけていた。

山村組長は、首の蝶ネクタイに、苛立《いらだ》たしそうに手を伸ばして話しつづけた。

「樋上よ、今回の山口の破門も、美能が、山健さんのケツをかいて、おまえと兄弟分の山口を、破門させたんど」

山村組長は、口をゆがめてののしった。

「今度は、こっちが美能を、破門にしちゃる！　打越会にも、一泡吹かしちゃる！」

山村組長は、その三十八日後の四月八日、美能を、山村組から破門にした。

山村組を破門された美能は、打越会を破門された山口英弘が山村組に走ったように、打越会に走った。

広島のやくざの世界の地図は、麻のごとく、乱れに乱れた。そこに、仁義はなかった。

美能が山村組から破門されたことを知ると、美能と親しい山口組の山本健一が、山口組組員三十名を神戸から引き連れ、呉市に出向いてきた。

山本は、若衆たちに命じた。

「おまえら、呉市内をデモ隊のように練《ね》り歩け！　山村組を、牽制《けんせい》したれえ！」

山口組の組員三十人は、命じられたまま、山村組関係の事務所の前を練り歩いた。

美能は、山本がそこまでしてくれたことに、よろこびの色を隠せなかった。

美能は、山本を前に息巻《いきま》いた。

「わしも、山村との腐れ縁が切れて、せいせいしとるわい。こうなりゃ、五分じゃけん。山村も糞《くそ》もあるかい。やりゃげたる」

美能の眼は、殺気に光っていた。

〈山村は、いっぺん敵に回したら、かならず命を狙うてくる。いままでも、山村に、それで、何人もが殺《や》られとる。内輪じゃいうても、油断も隙《すき》もあったもんじゃない。殺られる前に、こっちが殺っちゃる〉

第二次広島戦争の鍵を握る人物となった美能幸三は、大正十五年七月三十一日、呉市で生まれた。

父親が退役海軍軍人、母親が小学校の教師という厳格な家庭であった。

父親は、海軍工廠《こうしょう》に勤めていた。

昭和十七年一月、中学三年生のとき、海軍志願兵試験を受け、五月に、海兵団に入隊した。

戦争中は、西太平洋のカロリン諸島中部にあるトラック島に応召《おうしょう》された。

復員後、親は、中学への復学を勧めた。が、勉強嫌いのせいもあり断った。

「これからは、学問ではなく、力が正義の時代じゃ」

戦後は、闇屋や、土建業をやっていた。

夜は、遊廓の用心棒という無頼な生活に入った。

山村組傘下の組員である水原弘が、一見してやくざとわかる他国者に指を二本斬られた。

この事件をきっかけに、その男の報復隊を山村組若頭佐々木哲彦を中心に結成した。美能もその助っ人に加わった。

美能は、昭和二十二年の五月、呉駅前でその男を、ピストルで撃ち殺した。

美能は、この事件で呉市吉浦にある呉刑務支所送りとなった。が、その年の暮れ、保釈された。

しかし、翌二十三年の年明けに、ふたたび佐々木哲彦にからむ事件で野本達男という男の両太股を刺し、逃亡した。

二十三年十二月三十日、逃亡中の美能は、さらに尼崎佐々木組の商売仇竹鶴組の若社長殺害事件の殺人謀議《ぼうぎ》の疑いで、尼崎署から指名手配された。

二十四年二月十一日、親分である山村辰雄と岡組岡敏夫組長、岡の兄貴分の森本九一組長の兄弟分の盃の儀式がおこなわれた。美能は、逃亡中の身ながら、付添人としてその席に出席した。

この夜、美能は、森本九一組長の勧めで、岡組のやっかいになることになった。岡組の若者の永田重義のもとに預けられた。

二十四年四月、美能は、岡組若頭の近藤二郎、西の岡組の岡友秋、永田重義と兄弟分の盃を結んだ。

後見人として、岡敏夫の親分の天本菊美のさらに親分であった清岡吉五郎、取持人は、服部武がつとめた。

二十四年七月、美能は、山村辰雄に、呉の土岡博組長殺害を依頼された。

そのとき美能には、殺人で十二年の懲役刑がかけられていた。そのうえ、呉での殺人未遂、尼崎での殺人謀議、旅先での傷害事件の容疑を合わせてみると、あとひとり殺せば、死刑はまちがいなしという状態であった。

美能は、それでも、山村の依頼に応えた。

二丁のピストルを使い、土岡を広島駅前の岡道場の前の路上で撃った。

が、土岡は、命を取り止めた。

二十六年二月、土岡傷害事件の判決が出た。美能は、懲役八年をいいわたされ、広島刑務所に服役した。

この結果、以前の殺人の十二年、傷害の十月と合わせ、懲役二十年十月の刑となった。

二十七年四月、講和条約発効の恩赦で減刑され、懲役十五年七月十五日となった。

三十四年三月に、美能は、不良押送先の岐阜刑務所を出所していた。

美能は、いまや山村組長への憎しみに燃えていた。

〈死刑を覚悟してまで山村のために尽くしてきたのに、わしを破門にしやがって。いまに見とれ……〉

打越会長は、美能が山村組から破門されたと知ると、その報復に出た。

ただちに、山村組幹部の服部武、網野光三郎、原田昭三の三人に対し、ふたたび盃を流し、絶縁状を送った。

山村組長は、服部らに送られた打越からの絶縁状を確認すると、緊急幹部会議をひらき、怒り狂った。

「こりゃあ、なんなら、打越の外道め、わしを、なめくさって！」

山村組長は、原田ら幹部を睨《にら》みつけるように見ていった。

「おどれら、これを黙って見ちょる気か。おーう」

山村組長は、眼を血走らせ、全員に宣戦を布告した。

「やれい、やっちゃれい！　打越を、ぶっ潰《つぶ》したれい！」

山村組からの使者が、さっそく神戸の本多会、下関の合田組、笠岡の浅野組に走った。

2

神戸の本多会を後ろ盾とする山村組と、神戸の山口組が全面的に支持している打越会との戦争の導火線に、ついに火が点くときがやってきた。

昭和三十八年四月十七日の夜の十一時二十分過ぎ、山村組幹部の樋上実派幹部の元中敏之は、いい気持で酔っぱらい、呉市堺川通り八丁目のキャバレー・メトロを出た。

かすかに霧が出はじめていた。

この日、大阪の博徒天梅組の若頭森口清が、若い情婦を連れて、樋上実を訪ねてきた。

元中は、森口と旧《ふる》くから親しかった。元中は、子分の上条千秋といっしょに森口を誘い、呉市内堺川通りのバー『藁《わら》』に行き、飲んだ。藁は、樋上の妻が経営しているバーなので、安心して酔っぱらった。

元中は藁でたまたま合流した樋上の子分の中畑良樹といっしょにバーを出た。

キャバレー・メトロで二次会をおこなったあとの十一時二十分過ぎにメトロを出た。

ひと足先に店を出た森口が、店の前をとおりかかったコロナを止めた。

「おい、こら、止まらんかい！」

タクシーとまちがえたのである。

ところが、そのコロナを運転していたのは、樋上ともっとも憎しみ合っていた美能組の幹部の亀井貢であった。

亀井は、その二十メートル先のバー『クインビー』を経営していた。

亀井は、突然、車を止められて腹をたてた。

コロナの窓を開け、森口に食ってかかった。

「おんどりゃあ！　わしを、誰じゃと思うとるんならあ！」

そこに、元中がやってきた。元中は、亀井の顔を知っていた。

亀井にいきり立った。

「おんどりゃあこそ、大けな顔をするな！」

「なにィ……」

「おんどりゃあ、破門されたんじゃけえ、もうちょっと、小そうなっとれい！」

元中は、車の窓から手を突っ込んだ。

亀井の胸倉《むなぐら》を摑み、叫んだ。

「文句あるなら、外へ出え！　しごうしたるけん」

「なんじゃ、こっちこそ、しごうしたる！」

亀井は、ドアを開け、外に出た。元中に、殴りかかった。

打越会と山村組が、一触即発状態にあるときだけに、おたがい殺気立っていた。

そこに、上条が、遅れて駆けつけた。

腹巻の中から38口径の六連発回転式拳銃を取り出した。

亀井の右胸めがけ、引き金を絞った。

弾は、轟音《ごうおん》とともに亀井の右胸を貫いた。

上条は、さらに二発、三発と引き金を絞った。

亀井は、血だらけの胸を押さえ、路上にうずくまった。

その銃声に、あたりの飲み屋から、いっせいに人が飛び出してきた。

元中らは、その場から、次第に濃くなっていく霧の中に隠れこむように逃げ散った。

亀井は、ただちに呉共済病院に収容された。

が、まもなく、出血多量で死んだ。

亀井が射殺された、という知らせを受けた美能組員たちは、ただちに呉市海岸通り近くにある美能組の事務所に駆けつけた。

広島の打越会からも、五台のタクシーで、十数人の組員が駆けつけた。

美能組の戦闘部隊は、報復のため、呉市中通りにある樋上の家を襲った。

が、樋上家には、誰ひとりいなかった。その前日から、徳山の兄弟分浜部組へ出かけていて留守だったのである。

樋上は、逃げたのではなかった。

樋上は、事件を知って急遽《きゅうきょ》広島まで帰った。

山村組若頭服部武のもとに身を寄せ、美能組からの報復を避けていた。

美能組の戦闘部隊は、山村御殿と呼ばれる呉市北迫町の山村邸にも走った。

ところが、こちらも手伝いの老女がひとりいるだけであった。

山村組長は、この当時、打越会との睨み合いがつづいていたので、呉市の自宅には帰らなかった。広島市内の本拠地キャバレー・パレスに寝起きして、厳重な警戒をつづけていた。

山村組長は、このときは、さらに、北九州の親しい工藤組を訪問していた。

山村組幹部の原田昭三は、特使となって、ただちに北九州へ渡った。

山村組長に、亀井射殺事件を伝えた。

山村組若頭の服部は、急遽、岡山県笠間に兄弟分の浅野真一を訪ねた。今後の打越会との戦いの作戦を練った。

亀井の密葬は、四月十九日午後二時から、美能組組長美能宅でおこなわれた。

県外からも、神戸山口組幹部山本健一ら十五人が弔問に駆けつけた。

山口県の防府市からも、打越の舎弟である田中清惣会長以下、組員十人が弔問にやってきた。

県内からは、打越会会長の打越、西友会会長の岡友秋ら八十名が出席し、会葬者は、二百人を超えた。

ここではじめて、山村組、打越会の両陣営がはっきりした。

この葬儀にやってこない者は、すなわち、打越会の敵であった。

打越会に集う者は、打越会八十九人、広島・西友会十四人、河井組十三人、美能組五十三人、防府・田中会五十二人、岩国・中村組十五人、総勢二百三十六人である。

いっぽう、山村組の集めた戦力は、山村組二百二十人、山口（英）組四十七人、浜本組三十五人、松下組十二人、浜部組六十五人、全部で三百七十九人であった。

このとき、呉の小原組の帰趨《きすう》はまだ定かではなかったが、山村組の優位は、動かなかった。

亀井の密葬後、呉の海生親分らが介添役、打越会会長が見届人となり、山口組幹部山本健一、小原組組長小原光男、美能組組長美能幸三の三名が、五分の盃を交わした。これによって打越会は、それまで帰趨の定かでなかった小原組を味方に抱きこむことに成功した。

美能は、兄弟盃を飲み干しながら、闘志を燃やしていた。

〈亀井の弔い合戦のためにも、山村を徹底的にやってやる！〉

3

五月二十六日の夜十時過ぎ、山口（英）組の幹部大下博が、舎弟の長谷川邦義を連れ、広島市流川町の繁華街を歩いていた。

長谷川が、大下にいった。

「あそこを歩いとるのは、倉本じゃないですか」

大下は、鋭い眼を凝《こ》らし、前方を見た。

キャバレー・ハリウッドの前をほろ酔いで歩いてくる大男は、確かに打越会の若頭である植松派の倉本正英であった。

大下は、遠くから倉本に声をかけた。

「倉本、待たんかい！」

倉本は、自分を呼びとめたのが大下とわかると、気まずそうな顔をした。

この当時、広島の八丁堀の電停から南へとおっている金座街の東側が山村組、西側が打越会の縄張と決まっていた。

キャバレー・ハリウッドは、金座街筋の東側にあった。倉本は、あきらかに、敵陣である山村組に侵入していた。

三カ月前の三月一日、山口英弘が打越から破門されるまでは、大下も、この場所を歩くのは警戒していた。が、いまは、立場はまったく逆になっていた。

倉本が逃げようとするので、大下と長谷川は、倉本に急ぎ足で近づいて行った。

大下は、倉本の眼の前に立ちはだかった。相手を見上げるようにした。

「そう、よそよそしうせんでも、ええじゃないか！」

倉本は、身長が百八十センチを超えている。体重も七十五キロはある巨体であった。大下は、体こそがっちりしていたが、一メートル六十五センチであった。

倉本は、酒臭い息を吐きながらいった。

「おまえらあ、絶縁食うたわけじゃけえの。いままでみたいに、慣れ慣れしう口をきくなや」

大下は、カッときた。かつての仲間に対する憎しみは、骨肉相食《は》むゆえによけいに燃え盛る。

「生意気なことを、ぬかすな！」

大下がそういったときには、すでに大下の右拳は、倉本の顎に入っていた。

倉本がよろめいた。

大下の右拳は、次の瞬間、倉本の顔面にもう一発炸裂《さくれつ》した。

グシャ、と鼻の潰《つぶ》れるような音がした。鼻から、血が噴き出したらしい。大下の右拳が、血でヌルリとした。

大下の右拳は、もう一発、倉本の顔面に入った。

拳に歯が当たった。

倉本は、路上に仰向けに引っくり返った。

大下は、倉本の額を、革靴で踏みにじった。

革靴の裏には、当時は金具が打ってあった。

大下が倉本の額を踏みにじると、額が切れ、血が脂汗《あぶらあせ》に混じって流れた。

倉本は、鼻血を噴き出したうえに、口まで切っていた。さらに額からも血を流し、顔面血だらけであった。

大下が冷静になったときには、あたりは人集《ひとだか》りがしていた。大下らを見ていた。

パトカーの音も、鳴りひびいた。

大下は、長谷川といっしょに逃げた。

倉本も、血みどろの顔で、仲間を呼びに走った。

打越会の本拠である紙屋町タクシーのすぐ近くに、バー『ニュー春美』があった。その三階が打越会の賭場になっている。「打越道場」とも呼ばれていた。

倉本は、バー・ニュー春美の三階の賭場に這うようにして駆け上がって、叫んだ。

「大下に、やられたあ！」

打越会植松派の組員高橋幸一と中舗吉伸は、倉本の血みどろの顔を見て、吠えるようにいった。

「山口のところの、腐れ外道めらがあ！　よーし、わしらに宣戦布告してきたんなら、受けて立ったる」

高橋は、そばにいた野村英雄に声をかけた。

「おい、組員を集めに行こう！　やつらを、みな殺しにしたる」

野村は、懐に九四式拳銃を秘めていた。

いっぽう、大下は、中の棚にある山口英弘の本拠に電話を入れた。

「親分に、伝えたいことがあるんじゃがの」

「親分は、いまどこにいるか、わからんのんじゃ」

「じゃあ、朝枝さんでもおるかいの」

朝枝照明は、山口（英）組の幹部であった。

朝枝が電話に出た。

大下は、打越会の者が追ってきていないか、あたりを警戒しながら、中の棚の公衆電話から電話を入れていた。

「朝枝さん、打越会の倉本に、長谷川といっしょに、焼きを入れちゃったけえの。やつら、仕返しに来るじゃろうけえ、気をつけとくようにみんなにいうといてもらえんかいの」

「よし、やつらが仕返しに来る前に、みんなを集め、こっちから、先制攻撃をかけちゃる」

打越会との戦争が、いよいよ火を噴いたのだ。朝枝は興奮していた。

朝枝は命じた。

「夜の二時半に、平塚町の佐藤ガラス店の前に来い。やつらの集まっとるところへ、殴りこみをかけちゃる」

大下と長谷川は、とりあえず自分たちの住まいに引き返した。殴りこみの用意をはじめた。

大下は、平塚町の三階建てのマンションの３０２号室に帰り、着替えをすませた。

三十分くらいして、長谷川が大下の部屋にやってきた。懐から、黒光りするコルトを出した。

「兄貴、ここに来る前に、佐藤ガラス店の前で、倉本に会ったんじゃ」

「やつひとりか」

「野村や中舗らといっしょじゃった。おれたちを、探しまわっとった」

「やつらがわしらを探しまわらんでも、これからわしらが殴りこんだる」

大下は、腕時計を見た。二時三十分に近づいていた。

「長谷川、行こうか」

大下は、立ち上がった。全身が、殺気に煮えたぎっていた。

大下と長谷川は、佐藤ガラス店の前に行った。

朝枝、梶山慧ら八人がすでに集まっていた。
三、四分後にさらに三人集まってきた。十三人となった。
集められた道具は拳銃八丁、日本刀一振りであった。

朝枝が、声を張りあげた。

「やつら、打越道場へ集まっとる。いまから、襲撃をかけ、みな殺しにしたろう」

彼らは、三台の車に分乗し、打越道場へ向かった。

バー・ニュー春美の三階では、打越会若頭の植松をはじめ、幹部ら十数人が立て籠《こも》っていた。今後の山口（英）組との戦闘の作戦を練っていた。

野村は、チンピラの少年組員に九四式拳銃を渡し、命じていた。

「ええの。やつらが来たら、このピストルで合図するんど。一発目は、空砲じゃけえ、びくびくすることはない。いきなりぶっ放して、度肝《どぎも》を抜いちゃれ」

ニュー春美は、打越会本部のある紙屋町タクシーから、三十メートルしか離れていない。電車通りから小路ひとつへだてた裏通りで、バーやキャバレーなどが軒をならべている。しかし、さすがに夜中の三時近くなると、看板のネオンも消える。街は、深い眠りの底に沈んでいた。

チンピラ少年は、生まれてはじめて握る九四式拳銃の感触に興奮しながら、三階の窓を開けた。

顔だけ出して、まったく人通りの絶えた狭い路地を見下ろし、左右に目を配った。

突然、自動車の急停車する音が耳をつんざいた。

少年は、ピストルをいま一度強く握りなおした。

ニュー春美から一軒おいた七メートル先に、車が三台も止まった。

車から、八人の男たちが降りたった。

そのうちのひとりが、ニュー春美の三階の少年の方を指差して何かわめいている。

少年は、あまりの恐怖に小便を洩らしそうになった。

〈山口（英）組のやつらじゃ！〉

七、八人の一団が、少年の方に向かって一歩を踏み出した。
少年は、九四式拳銃の銃口を一団に向け、引き金を絞った。兄貴の命令を守り、合図の空砲を撃ったつもりであった。

ところが、拳銃の一発目は、空砲ではなかった。実弾がこめられていた。弾は、先頭の車に当たり、鋭い金属音を立てた。

大下ら山口（英）組の者たちは、いきなり発砲されおどろいた。

自分たちの乗ってきた車を盾に、ニュー春美の三階めがけ、撃ち返した。

三階のガラスが、割れた。

ニュー春美の三階では、野村らが窓辺に寄った。用意していた拳銃を握り、山口（英）組の連中に撃ち返した。

深夜の街に、拳銃が火を噴いた。拳銃の音がたてつづけにひびく。市街戦の様相を呈した。

長谷川のコルトも、火を噴いた。

大下の隣りで拳銃を撃ちつづけていた大窪正和は、「うッ」とうめいて、拳銃を持った右手で、左腕を押さえた。左腕を、弾に貫かれていた。

幹部の朝枝も、左肩を撃たれた。

「おんどりゃあ！」

おたがいの組の拳銃が、唸るように火を噴きつづけた。

十数分後、広島県警のパトカー四台が、サイレンの音をひびかせ現場にやってきた。

大下らは、非常線を逃れ、姿を消した。

夜が明けると、にわか雨が降りはじめた。その中を、打越会の会員が、二十数名、現場付近に集結した。

さらに午前中には、鳥取から、山口組地道組米子支部長柳甲録ら数名が、打越会へ駆けつけた。

午後には、神戸山口組からも、三十人の組員が広島に支援に駆けつけた。

いっぽう山口（英）組には、尾道の高橋組から、幹部の森田幸吉ら数名が、見舞いに駆けつけた。

さらに、ぞくぞく両派の友誼《ゆうぎ》団体から連絡が入った。

「いつでも応援に駆けつけます」

広島市内には、不穏な空気が漲《みなぎ》った。

4

打越会対山村組の戦闘は、それから十六日後の六月十一日にも火を噴いた。

六月十一日の午後十時過ぎであった。打越会山脇派の組員藤田逸喜は、敵対している山村組の縄張である薬研堀付近を、山口英弘組長の居場所を探してハイエナのように歩きまわっていた。

懐には、米軍用のコルト45口径自動拳銃を隠し持っていた。

藤田は、広島戦争の助っ人に来ていた岩国の中村組の子分ふたりを連れていた。

藤田は、歩きまわりながら、己れにいいきかせていた。

〈デー坊の外道め、かならず、見つけ出して、とっちゃる〉

山口英弘は、名前の英《ひで》の字から、「デー坊」と呼ばれていた。

藤田は、打越会が一方的にやられつづけていることに我慢がならなかった。

藤田は、特に、山口（英）組の中でも、幹部の沖本勲と反目《はんめ》の間柄にあった。山口英弘組長を殺ることで沖本の鼻をあかしてやろうとよけいにいきり立っていた。

藤田は、屋台で少し飲んでは訊いた。

「山口英弘組長を、このへんで見かけんかいのォ」

藤田が何軒目かの屋台で飲んでいるとき、色の白いぽっちゃりとした丸顔の女が顔をのぞかせた。

藤田は、女に声をかけた。

「おい、八重子じゃないか」

名前を呼ばれた女も、おどろいた。

「あら、あんた、元気じゃったん」

じつは、彼女は、かつて藤田の愛人であった。

酔うと止まらないほど笑う笑い上戸《じょうご》で、まわりから、「ゲラゲラの八重子」と呼ばれていた。

八重子は、三十九歳だが、いまだに白いぬめるような肌は、妖艶であった。

藤田は、七年前に彼女と別れていたが思った。

〈あいかわらず、おいしそうなからだをしとる。もういっぺん、この女とよりをもどしてもええの〉

彼女のむっちりとした右腕を摑《つか》んで、やさしい口調でいった。

「おい、八重子、河岸を変えて飲もうや」

藤田は、屋台を出ると、近くの『八重』という一杯飲み屋に入った。

いい気持で酔った。

連れの中村組のふたりは、せっかくの邪魔《じやま》をしては悪いと思い、「じゃあ、このへんで失礼さしてもらいますけん」とあいさつし、引きあげた。

藤田は、腹巻の中から、コルト45口径を取り出した。彼女に見せながら、それまでのヤニ下がった顔とは打って変わった殺気じみた顔になった。

「こいつで、絶対にデー坊のタマを取ったる。おまえ、デー坊の隠れ場所を知らんか」

その瞬間、彼女の表情が変わったのに藤田は気づかなかった。

彼女は、藤田がトイレに立った隙に、店からぬけ出した。

近くの電話を探し、ダイヤルを回した。その手は、恐怖にふるえていた。

電話に出たのは、山口（英）組の者であった。

じつは、彼女は、いまは山口（英）組の松本徳治の愛人になっていたのだ。

彼女は伝えた。

「薬研堀の八重という一杯飲み屋に、打越会の藤田が、拳銃を持っておるけん。早うきんさい！」

電話を切った彼女は、いま逃げれば藤田に怪しまれ、藤田に逃げられると思った。心の底の脅えを隠し、ふたたび八重にもどった。

待っていた藤田が、彼女を抱きしめた。

「どこへ行っとったんなら」

「わたしもトイレに行きとうてね。あんたがトイレに入っとったから、近くの店でしてきたんよ」

彼女は、何気ない顔で、スカートの下の白いむっちりとした太股をわざと広げ、藤田の手を誘いこませた。山口（英）組の者が駆けつけるための時間稼ぎであった。

藤田が八重にいると知った山口（英）組幹部沖本勲は、事務所にいた子分三人を連れ、ただちに八重という店を探しはじめた。

沖本は、反目《はんめ》である藤田の顔を脳裏に浮かべながら、殺気に燃えていた。

〈ウチの親分の命を狙うたあ、許せん！　こっちが、やつのタマを取ったる！〉

沖本らは、八重を探し出し、店に入った。

八重子は、沖本らの姿を眼にしたとたん、兎《うさぎ》が逃げるように藤田から離れた。

藤田は、はじめて昔の愛人に裏切られたことを知った。

沖本らは、一言も発しなかった。ふたりの組員が藤田の両腕を持った。

別のひとりが、藤田の腹巻の中にしまわれていたコルト45口径を取り出した。

沖本が、顎で外へ連れ出すように命じた。

藤田を外へ連れ出したときには、山口（英）組からさらに手勢が十人駆けつけていた。

沖本らは、待たせておいたタクシーに、藤田を押しこんだ。

タクシーは、前もって行く先を聞いていた。

薬研堀から、百メートル道路を越えてすぐのところにある宝町で止まった。

あたりに人通りはなかった。

沖本は、藤田をタクシーから降ろさせた。

藤田を暗い路地に連れこみ、取り囲んだ。

沖本が、藤田を睨みつけた。

「おんどりゃあ、ウチの親分の命を狙うたの。親分の命を狙う者がどうなるか、じっくり味わうんじゃの」

藤田は、恐れを知らない男であった。

「うるせえ！」

そういうと、沖本に向け唾を吐いた。

山口（英）組のひとりが、登山ナイフで藤田の鼻を削《そ》いだ。

鼻を削がれた藤田は、血みどろになった。

気を失いかけながらも、獣が牙《きば》を剝《む》くように歯を剝き出し、吠えた。

「誰かが、かならず、デー坊のタマを取ったるけえの！」

山口（英）組の組員のひとりが、怒り狂った。

「減らず口を、たたきやがって……」

藤田の腹を蹴《け》った。

藤田は、腹を押さえてうずくまった。

それでも血まみれの顔を起こし、執念《しゅうねん》のようにつぶやいた。

「かならず、デー坊の……」

ひとりが、今度は登山ナイフで藤田の胸を突き刺した。

「うッ！」

藤田は、胸を押さえた。

藤田は、それでも逃げようとし、よろよろと立ち上がった。

沖本が、逃げようとする藤田めがけ拳銃の引き金を絞った。

拳銃は火を噴き、藤田にとどめを刺した。

5

打越会と山村組との抗争がエスカレートする間、山村組若頭服部武の右腕である山田久は広島刑務所に入っていた。

広島刑務所には、妻の多美子が、可能なかぎり面会に行った。多美子は、広島の抗争について若い衆から聞かされていることを話した。

それから、つけ加えた。

「この前、警察のひとがウチの家を調べにきて、いうてんよ。『あんたの旦那《だんな》さんは、かえっていいときに入ったよ。いま娑婆におったら、ああいう恐い物知らずの性格じゃけえ、先頭を切って、敵の親分のタマを取りに行っとるに決まっとる。命がないか、あっても、長い懲役で、一生出られんことになるかもしれん』。ウチも、そう思う」

山田には、警察官の言葉より、山村組の運命が気になった。

こういう大事な抗争のとき、刑務所の中に入っていて動きを封じられていることが、歯痒《はがゆ》くてならなかった。

〈もしわしが、娑婆におったら、打越会や山口組にとどめを刺したるんじゃが〉

しかし、脱走して暴《あば》れるわけにもいかない。

山田は、歯ぎしりしながらも、刑務所の中で、娑婆に出たときに備えるしかなかった。

しかし娑婆では、打越会と山村組との抗争は、いっそう熾烈《しれつ》をきわめていく。

昭和三十八年六月十九日午後六時過ぎ、山村組原田派の事務所に、ふらりとひとりの女性が入ってきた。

髪の毛を玉蜀黍《とうもろこし》色に染め、口紅を濃くぬった一見西洋人かと見まちがう、三十二、三歳の女性だ。

彼女は訴えた。

「ウチは、あんたら山村組と打越会の両方の組にシャバ代を払いつづけとるんじゃけん。馬鹿らしうて、やれんのよ」

彼女は「モンローさん」と仲間の女たちから呼ばれている街娼であった。

煙草を深く吸うと、煙を吐き出して、苛立《いらだ》たしそうに話しつづけた。

「山村組に金を払うのは、そりゃあしょうがないわよ。ウチは、あんたらの縄張の田中町で商売しとるんじゃけん。問題なんは、打越会よ。ウチが寝に帰る平塚町のアパートが、打越の縄張の中にあるいうだけで、取られるんじゃけんね」

彼女の住んでいる平塚町は、純粋には打越会の縄張ではなかった。打越会幹部の黒川一孔は、平塚町にバー『チャオ』を経営していた。そのため、そのあたりに立つ街娼から、黒川がカスリをとっていたのである。

ところが、抗争事件の発生からチャオが対立する山村組の縄張内にあるため、やむなく店を閉鎖した。

しかし、黒川は、舎弟の貞森守らに命じ、それまでどおり街娼のカスリをとらせつづけていた。

街娼の訴えを聞いていた山村組原田派の組員の原田健三が、吸っていた煙草を灰皿でにじり消した。

「打越のやつら、ケチな真似《まね》をしやがる。わかった。今夜にでも、わしが行って話をつけたる」

原田健三は、山村組行動隊幹部原田昭三の実弟であった。

山村組は、呉市における敵対する美能組幹部の亀井貢射殺事件の発生から、幹部樋上実以下つぎつぎと検挙された。前若頭であった網野光三郎、幹部永田重義は中立を表明して、抗争事件に介入しなくなった。

そのため、山村組では、網野に代わって若頭になっていた服部武と原田昭三が抗争事件の矢面《やおもて》に立っていた。

山村組の原田派の組員である原田健三は、打越会の襲撃にそなえ、警戒に当たっていた。

原田健三が、街娼にいった。

「今夜、十時ごろ、おまえの住んでいる三角公園のそばに行ったる。誰がカスリをとりにくるんか、教えてくれ。そいつに、わしが話をつけたる」

「わかった。公園のそばに『ブルーリボン』という喫茶店がある。ウチは、そこに十時ごろ待っとる。ウチからカスリをとる若い衆は、その喫茶店におるはずよ」

街娼が引きあげると、原田健三は、まわりにいる者の中から越智武士を選んだ。

「越智よ、今夜、わしといっしょに話をつけに行こう」

越智は、入れ墨を入れた眉をぴくりとさせてうなずいた。

のち三代目共政会事務局長となる越智は、昭和十五年三月十四日、広島市の宇品に生まれた。

宇品中学三年生のとき、広島駅前の的場で愚連隊と喧嘩をし、恐喝で山口県熊毛郡平生町にある少年院『新光学院』に入った。

少年院を出た後、学校にも行かず、かといって働くでもなく、ぶらぶらしていた。

が、そのうち決心した。

〈いつまでもチンピラしていても、しょうがない。半端《はんぱ》は止めて、組に入って男をあげたろ

う〉

越智に対し、服部組奥村派から誘いがあった。

越智と同じ年の遊び友達が、奥村周司の若い衆になっていたためである。

その奥村と山村組半村派の半村隆一は、博打友だち、いわゆる盆兄弟で、越智は、半村の若い衆たちともよく遊んでいた。

「うちに入らんか」

越智は、結局、半村の若い衆になった。昭和三十七年夏のことである。

越智は、抗争事件の発生で、手薄となった原田派に加勢に来ていた。

越智は、原田健三が二十九歳、自分が二十五歳と年齢の近いこともあり、原田健三とも仲がよかった。

文句をつけに行く相手が打越の者と聞いて、越智の若い血が騒いだ。

夜の十時が近づくと、原田健三と越智のふたりは、平塚町の三角公園に向かった。

原田健三は、自分の飼っているシェパードを連れていた。

越智の服装は、黒の七分袖で、ズボンに雪駄《せった》ばきであった。

その前日の六月十八日、打越と兄弟分の盃を交わしている神戸山口組の安原政雄率《ひき》いる安原会から、打越を支援するため、五十人が広島に乗りこんでいた。六月十一日、打越会の藤田逸喜が殺された事件の報復のためである。

山村組幹部でありながら、打越会へ寝返った美能幸三率いる美能組の二十人も、呉から広島に向かい、反山村組である西友会の岡友秋の事務所に集結していた。

原田も越智も、その噂《うわさ》を耳にしていたので、いっそう殺気立っていた。

その時刻、打越会黒川派の黒川は、配下の貞森守、上本昌史らと流川町新天地の麻雀クラブ『天和』で雀卓を囲んでいた。

上本は、メンバーのうち、十九歳で一番若かった。

上本は、街娼たちのカスリを取るため、「ちょっくら、ひと仕事してくるわい」と、メンバーを交代し、三角公園に向かった。

いっぽう越智は、シェパードを連れた原田を、街娼たちのたむろしている三角公園の西側に待たせ、夕方事務所に訴えにきた街娼の指定した喫茶店ブルーリボンに入った。

「モンローさん」と呼ばれている街娼は、すでに来ていた。紅い唇を濡《ぬ》らし、コーヒーを飲んでいる。

越智は、テーブルに座った。

女は、目配《めくば》せで、越智の背後にいる若者が自分のカスリを取りに来ている、と知らせた。

越智は、席を立った。

背後のテーブルに行き、低いドスをきかせた声でいった。

「話がある。外に出てもらおうか」

上本も、酔いと殺気に血走った眼を越智に向け、すごんだ。

「われが、先に表へ出ろ」

越智は先に喫茶店を出た。

原田の待っている三角公園の西側に向かった。

ついてきた上本は、越智と原田に食ってかかった。

「おんどりゃあ、山村組のもんじゃの」

越智が、啖呵《たんか》を切った。

「わりゃぁ、さっき喫茶店におった女のカスリをとっとるそうじゃの。あの女は、わしらの田中町の縄張で稼《かせ》いどるんど。ここは、寝に帰っとるだけど。どして、われらは、あの女のカスリをとらにゃならんのや」

原田も、すごんだ。

「それに、この平塚町は、打越会の縄張じゃないんど。うちの縄張ど。ウチの縄張に来て、泥棒猫のような真似をするんじゃないど！」

追いつめられた上本は、ジャンパーの懐《ふところ》に手を突っこんだ。

登山ナイフを取り出してかまえた。月の光に、不気味に刃が光る。

原田も越智も、武器は持っていなかった。

殺《や》るか、殺られるかである。

越智は、とっさに右足の雪駄を脱いだ。

雪駄の裏には、金具がついている。何も持たないより有効である。

越智は、雪駄を右手に持ち、身がまえた。

原田の連れているシェパードも、その場の殺気に牙《きば》を剝《む》き、唸《うな》り声をあげた。

上本は、登山ナイフを握り、じりじりと前に出てきた。

睨《にら》みあいをつづけているうちに、パトカーのサイレンが鳴りひびいた。

近所の者が、通報したらしい。

上本は、サイレンの音を聞くと、登山ナイフを握ったまま くるりと背を見せた。走り逃げた。

原田は、越智にいった。

「腐《くさ》れ外道《げどう》め！　捜し出して、刺し殺したろう」

原田は、シェパードを連れ、事務所に急いで引き返した。

越智も、怒りに腸《はらわた》が煮えくり返っていた。

〈あんな若僧に、なめられたままでたまるか！〉

越智は、若者を捜す前に、まず武器を手に入れようと思った。

近くのよく知っている喫茶店『青い星』に走った。

店に入ると、カウンターの中に入った。果物ナイフを見つけ、手にとった。

「マスター、ちょっと借りるで」

果物ナイフを、ポケットにしのばせた。

先程の若者を捜しながら、原田組の事務所へ向かった。

いっぽう原田健三は、事務所に引き返し、服部組から助《す け》っ人《と》にきていた守屋輯ら数名を引き連れ、上本を捜しまわった。

のち五代目共政会会長になる守屋輯は、昭和十七年大阪府堺市で警察官の息子として生まれた。すぐに広島市段原中町に移り住んだ。

山田久と同じ段原中学を卒業後、愚連隊の群れに身を投じていたが、服部武の直系若衆である奥村周司の若衆になった。十六歳のときである。守屋より段原中学の一年先輩で、のち三代目共政会幹事長になる尾崎幸夫も、その半年後、奥村の若い衆になっている。

昭和三十五年の夏、守屋は、奥村を護衛して、市内的場の映画館『太陽館』前を歩いていた。

やくざの一団とすれちがった。

相手は、八人いた。守屋らは、親分の奥村も含めて三人だ。

その中の頭領格の男は、奥村も守屋もよく知っている佐々岡光男であった。

佐々岡は、当時十数人の子分を抱えるひとかどの存在感あるやくざであった。敵にまわすとやっかいな、いわゆる「ええ根性」をしていた。

そのころ、佐々岡たちのグループが、ある大手ビール会社の広島工場を恐喝しているという情報が、当のビール会社の担当者から奥村に入った。つまり、佐々岡たちが恐喝をやめるよう、やくざ者同士で話をつけて欲しいと泣きついてきたというわけである。

その依頼を受けた奥村が、守屋をボディーガードにして、佐々岡たちの所在をつきとめている最中であった。守屋らからすれば、佐々岡たちが現われたのは、飛んで火に入る夏の虫である。

だが、奥村には、一瞬の油断があった。年齢からいえば、佐々岡は、奥村よりは歳上になる。しかし、勢いは、奥村の方が勝っていた。その格ちがいという奥村の自信が、裏目に出た。

ろくに〝ボッケン〟もせず、佐々岡たち八人に対峙した。明らかに力が上と見なされている者が、何か不届きな切れモン（刃物）などを持って刃向かおうとしているのではないか、と用心して格下の者のポケット検査をするところから、身体検査のことを〝ボッケン〟と称する。ポケット検査が転訛《てんか》した不良用語である。

奥村は、佐々岡を睨みつけた。

「工場の恐喝は、やめいや。ここでやめるいうて約束したら、こらえちゃる」

と、突然、佐々岡たち八人全員が、刃物を抜いた。刃身が、街灯の灯りにギラリと光る。

奥村が恫喝した。

「おンどりゃ、何しよるんなら！」

が、その恫喝を消しさる大声を上げ、ドスで突きかかってきた。

「死ねぇ！」

八人のドスが、めったやたらに突き向かってくる。

素手の守屋は、なすすべもない。

最初は、ドスを手で払っていた。しかし、相手はひとりやふたりではない。

〈こいつぁ、よけ切らん〉

守屋は、やはり素手の奥村の体に、とっさにおおいかぶさった。親分を守ろうとするボディーガードの習性である。

守屋の仲間のひとりは、弾かれたように事務所にすっ飛んで帰った。武器を取りに走ったのである。

佐々岡の子分たちは、ふたりになった守屋らの劣勢に気づくと、勢いづいた。

奥村の体におおいかぶさった守屋の背中や脇腹に、ズブ、ズブとドスを刺しこんでくる。

守屋は、息ができない。が、懸命に耐えた。しかし、守屋の体は、ついに奥村から引き剝がされた。

奥村の体が、一瞬無防備になった。その隙を逃さず、八人のドスは、奥村の脇腹に襲いかかった。

ズブッと鈍い音がした。奥村には三人のドスが入った。

守屋にも、それぞれちがうドスが八本以上突き入った。

八人は、そのまま逃げ去った。

奥村の横っ腹の傷口からは、ゴボゴボと噴水のように血の泡が噴きこぼれる。

守屋の傷口からも、血は噴いている。しかし、奥村の傷は、より深かった。

守屋の心は急《せ》いた。

〈一刻も待てん〉

そこをとおりかかった通行人が、タクシーを呼んでくれた。

奥村は、八丁堀の岡村病院へ担ぎこまれた。

守屋は、その間、タクシーに待っていてもらい、すぐに奥村組の事務所に崩れるように入りこんだ。

「親分が切れモンでやられました。相手は、佐々岡とその若いもん八人。いまは岡村病院にいます」

そこまでいうと、気が遠くなった。出血のため貧血を起こしたのだ。

仲間が、守屋の体をタクシーに抱えこんだ。

事務所近くの病院に担ぎこんだ。

タクシーの後部座席の下は、奥村と守屋の体から流れ出た血があふれ、ヌルヌルになっている。ひどい出血だった。

数週間後、服部武と兄弟分にあたり、服部と出身地が同じである親分が佐々岡を連れ、奥村の事務所にやってきた。

「佐々岡に断り入れさせに来た、と伝えてくれ」

しかし、その場にいたもうひとりの男は、大人しく佐々岡をとおしはしなかった。

ただちに事務所の台所に入った。

柳刃を摑むと、台所から出た。佐々岡に突進した。

佐々岡を刺した。

佐々岡は、一命は取り止めた。

もうひとりの男は、このことで殺人未遂をいいわたされ収監された。

いっぽう、当の佐々岡も、この事件で刑務所に入った。一年半を勤めることになるのである。

数カ月後に傷の回復した守屋は、服部武組長のボディーガードをつとめるようになった。

昭和三十七年一月、佐々岡光男が出所することになった。

佐々岡が出てくるのを待ちかねるように、打越会は、佐々岡を子分ごとスカウトしようとしていた。

打越会と激しい小競り合いをつづけていた服部組長や原田組長は、その動きをいち早く察知した。

逆に、佐々岡を自分たちの陣営に取りこむ動きに出た。

その前提として、まず守屋を説得することが先決だった。

守屋が原田組長からその意向を聞いたのは、原田事務所に詰めていたときである。

自宅にいた原田組長は、電話で守屋を諭《さと》した。

「わかっとろうが、輯。佐々岡は根性もんじゃけぇ、相手方にまわしたらうるそうなろうがい。辛抱してから、こらえちゃれ」

が、守屋は、すんなり納得できなかった。

「それは、ちょっと……」

佐々岡に対しては、腹に据えかねる思いを抱いていた。刺された怨みがそんなに簡単に消えるものでもない。

親分の奥村は、そのとき刑務所に入っていた。こんな話を奥村親分は、どう思うだろうか。奥村に話ができないので、よけいに、おいそれと承服できかねた。

守屋がはっきりしないので、原田組長は服部組長に電話を入れた。服部組長からも説得してもらおうと思った。

服部組長から、守屋に電話がかかってきた。

「のう輯、よう考えてみいや」

同じことをいわれた。

守屋は、ここは服部たちのいうことをきくことにした。

「わかりました」

原田組長は、守屋に念押しした。

「ええか、何もいうなよ」

佐々岡に対して反抗的な言葉を吐き、もめさせるな、ということだ。

が、守屋は、このままではすますことができなかった。

服部たちの前では承諾したが、佐々岡には、事務所の入口をくぐる前に、ひとことといっておきたいことがあった。奥村組長の分もいっておきたかった。佐々岡が入口を入ってしまっては、何もいえないのである。

守屋は、原田事務所の前で、佐々岡の来るのを待ちつづけていた。懐には、拳銃を呑んでいた。相手の出方によっては、ぶっ放すつもりだった。

やがて、佐々岡が現われた。

守屋は、佐々岡をうながした。

「ちょっと来てくれ」

事務所近くの空き地に連れて行った。

佐々岡と向き合った。佐々岡は、根性もんといわれるだけあり、さすがに貫禄があった。佐々岡は、奥村よりもキャリアは古い。当然のことだった。

しかし、そのときの守屋には、そういう遠慮はなかった。

語気鋭く迫った。

「あんた、奥村親分の右腕になるか、堅気になるか、ふたつにひとつだ。どっちにするか、返事せえ」

つまり佐々岡に対して、原田の舎弟ではなく、奥村の舎弟分になれと迫ったのだ。奥村の若い衆の守屋の立場からすれば、それがせいいっぱいの譲歩であった。仮にも自分の親を殺そうとした人間を簡単にわが上に置くわけにはいかない。奥村の舎弟になれば許すが、他人の舎弟になるのは許さないと突きつけたのである。

しかし、稼業の理屈からいえば、とうていとおる理屈ではない。だいいち原田と服部が兄弟分で、奥村じたいからして、その若い衆にしかすぎないのだ。ましてや、佐々岡は、奥村より格上である。奥村が原田の舎弟になるというのはありえない形ではない。しかし、格上の佐々岡が格下の奥村の舎弟になるというのは、むしろ佐々岡側からすれば、屈辱である。

そのように理不尽な迫られ方をすれば、ふつうのやくざなら百パーセント無視するだろう、と読んでいた。そのときのために拳銃を用意した。

守屋の本音は、原田や服部のいうように、敵にまわすよりこちら側に来た方がよい、と思っていた。しかし、簡単に承諾することで、奥村組長のメンツを潰してしまってはいけない。決して簡単にすましたわけではないのだ、という主張を相手にわからせておきたかった。そして、佐々岡の態度いかんでは、拳銃にものをいわす肚《はら》であった。

しかし、返ってきた佐々岡の言葉は、予想外のものであった。

「このようにビシッといわれたのは、はじめてじゃ。かえって、気持がええわい」

佐々岡がムショから帰ってからというもの、自分の側に取りこみたい原田組や服部組のどの人間も、佐々岡に対して強くいわなかった。「お帰んなさい」とあくまで丁重だった。佐々岡としても、こそばゆい思いを抱いていたのだろう。

佐々岡は、きっぱりといった。

「わしゃ、堅気になる」

が、それは佐々岡の本心ではなかった。

守屋は、そのうち、服部にいわれ、服部の兄弟分である原田昭三のボディーガードをすることになった。

昭和三十八年六月当時、原田の事務所には、若い衆がまったくいなかった。服部が気をきかせて、守屋や越智らを派遣したのだ。

昭和三十八年、その六月のある日、原田昭三の弟健三らは、原田事務所近くにある、いわゆる三角公園で、そこをわがもの顔にうろついていた打越会の上本を脅した。

「おまえ、あんまり、ここらで大きな顔すんなや。のう」

上本が居直った。

「ここは、ウチの縄張じゃ。てめえらにとやかくいわれるおぼえはない」

登山ナイフを腹巻から取り出し、いきなり切りつけてきた。

原田健三たちは素手だった。武器を取りに近くの事務所にすっ飛んで帰った。

なんと裸足だった。

たまたま、そこへ他の用事で、よそへ出かけていた守屋が帰ってきた。

「どしたんなら⁉　裸足で……」

守屋がそう訊くと、原田健三が事情を説明し意気ごんだ。

「ウチのメンツにかけても、ほっとけんど」

守屋もうなずいた。

「おう、そりゃそうじゃ。しごうしたらにゃぁのう」

事務所には、合田一家の若い衆も助っ人として二十数人寝泊まりしていた。

守屋や原田健三らは、かれらといっしょに上本らを血眼になって捜しまわった。

そこへ、別のルートで捜していた若い衆が情報を持ってきた。

「新天地の『天和』に、おるど」

さっそく麻雀屋の天和に向かった。

天和は、ビルの地下にあった。

先発のひとりが、地下の天和に向かって上本らを呼んだ。

「上本！　さっきは、ようも馬鹿にしてくれたのう。外へ出てこいッ！」

上本が、ただちに出てきた。

上本は、先頭にいた守屋めがけて、登山ナイフで切りかかってきた。

守屋は、とっさに身をよけ、ナイフをもぎとった。

守屋らは、上本と、打越会黒川派の幹部貞森守と黒川派組員を強引に連れ出し、田中町の原田事務所まで引っぱって行った。

越智は、原田事務所で、原田昭三組長と姐さんに訊《き》かれていた。

「健三は、どこへ行ったんなら？」

越智は、原田組長に心配をかけさせても、と気づかい、「さあ、どこへ行ったんですかね」と、事情を隠していた。

そこに、騒がしい声がし、原田健三や守屋らが上本ら三人を引き連れて帰ってきた。

越智は、事務所の玄関に飛び出た。

原田事務所は、木造二階建てで、その隣りに、山村組の幹部網野光三郎の鉄筋四階建ての事務所があった。

その建物と原田事務所との間に一メートル幅の路地がある。その路地の奥に、打越会の三人を連れこんだ。

三角公園で登山ナイフを抜き出して威勢《いせい》のいい啖呵を切った上本の顔は、死人のように青ざめていた。

越智は、上本の胸倉《むなぐら》を摑《つか》んだ。

「おンどりゃあ！　さっきの威勢のよさは、どうしたんなら！　なんなら、差しで勝負してやってもええんど。来るなら、来い！」

上本は、脅《おび》えに脅えながら、追い詰められた鼠《ねずみ》が猫を噛むように、越智の腹に頭《ず》突《つ》きをかましてきた。

越智は、事務所の板塀に、背中を打ちつけた。一瞬、息ができなかった。

〈この外道め！〉

越智は苦しみながらも、攻撃に転じようとした。

ところが、上本は、さらに越智の腹に頭突きをかましてきた。

越智は、右拳を、上本の背に力まかせに叩きこんだ。

「うッ！」

上本がうめいた。

その隙《すき》に、越智は右に出た。上本の左脇腹を、雪駄を履《は》いた右足の甲で蹴りつけた。

上本は、左脇腹を押さえうずくまった。

「この野郎！」

今度は守屋が、そばにあったプロパンガスの小型ボンベの把手《とつて》を右手に鷲摑《わしづか》みにした。頭の上に高くあげた左手をボンベの底に当てると、上本の背めがけて振り下ろした。肋骨《ろつこつ》が折れたかと思われるような鈍い音がした。上本は地面にうずくまった。

「う……」

うめき声が、声にならない。

次の瞬間、貞森が、守屋めがけて背後から襲いかかってきた。

守屋は、ボンベを投げ出し、転んだ。顔から地面に突っこんだ。右頰の頰骨の部分に血が滲《にじ》んだ。

守屋は、眉をふるわせ、「うおッ！」と獣の吠《ほ》えるような声をあげ、貞森の腹を力のかぎり蹴った。

さらに、守屋は、どこからか厚い板を持ってきた。

「くたばりゃあがれ！」

守屋はその板で貞森の頭を殴りつけた。守屋は、中学時代から背は一メートル七十四センチと普通だが、頑健で、力はめっぽう強かった。

貞森は、ふらつき、ばったりと倒れた。

気を失ってしまったらしい。

原田健三が、命じた。

「おい、水をかけろ！」

バケツに入れた水が運ばれ、貞森と上本にかけられた。

貞森は、息を吹き返した。

ふたたび立ち上がり、今度は越智めがけ殴りかかってきた。さすがに、幹部である。そばで震《ふる》えあがっている上本とは違った。

越智は、貞森の腹を蹴った。

貞森は前かがみになり、ひざまずいた。

越智は、喫茶店から借りてきていた果物ナイフをズボンの右ポケットから取り出した。

「往生せい！」

と叫ぶと、前かがみになった貞森の背めがけて、一突きした。

ぐさりという手応《てごた》えがあり、背中の骨の間を貫《つらぬ》き、心臓へ達しとどめを刺した。

あとは数人で、貞森と上本のふたりを、路地から運び出し、路上に放り投げた。

三人のうち傷ついていなかったひとりが、血みどろになった貞森を担ぎ、打越会の事務所のある紙屋町タクシーまで担ぎこんだ。

そこからすぐにそばの病院に担ぎこまれたが、病院に運ぶ途中で、貞森は出血多量で息を引き取った。

　上本は、頭と背部挫傷で十日間の傷を負った。

　原田健三と越智のふたりが、自首して出ることになった。守屋は、ボディーガードの仕事があるため、自首させないということになった。他の合田会の若い衆たちも、自首させてはならない、と原田組長からきつい通達があった。

「代紋ちがいの合田のもんをパクらしちゃ、いけん。おまえら、出て行ってこい」

　しかし、原田健三と越智のふたりでは、取調べで刑事に締め上げられると、いわでものことを自白してしまうおそれがあった。

　そこで、原田組長が守屋を呼んだ。

「やっぱり、おまえも行ってこい。あのふたりじゃ、もたん」

　守屋には、じつはもうひとつ重大な任務があった。そのことからしても、原田組長は、守屋は自首させたくなかった。が、やむをえなかった。

　守屋は、主張しつづけた。

「すべて俺がやりました」

　当初、三人は、殺人、殺人未遂、傷害で起訴された。越智の場合は、文句なく殺人罪が適用された。しかし、守屋と原田健三は、傷害致死となった。

裁判での争点は、殺人の意思があったかなかったかであった。

守屋は、主張した。

「相手が、わたしを刺して来とりました。そして、わたしは刃物を取り上げました。わたしにほんとに殺る気があるんなら、その取り上げた刃物で殺っとるはずでしょう。ほいじゃが、わたしはその刃物を使うとらん」

結局、この主張が認められ、傷害致死ですんだ。

守屋と原田健三は、八年の刑をいいわたされ刑務所に入ることになった。

守屋は、鹿児島刑務所に収監された。

6

故郷の安芸郡江田島に帰っていた片山薫に、網野光三郎組長から電話が入った。

「薫、重大な話がある。すぐにでもウチの事務所に来てくれや」

片山は、電話を切ると、すぐその足で港に向かった。

宇品港へ向けて船で出発した。

長梅雨に入り、この日も雨が降りつづいていた。海も荒れている。

片山は、荒れる海に眼を放《はな》ちながら思った。

〈おやじさんも、どちらかに腹をくくったな〉

打越会と山村組との抗争に、元岡組の幹部であった網野と永田重義は、中立の立場をとりつづけていた。

打越信夫は岡敏夫の舎弟分である。山村辰雄は、岡の兄貴分であった。どちらも岡と縁のある者同士の争いだ。網野は、どちらにつくか、態度を決めかねていた。しかも、網野は、岡引退後、山村組の幹部にもなっていたが、打越とは舎弟分の盃も交わしていた。

そのため、網野の幹部である片山は、故郷の江田島で待機しているよう命じられていた。しかし、抗争が激しくなるにつれ、網野も、いつまでも中立の立場を保っているわけにもいかなくなった。

山村組に加勢して、打越会と戦うか、それがいやなら、引退するか、ふたつにひとつを選ぶときにきていた。

片山は、ふと、思った。

〈親分は引退の側に賽《さい》を投げるのではないか〉

そのときの自分の身のふり方を考え、己れにいいきかせた。

〈いまさら、堅気《かたぎ》になる気はない。わしゃあ、死ぬまでやくざもんとして生きるしかない〉

これからも、眼の前で荒れている海同様、荒れに荒れつづける疾風怒濤《しっぷうどとう》の人生しか自分にはあるまい。片山は、あらためてそう覚悟した。

片山は、宇品港に着き、そこからタクシーに乗って広島市田中町にある鉄筋四階建ての網野事務所に向かった。

宴会場に入ったときには、網野組長をはじめ、組員四十人が全員集まっていた。襖《ふすま》を外《はず》し、全員畏《かしこ》まって座っている。

部屋には、緊迫した空気が張りつめていた。

網野組長は、髪の毛をきちんと七、三に分け、細身の体を背広に包み、ネクタイまで結んで上座に座っていた。どう見ても、やくざには見えない。中小企業の社長に映る。

網野組長は、片山が席に座ると、いつものやさしい表情を厳しくさせた。

「薫が来たんで、これから、おれの胸の内を話す」

片山はじめ四十人が、全身を耳にして、親分の次の声を待った。

誰ひとり、咳《せき》をする者もいない。親分の次のひとことで、自分たちの運命が決まるのだ。

網野組長は、あらためて子分たち全員を見まわして声を放った。

「みんな、これまで身を粉にして、わしのためによう尽くしてくれた。今日をもって、組を解散して、わしは堅気になる」

一瞬、ざわめきが起こった。

が、ふたたび静かになった。

網野組長は、きのうの仲間が、今日は血で血を洗う争いを繰り広げる修羅《しゅら》の世界に、嫌気《いやけ》がさしたのである。いずれか一方に加担して、かつての仲間を撃つことを選ぶなら、潔《いさぎよ》く身を引く道を選んだのであった。

「わしは、これから、ビルの管理と清掃を業として堅気として生きる」

網野組長は、これまで自分のために命を捨ててまで尽くしてくれた子分たちに、万感《ばんかん》の思いでいった。

「おまえたちの今後の身の振《ふ》り方については、おまえたちの意志を尊重する。やくざで飯を食うなら、どの組を選んでも、わしがその親分に頼みこんでやる。おまえたちで、好きなように選べ」

全員の眼が、組長引退後、この組織でもっとも力のある片山に集中した。

網野組長の眼も、片山に注がれた。

今度は、片山のひとことが、組員四十人の運命を決めることになる。

片山は、きっぱりといった。

「わしは、服部さんのところに行く」

片山は、網野組が解散するからには、次の自分の親分は、服部武しかいない、と思っていた。

片山は、服部に惚《ほ》れこんでいた。服部には、勢いもあった。

片山が、昭和三十六年十月に、三重刑務所から出所したとき、服部から誘われてもいた。

「おい、片山、おれの組に来んかい。おまえが来れば、うちの若頭にするがの」

片山が服部組へ行くと表明すると、全員そろっていった。

「わしらも、兄貴と行動をともにさせていただきます」

堅気になるという者は、ひとりもいなかった。しかも、全員、片山の兄貴と行動をともにする、と誓ったのである。

網野組長は、片山の眼を見て、静かにうなずいた。

〈薫、あとは、頼むぞ〉

と眼で語りかけている。

網野組長としても、片山一本にみんながまとまってくれたことがうれしかった。

〈これで、安心して堅気になれる〉

あらためて安堵《あんど》していた。

片山も、網野組長に眼で答えていた。

〈親分、この子分たちについては、わしにできるかぎりのことはいたします〉

それから三日後、網野組長が服部組長に口をきき、網野組員四十人が、そろって服部組に養子として入った。

服部組は、それまでの九十人の組員に四十人を加え、百三十人の強大な軍団にふくれあがった。

その翌日、服部組長は、片山を連れ、流川のいきつけの料亭安芸船の離れ座敷で、あらためて祝杯をあげた。

服部組長は、浅黒い顔をほころばせ、片山と盃を合わせた。

「こんなが三重刑務所から出たときに、たしかこの同じ席で、ウチの組に来んかと誘うたのォ……いま、念願がかのうて、わしゃあ、うれしい」

片山は、あらためて若衆として頭を下げた。

「これから、よろしうお願いいたします」

服部組長は、ほころんだ顔を引き締めて、片山にとって思わぬことを口にした。

「片山、うちの組の若頭になってくれんかの」

服部は、山田久を若頭に据《す》えるのを苦々《にがにが》しく思っていた。一癖も二癖もある暴れ者の山田を若頭に据えると、自分の意のままに組織を動かし難《がた》い。ときには、親分を親分とも思わず逆らう。

そのうえ、服部の弟の繁も、山田と段原中学の同級生ということもあり、山田を煙《けむ》たがっている。

山田が懲役に行っている間に、片山を若頭に据えて体制を固めておけば、山田が娑婆《しゃば》に出てきたとき、文句をつけることもできない。

服部は、片山に借りもあった。昭和二十八年一月八日、同じ岡組内で対立していた高橋国穂を、ひそかに片山に襲わせ射殺させていた。

警察には発覚していない事件ゆえ、よけいに借りの気持が強かった。

片山なら、度胸《どきょう》もある。頭も切れる。協調性もある。自分との相性も合う。事がいっしょに運びやすい。

が、片山は、切れ長の眼をぎらりと光らせ、迷うことなくいった。

「親分、わたしを買って下さるお言葉は、よろこんで受けさせていただきます。しかし、お言葉を返すようですが、わたしは、服部組をふたつに割るために来たのではありません」

片山は、このことだけは、はじめからはっきりしておかなければ、服部組に乱を起こすことになる、と思っていた。

「親分、わたしは、あくまで養子で来させていただいたんです。もしわたしが若頭を引き受けると、山田さんとわたしとで血で血を洗う争いになりかねません」

片山には、そのときの骨肉相食《こつにくあいは》む争いのすさまじさの予測がついた。

それでなくても、いま、岡組の縁に繋《つな》がる打越と山村との抗争中である。あらたな火種《ひだね》はつくるべきではない、と己れを戒《いまし》めていた。

片山は、畏まった口調で申し出た。

「親分、わたしは、辞退させていただきます。服部組の若頭は、山田さんでやってもらわんと、わしらも困ります。わしは、山田さんの補佐役に徹させてもらいますけん」

服部も、片山の梃《てこ》でも動きそうにない意志の固さを察し、それ以上は押さなかった。

「わかった。今日のところは、その話はなかったことにしておいてくれ」

服部は、いったん自分の意志は引っこめはしたものの、なお山田久を若頭に据えることにはこだわっていたのである。

もし、このとき、片山が筋をとおして服部親分の話を拒《こば》んでいなければ、広島やくざの世界の地図は、また別のかたちで血塗られ、変えられていたにちがいない。広島のやくざの戦いは、さらに長びき、泥沼《どろぬま》化していたであろう……。

7

網野組から、片山といっしょに服部組へ養子として入った島原和英は、いつも懐に匕首や拳銃をしのばせ、数人で服部のボディーガードについた。

のち三代目共政会組織委員長となる島原和英は、昭和十二年一月二十日、広島市内の草津町に生まれた。家業は、カマボコを製造していた。

島原は、広陵高校へ通っていたが、学校もさぼってほとんど行かないし、かといって家業の手伝いもしなかった。

父親が、しびれを切らして怒鳴《どな》った。

「和英！　いつまで半端でいたら気がすむんか。家業を継ぐのか、学校を卒業するのか、どっちかにしろ！」

島原は、それならと父親に申し出た。

「やくざもんになります」

「やくざに⁉」

島原の叔父に、岡敏夫組長の兄貴分にあたる者がいた。島原は、その叔父と親しかったので、叔父をとおして組に入れてもらおうと思ったのである。

父親は、いっそう怒り狂った。

「やくざになるなら、家の財産は、一銭もやらんぞ！」

「いりません」

「よし、組へ入るなら入れ。おまえが考えているほど、やくざいうもんは、甘いもんじゃないけえの」

父親は、息子が組に入っても、すぐに「尻《けつ》を割って」帰ってくる、とタカをくくっていた。

島原は、さっそく叔父に連れられ、網野組に出入りをはじめた。昭和二十九年のことで、当時十七歳であった。

島原は、三十二年に正式に網野親分から盃をもらい、網野組長の若衆になった。

三十四年、網野組が山口県岩国の米軍基地から、五十九丁の拳銃を手に入れた。

この取引が、発覚した。島原は罪をかぶって一年半の刑を受けた。拳銃不法所持と、贓物《ぞうぶつ》故買《こばい》、火薬罪の罪であった。広島刑務所に服役して娑婆に出たあと、今回、片山らと網野組から服部組に養子に入ったのであった。

島原は、服部が車で旅に出るときも、かならず助手席で服部組長を守った。

当時は、昭和町の服部の事務所にも、いつダイナマイトが投げこまれるかわからなかった。そのため、事務所に金網が張られ、いつダイナマイトが投げられても、かならずその金網に当たり、コロコロと下の遠い距離に落ちて爆発するようにしてあった。

それほど厳戒態勢《げんかいたいせい》が敷かれている中でのボディーガードであった。よけい神経を使った。

山村組の事務所のあるパレスビルに服部組長を送り、パレスビルの前に立って守っていると、打越の経営する紙屋町タクシーが横切った。

と、タクシーの中から、拳銃が突き出された。島原めがけて火を噴いた。

弾は、島原の体をかすめ、命は助かった。

さらにもう一発、銃弾が撃ちこまれた。

島原は、「まんくその悪い！」と、おさまりがつかなかった。

すぐに、スクーターで紙屋町タクシーに乗りつけた。

その前にたむろしている打越会の組員どもの間を走りぬけ、何人かを蹴散らかして帰った。

そのような小競り合いは、しょっちゅうであった。

両組にとっては戦時下のなかで、島原はボディーガードをつづけながら、網野組長と服部組長とのタイプの違いを理解しはじめた。

網野組長は、抗争事件が起こっても、自分から率先《そっせん》して行くタイプであった。ひときわ若衆には厳しかった。

島原が拳銃を持っていて、安全装置を塡《うず》めていると、激怒《げきど》した。

「敵がふいに襲いかかってきても、それじゃ、撃てんじゃないか！　反対に殺されてしまうど。てめえの安全ばかり考えてビクビクしとって、どうするんなら、あ！　そんなことなら、拳銃を持つな！」

網野組長に鍛《きた》えぬかれていたので、島原は戦闘的であった。

網野組長と比較し、服部組長は、戦闘に対しておだやかであった。

島原は、いつ敵に襲われても反撃できるように安全装置を外《はず》して、拳銃を懐にしのばせ、服部組長のボディーガードをしていた。

それを知ると、服部組長は、逆に注意した。

「おい、安全装置は、塡めとけや。暴発させるなよ」

島原は、養子として他の組に入ってまもなくは、その組のやり方がちがうのでとまどったが、すぐに馴《な》れた。

服部組長も、島原らが網野のところで、厳しく鍛えられたことがわかり、島原のボディーガードに信頼を寄せてくれた。

第６章　理事長就任

1

　山村組と打越会との抗争がエスカレートする昭和三十八年八月九日、広島刑務所で囚人が、木工工場で作業用のノミで刺し殺される、という事件が起こった。山口県防府市戎《えびす》町出身で、暴行、傷害罪で懲役一年の刑を受け、入っていた囚人である。

　六十人の受刑者が作業中で、看守ふたりが監視している中での事件であった。

　刑務所内では、シンナーを酒の代用として鼻で嗅《か》いでいたが、そのシンナーの奪い合いが原因であった。

押送《おうそう》されてしまった。

このとき、やはり広島刑務所にいた山村組進藤敏明の幹部であった岩本敏幸も、秋田刑務所に押送されてしまった。問題を起こしそうな者は、全国の刑務所にばらばらに分送されたのだった。

青森刑務所は、青森市の郊外の大字荒川宇藤戸にある。

山田が青森刑務所に入って四日後、雑居房で、深い眠りに入っていた。が、突然、鼻に何かが入ってきた。息ができなくなった。

山田は、咳《せき》こみながら飛び起きた。

一瞬夢でうなされているのかと思った。

が、そうではなかった。

鼻をさわると、鼻の頭やまわりに、歯みがき粉がついている。

闇を透かして見た。

そばでガタガタと震えている男がいる。鎌田忠という殺人、強盗など前科三犯の三十過ぎの太った男である。

鎌田の右手には、歯みがき粉がついている。

「おんどりゃ、わしを殺す気か！」

山田は、そういったときには鎌田に飛びかかっていた。鎌田の腹を蹴りあげていた。

山田は、さらに鎌田の喉を両手で締めた。

「こ、こらえて下さい……」

鎌田は、震える声で命乞《いのちご》いをした。

山田は、怒りに狂い、なお締めあげながらいった。

「なんで、こんな真似しゃがるんない！」

鎌田は、悲鳴のような声でいった。

「い、いびきをかくからだ……」

「いびき⁉」

鎌田の喉にかかっていた山田の手が、一瞬緩《ゆる》んだ。

「本当に、わしが、いびきをかくんか……」

山田には、信じられなかった。

広島刑務所時代、一度もいびきをかくといわれたことはなかった。そのため、まさか自分がいびきをかくなど、とうてい信じられなかった。

刑務所内では、いびきをかくことはもっとも嫌われる。

雑居房では、十人くらいがいっしょに寝ている。そのうちひとりでもいびきをかくと、安眠できない。

気の荒い連中がほとんどである。いびきをかく仲間がいると、枕を蹴ったり、夜中にトイレに立つとき、つまずいたように見せ、頭を蹴りつけたりして嫌がらせをする。

が、山田の場合、広島刑務所では名が知れ渡り、一目置かれていた。たとえ本当にいびきをかいていても、山田を恐れ、誰も注意する者がいなかったのである。

ところが、まったく知った者のいない青森刑務所で、思ってもいなかった指摘を受けたのである。

山田は、相手の胸倉を摑み、念を押した。

「本当に、わしゃあ、いびきをかくんか」

鎌田は、怯《おび》えた顔で、声に出さないでうなずいた。

山田は、あらためて、自分がいかに地元の広島刑務所で特別待遇であったかを思い知った。

しかし、ここは青森である。このままおとなしく相手を許しては、のちのちまわりの仲間になめられる。

何しろ、広島がどちらに向いているのか知らない連中ばかりである。

はじめて雑居房に入った夜、同房のひとりに訊かれた。

「どこから来たんですか」

「広島よ」

「広島いやあ、下関より、あっちですか、こっちですか」

山田はそう訊かれ、うんざりしたものである。

そのような者には、山田が広島でどのように恐れられていたかなど、わかるはずがない。

実力で、目にもの見せておかないと、なめられっぱなしになる。

たとえどのように大物の親分でも、旅《たび》の刑務所に行くと、本人が喧嘩が強くなければ、浮浪者のような男にもなめられいじめられる。

そのため、大物親分の幹部が、その刑務所のある地元の親分のところに丁重に挨拶に行く。

「どうか頼みますから、ムショに入っているおたくの若衆にいって、ウチの親分を刑務所で守るようにして下さい」

そう頭を下げて頼みこむということもある。

山田は、歯みがき粉を鼻にふりかけた鎌田の胸倉をあらためて摑み、問いただした。

「われが、自分でやったことか」

鎌田は、唇を震わせ黙っている。

「………」

「おまえがやったというなら、おまえを、いまから絞め殺すど」

鎌田は、眼に怯《おび》えの色を走らせ、あわてて首を振った。本当に殺されそうな殺気が、漂っていたのである。

「じゃあ、誰が命じたんか、話せ」

「名前をいうと、殺される……」

山田には、鎌田が嘘をいっているとは思われなかった。

〈首謀者でない者を、これ以上痛めつけてもしょうがない〉

昔の山田なら、抑えがきかず半殺しの目にあわせたにちがいない。が、いまは、山田も、怒るときと怒らないときを分けはじめていた。

「今度同じ真似をしたときは、本当に生きてムショからは出られんと思えよ」

「は、はい……」

鎌田は塩をかけられた青菜のようにおとなしくなっていた。

その日の午後、山田が印刷工場で活字の鉛の版を崩す仕事をしていると、夜中に山田に歯みがき粉をかけた鎌田が近づいてきた。

耳元でささやいた。

「夜中は、すみませんでした。殺されると覚悟していたのに、助けていただきまして」

鎌田は、山田を片隅の仲間の耳から遠いところに引っぱって行き、いっそう声を低くしていった。

「あなたを、やれ、と命じたのは、ぎょろ目の北畑です」

北畑太郎は、大きな凶々《まがまが》しい眼をした牢名主のような男であった。

背は高くないが、色の浅黒い岩のように岩乗な体をしており、獰猛《どうもう》であった。

山田は、翌日の朝の七時、雑居房からそれぞれの工場に分かれて出て行くとき、北畑にささやいた。

「おい、そんなにわしと勝負したいんなら、午後の一時半に、倉庫に来い。じっくりとしごうしたるけえ……」

二年間は、この刑務所にいなければならない。ここで少しでも弱みを見せるわけにはいかない。徹底的にやるしかなかった。

約束の一時半より五分前に、山田は、倉庫の中のうす暗がりで北畑を待っていた。右手にはナイフを握っていた。

印刷工場では、版の鉛を壊したり、削ったりするため、ナイフを使っている。

倉庫は、昼間は開いている。おまけに、倉庫は、看守のもっとも眼のとどかない位置にある。

北畑は、山田とは逆に、約束の一時半に、四、五分遅れてきた。

山田には、相手の遅れに、すでに心の怯《おび》えを読み取った。

北畑は、入口の戸のわずかの隙間の明かりを背にして入ってきた。逆光になり、表情は読めない。

山田は、ナイフを持ったまま、つとめて静かな口調になった。

「わしゃあ、これまで、ふたり殺しとるけんの。殺すなら、ふたりも三人も、いっしょじゃ。わりゃあ、三人目になりたいんか……」

山田は、敗戦後の愚連隊時代、「ジャックナイフの久」の異名をとっていたほど、ナイフでの戦いには自信があった。

北畑の表情は、山田には、相変わらずわからない。

押し黙っているが、雑居房で牢名主的存在だけはある。背を見せて逃げようともしなかった。

北畑は、落ちつき払った声でいい返してきた。

「きさまがナイフを捨てて、素手でやるというなら、やったる」

「おお、ええ度胸じゃ。われと勝負するのに、刃物はいらんわい」

山田は、ナイフを倉庫の片隅に放り投げた。

次の瞬間、北畑に飛びかかっていた。

何しろ、山田は、体重は八十キロを超える巨漢である。ぶつかった瞬間、北畑は跳《は》ね飛んだ。

山田は、一対一の素手で勝負しても、勝つ自信はあった。いくら殴られても、こちらが音《ね》をあげないで食い下がれば、最後には勝てる。そういう一対一での勝負の自信が気力にあふれ、相手を威圧できる、と信じていた。力の裏付けがないと、空威張《からいば》りになってしまう。

北畑は、「うおーッ」と獣のような声をあげて右拳を山田の顔面に叩きこんできた。

グシャ、という音がし、山田の左の頬骨に当たった。

しかし、山田の右拳も、相手の左眼に炸裂《さくれつ》していた。

山田の拳が、瞬間、ヌルリと生温かいもので濡れた。眼から血が出たらしかった。

北畑は、ふたたび山田に飛びかかってきた。

が、左眼を潰されているから、距離感がうまく計れない。

山田は、北畑の右足に足を引っかけた。

北畑は、もんどり打って倒れた。

北畑の手に、山田が捨てておいたナイフが当たった。

北畑は、素早くそのナイフを摑んだ。

俄然《がぜん》勢いを得て、立ち上がってきた。

左眼から血を流しながらも、にやりと薄気味悪く笑った。

山田は怒鳴った。

「この腐れ外道めが！　素手でならやるいうたなあ、われじゃないんか」

北畑は、ナイフをしっかりと握り、白い歯を剝《む》き出し迫ってきた。

そのにたにたした笑いを見ていると、さすがに山田も背筋に冷たいものが走った。

〈こいつは、気が狂うとる……〉

本当に殺されるかもわからない。そう思った。

まともにかかれば、腹か胸を刺される。

山田も、捨身でかかるしかなかった。

山田は、北畑に向かっていくと見せかけ、北畑の足元にとっさに転んだ。

足を引っかけた。もし失敗すれば、逆に好きなように料理される。文字どおり捨身の攻撃であった。

狙いどおり、北畑は、もんどり打って倒れた。

山田は、すかさず北畑の右手を狙って飛びかかった。

ナイフを握った右手を、強引に押さえた。

北畑からナイフをもぎとった。

北畑の右頬を、ナイフで切った。頬から、血が滴《したた》る。

「死にゃあせんように切っとる。つぎは、腹でもえぐられたいんか」

倉庫の中に、ムッと血の臭いがたちこめた。

北畑は、このまま山田を興奮させると、殺されかねない、と判断したらしい。

地べたに這いつくばった。

頭を地べたにこすりつけて、詫びた。

「こらえてくれ。娑婆には、女房も子供もいる。命だけは……これからは、あんたのいうことは何でも聞く」

変わり身の早い男であった。

山田は、北畑の額《ひたい》を作業靴を履《は》いている足で思いきって蹴りあげた。

「ええの、看守には転んで怪我《けが》をしたといえよ」

北畑は、翌日から、山田の前で借りてきた猫のようにおとなしくなった。ことあるごとに、みんなの前で山田を立てた。

山田は、青森刑務所の中でもたちまちにして一目置かれるようになった。

2

広島では、山村組と打越会の抗争で、山村組は、一方的に攻勢を誇った。

ついには、打越会に加担していた西の岡組の岡清人の実弟岡友秋まで射殺される、という事件が起こった。

昭和三十八年九月八日、朝の十一時過ぎ、広島県安佐郡可部町字可部温泉にある旅館の浴場で、岡友秋は朝風呂を楽しんでいた。

岡友秋は、小学校の同級生二十数名とその日の午前十時ごろ旅荘に到着していた。新館大広間に落ちつき、同級生とビールを飲み、少し話し合って寛《くつろ》いだあと、別館の風呂場でひと風呂あびていたのである。

岡友秋は、戦後、実兄の岡清人とともに、己斐マーケットを根城《ねじろ》とし、街の愚連隊を集めて勢力を張り出した。

岡清人は、東の岡組組長岡敏夫の舎弟となった。が、市内東部において岡組と村上組がすさまじい抗争にしのぎを削っているのをよそに、打越組長とともに、西部地区において、漁夫の利を得て、強固な地盤を築いていた。

岡友秋は、三十七年五月、腹心の子分四十人を引き連れ、兄の岡組から分派し、市内西新に西友会を結成した。

西友会は、中区の土橋一帯の赤線地帯を縄張《シマ》とし、新興勢力としてめきめき台頭した。

病身な兄の岡清人に対し、友秋は行動力に富んでいた。賭博をとおして尾道の高橋組幹部の横江利雄と通じた。

山村組から破門された美能幸三とも、付き合いを深くした。

西友会は、美能と山村との対立から、打越会の傘下《さんか》に走った。

三十八年五月二十二日、岡友秋は、打越信夫から舎弟の盃を受け、打越会の行動隊長的存在となった。

打越会対山村組の抗争事件が勃発し、美能は、三十八年七月五日、呉市内で山村組幹部の樋上実の子分を袋叩きにした罪で逮捕されていた。

美能は、三十八年七月に収監され、四十五年九月、札幌刑務所を出所するまでの七年二カ月は娑婆にいない。

このため、岡友秋は、打越会の先鋒《せんぽう》となって活躍した。

岡友秋は、山村組から恐れられ、命を狙われつづけていた。

この日は、小学校時代の同級生の同窓会ということもあり、ボディーガードをつけていなかった。つい幼いころのなごやかな気持に返り、寛《くつろ》いでいた。

ところが、その旅館に前夜の夕刻からひとりで泊まりこみ、岡友秋の命を狙っていた二十三歳の若者がいたのである。

山村組進藤派の組員吉岡伸彦で、いわゆる「鉄砲玉」であった。

吉岡は、三十八年三月ごろから、進藤派に出入りするようになった。

五月二十七日に発生した山口（英）組の大下博らが打越会を襲った『ニュー春美事件』の捜査中、拳銃不法所持の現行犯として逮捕されていた。が、六月二十四日、保釈されたばかりであった。

吉岡は、怪しまれないため、他の客と同じく浴衣《ゆかた》を着ていた。

緊張と九月初旬の残暑のため、汗ばんでいた。

玄関から庭下駄をつっかけ、いかにも散歩に出るようすで前庭に出た。

前庭の石灯籠《どうろう》などを設《しつら》えた植えこみを左へ曲がり、七、八メートル先にある別館の風呂場に、狙う相手岡友秋がいる。

吉岡は、かつて自衛隊にいた。銃を扱ったことはある。が、人を殺すのははじめてである。心臓が早鐘《はやがね》のように鳴る。指先も震える。

気を落ちつかせるため、上がり框《かまち》に腰を下ろし、煙草に火を点けた。腹巻の中には、コルト45口径の拳銃を秘めている。
二、三服吹かしたとき、庭下駄の高い音が、かすかにひびいてきた。
吉岡は、煙草を捨てた。

ふたたび、前庭へ出て行った。

石灯籠の陰で、足を止めた。

とっさに、腹巻の中に手を入れた。

下駄の音は、ひとりだった。

石灯籠のところで右へ曲がろうとする四十歳近い男の顔は、ほろ酔いかげんでいい色に染まり、すっかり寛いでいる。まったく警戒の色を浮かべていない。

「あんたは、岡友秋か」

岡友秋は答えた。

「そうじゃ」

岡友秋が答えたときには、吉岡の右手に握られていたコルト45口径の拳銃は、火を噴いていた。

岡友秋と吉岡との距離は、わずか八十センチしかなかった。

弾丸《たま》は、岡友秋の脇腹に命中した。

岡友秋の体は、一瞬、ぐらりと揺れた。

吉岡は、今度は岡友秋の胸を狙い、引き金を絞った。

浴衣の胸が、鮮血に染まった。

吉岡は、さらに引き金を絞った。

岡友秋の腹のあたりが、パッと鮮血に染まった。

吉岡は、岡友秋の体に、四発目、五発目、六発目と狂ったように弾丸を撃ちこみつづけた。

岡友秋は、それでも倒れなかった。

仁王立ちになり、吉岡を睨みつけた。

それから二、三歩よろめいた。玄関の手前で、ついに血まみれになって倒れた。

吉岡は、岡友秋に近づいた。とどめを刺すためである。

銃口を、岡友秋の頭に向け、引き金を絞った。

岡友秋は、頭から血を噴き即死した。

のち三代目共政会常任参与となる和田堅二は、当時岡友秋の舎弟であった。が、恐喝容疑で逮捕され収監中であった。岡親分の復讐《ふくしゅう》をしようにも動けなかった。

拘置所で、岡親分の死亡の知らせを聞き、歯ぎしりした。

〈娑婆を歩きまわれるなら、親分を殺すよう命じたやつらを、みな殺しにしたるのに……〉

岡友秋の命を取られた西友会と打越会は、さっそく指令を出した。

「岡親分を狙わせたのは、山村組の原田昭三じゃ。山村組の事務所のパレスと、原田昭三の事務所にダイナマイトを仕掛けて、爆破したれい！」

岡友秋の殺された四日後の九月十二日午前四時三十分過ぎ、広島市流川町のキャバレー・パレスの地下入口で、ダイナマイトがすさまじい轟音《ごうおん》を上げ、爆発した。

隣りの映画館リッツのウインドーまで破壊されてしまった。リッツでは、ヒッチコック監督のスリラー映画『鳥』を上映中であった。

同じ時刻、田中町の原田昭三宅にやはり、ダイナマイトが仕掛けられた。が、ダイナマイトは点火せず、未遂《みすい》に終わった。

それから一週間後の九月十九日の午前三時ごろ、原田昭三宅の表事務所の『採石業原田産業ＫＫ』に、ダイナマイトが投げこまれた。

事務所の机、戸棚、その他の事務用備品や、窓ガラス、天井の一部が爆破され、吹き飛んだ。

相次ぐ爆破事件で、打越会対山村組の抗争は、さらに激化した。

山村組の本拠パレスには、常に四、五十人が待機していた。

山村組長は、キャバレー・パレスの三階に寝起きしていた。入浴や理髪に行くのに、ボディーガードの片山薫をはじめ、二十数名の子分を護衛《ごえい》につけて動くという厳重な警戒《けいかい》ぶりであった。

九月二十一日土曜日の午後八時過ぎ、打越会子分の李粉根は、パレスの近くの新天地近くに潜入し、偵察をはじめていた。

山村組子分の森本俊夫や方栄徳ら数名も、パレス近くで見張りをしていて、李粉根の姿を発見した。

「わりゃあ、紙屋町の者じゃないか！　ちょっとこい！」

紙屋町というのは、紙屋町タクシーを本拠とする打越会の者という意味である。

森本らは、李を捕まえ、近くの路地に連れこんだ。

李の顔面を、かわるがわる殴りつけた。

李の顔は、お化けのように腫《は》れてしまった。

李は、隙を見て逃げた。

森本らは、路地に落ちていた石を、李に向けて投げた。

李は、そこから走って五分の中の棚にある紙屋町タクシーの事務所まで逃げこんだ。

李から事情を聞いた打越会の組員谷村祐八、藤原初生、柳秀雄が、いきり立った。

「山村組のやつらの顔の皮を、ひんむいちゃる！」

すぐにパレスに殴りこみに走った。

李も、いっしょに走った。

谷村は、腹巻の中に、五発の弾丸入りの回転式拳銃一丁と、十発の弾丸を入れたマッチ箱を入れていた。谷村は、山村組幹部原田昭三宅を爆破した犯人のひとりでもあった。他の三人も、腹巻の中に拳銃をしのばせていた。

李を袋叩《ふくろだた》きにした山村組の森本らも、組員の鄭照謨らに応援《おうえん》を頼み、敵の反撃にそなえていた。

そのような息づまる戦いに気づかぬアベックたちは、手を組みあって繁華街である新天地を心地よい夜風に吹かれながら歩いていた。

山村組の森本らの眼に、反撃にきた谷村らの姿が入った。

映画館リッツの前で、おたがいに睨《にら》み合った。

「おどりゃあ、しごうしたるど！」

「われこそ、死にゃあがれ！」

先程顔を殴られ、化け物のように腫らされた李の拳銃が火を噴いた。

山村組の宮本敏明の右腹を、弾丸が貫いた。
通行人は、「きゃあ!」と叫び声をあげ、四方に飛び散った。
李の拳銃が、ふたたび火を噴いた。
右腹を押さえて前につんのめりかかる宮本の右肩を、弾丸が貫いた。
宮本は、弾《はじ》かれたように倒れた。
「やりゃあがったのォ!」
森本が、叫んだ。
打越会の谷村らは、背を見せて逃げた。
映画館リッツの角を曲がり、『広島ビヤガーデン』の方に向け飛ぶように走った。
打越会の連中を追って、森本らは人込みを蹴散《けち》らかすようにして走った。
山村組の鄭照謨が、先頭を切って追った。右手には、拳銃が光っている。
七、八十メートルを走ったところで、鄭が、打越会の連中の最後を走っていた谷村に追いついた。
鄭は、谷村の首筋を拳銃で殴るような格好で、引き金を絞《しぼ》った。
銃口は火を噴いた。
谷村の左後頭部に命中した。

谷村は、つんのめり、その場に倒れた。

打越会の他の仲間は、人込みに紛《まぎ》れて消えた。

谷村は、救急車で基町の病院に運ばれた。

が、十分後には死亡した。

宮本は、幟町の病院に収容されたが、二日後に死んだ。

山村組の本拠パレスビル三階の事務所で、新天地での撃ち合い事件直後、山村組では、組長以下大幹部が集結し、協議しあった。

「打越会が執拗《しつよう》に攻撃してくるのは、背後に山口組の支援《しえん》があるからじゃ。山口組の田岡組長が、裏で糸を引いとる。このさい、山口組の本拠を爆破して、報復しちゃろう。神戸の本多会には悪いが、その攻撃は、広島からしたものじゃのうて、本多会のように思わせよう。神戸の本家同士で戦わせ、広島の戦火を神戸へ転化して、抗争の終結を図ろうじゃないか」

「そりゃあええ。神戸の山口組からぎょうさんと来とる助っ人らも、肝《きも》を冷やして広島から引きあげるじゃろうよ」

「それにしても、田岡邸には、これまで鉄砲の弾丸ひとつぶちこまれたことはない。ダイナマイトをぶちこむと、びっくりするじゃろうのオ」

「ところで、誰がこの役をやるんかいの……」

一瞬、席は静まりかえった。厳重《げんじゅう》な警戒が敷かれている田岡邸を襲うとなると、命がけだ。へたをすると、こちらもやられる恐れがある。

「わしのところでやりましょう」

服部武が、きっぱりといった。

服部は、爆破の実行は、若頭の自分の派でやるべきだと思った。

服部は、打越とは兄弟分の盃を交わしていた。その縁のため、広島での打越との戦闘では、つい激烈《げきれつ》さを欠いた。そのぶん県外の山口組との戦いで、功を立てようと思っていた。

〈神戸の山口組の本拠を一気に叩けば、事はおれたちの思いどおりに運ぶ〉

服部は、服部組が田岡邸爆破の実行を潔《いさぎよ》く自分の派で引き受けたことが、まさか、のちのち自分の首を締《し》めつけるようなことになるとは、このとき思いもしなかった……。

服部は、九月二十一日の夜、服部派の幹部品川稔に事情を打ち明け、命じた。

「ええの、まちがいなく、田岡組長宅を爆破させるんだぞ」

「親分、わかりました」

品川の配下の山田吉彦と古武家嘉は、田岡邸爆破のための用意の旅費と、ジュース缶に仕込まれたダイナマイトを服部派幹部の木元正芳から受け取った。

二十二日の夜は、ふたりで広島の歓楽街を飲み歩いた。

「広島とも、しばらく別れにゃならんかもしれんけえの」

翌二十三日の朝の列車で神戸に向かった。

午後三時ごろ、神戸駅に到着した。

ふたりは、神戸市生田区の住宅街を歩き廻り、田岡邸を探し出した。

邸内に忍びこめる機会を狙った。

夜の九時半ごろ、ふたりは、ついにその機会を摑《つか》んだ。

闇に紛《まぎ》れるようにして、田岡邸の裏の路地から、田岡邸に侵入した。

もし邸内の見張りをしている山口組の若衆に見つかれば、まちがいなくその場で銃弾を浴び、体は蜂の巣のようになる。

ふたりは、玄関の右側の人気のない便所の窓を、外からそっと開いた。

田岡邸付近で拾った荒縄《あらなわ》でジュース缶に仕込まれたダイナマイトに火を点け、吊るしこんだ。

ふたりは、脱兎のような勢いで、田岡邸から外へ出た。

闇の中を走りに走った。

千メートルくらい離れた湊川神社前まで逃げたとき、ふたりの耳に、大きな爆発音がひびいた。

大爆破により、田岡邸の便所の便器は粉々に砕《くだ》けた。便所の天井や壁《かべ》、窓ガラスが破れた。

さらに、他の部屋のガラス障子《しょうじ》とガラス十数枚も割れた。

路地を隔《へだ》てた『生長の家兵庫県教化部』の窓ガラス数枚まで割れた。

田岡組長宅では、家人は二階で寝ていた。組員ふたりが階下にいたが、怪我《けが》はなかった。

田岡邸を爆破したふたりは、爆破の成功を信じ、神戸駅から上り電車に飛び乗った。

大阪まで逃げ、大阪駅前から服部組幹部の品川稔に、電話を入れた。

「指令どおり、田岡邸は爆破しました」

山口組の田岡邸が、はじめて敵によって襲われたのである。

山村組の狙いどおり、山口組側は、田岡邸にダイナマイトを仕掛けたのは神戸の本多会に違いない、とただちに逆襲に出た。

その夜一時過ぎ、神戸市兵庫区上沢通り一丁目の湊川公園内にある本多会事務所の表ガラス戸から22口径の拳銃が撃ちこまれた。

事務所内には、幹事長ら会員数人がいた。が、弾丸は、事務所のソファに当たっただけで、怪我人は出なかった。

この間、九月二十二日、打越会対山村組の抗争の頭目である打越会長と山村組長が、広島県警にそろって別件で逮捕されていた。

山口組側は、本多会だけでなく山村組若頭の服部武の自宅をも報復襲撃《ほうふく》した。

九月二十三日夜から二十四日未明にかけ、広島市内小網町の西友会若頭沖広方に、打越親分と兄弟分の盃を交わしていた、山口組安原政雄率《ひき》いる安原会の子分児玉忠孝、打越会の三上文雄、寺本勝利、田村尚吾、岡田卓己らが集結していた。

「神戸からの連絡によると山口組本家の事務所が、爆破されたということじゃ。広島で何とか格好をつけにゃ、男がすたるど」

「ほうじゃ、組長が捕まったからいうて、引き下がれるかい」

打越会幹部から拳銃を受けとった児玉らは、二台の車に分乗して二十四日午前四時四十分過ぎ、昭和町の服部邸を襲った。

一台の車は、パトカーを見て逃走した。が、いま一台が、車の中から服部邸に拳銃を発射し、逃げた。

やはりこの二十四日午前八時ごろ、呉市北迫町の山村親分の邸宅である、いわゆる「山村御殿」の表門の内側五メートルくらいの内庭に、ダイナマイトが投げこまれた。ビールの空《あき》缶《かん》に仕込まれ、外側から白布で包み、長さ二十センチの導火線に点火されたものであった。

が、火は途中で消え、被害者は出なかった。

打越会と山村組との抗争がエスカレートする間、山田久の妻の多美子は、可能なかぎり青森刑務所に面会に行った。

三級のときには、月に二回、二級になると月に三回の面会が許されていた。

多美子は、面会のときには、秋田刑務所に入っている岩本敏幸の妻といっしょに、広島から汽車で大阪まで出て、北陸まわりの列車「日本海」で秋田に向かった。

岩本の妻が秋田で降り、多美子だけが青森まで行った。

多美子は、夫の久に会うと、胸がいっぱいになった。今度会ったときには、こうもいおう、ああもいおうと思っていたことの五分の一も口にできなかった。

山田が、いびき事件で雑居房の者と喧嘩をしたあと、雑居房の者たちが保安課長に申し入れていた。

「山田がいびきをかくので、みんなが迷惑しております。かといって、喧嘩したら、半殺しのめにあわせられます。山田を、夜間独房へ入れてもらえませんでしょうか」

保安課長は渋った。

「あそこには、わたしたちが団体生活に不適格と認めた者しか入れないことになっておる」

独居房には、喧嘩ばかりしてみんなと団体生活ができない、という者などが入れられることになっていた。

雑居房の者は、建前ばかりいう保安課長に食ってかかった。

「このまま山田を雑居房において、まわりの者と大喧嘩になっても知りませんよ。そんときゃあ、責任は取ってもらいますよ」

保安課長も、ついに認めた。

「わかった。それでは、手つづきしよう」

山田には、かえってそれがさいわいした。

山田は、昼間は鍛冶工場で働き、夜は、みんなと別れて夜間独居房に帰った。刑務所では、六時に夕食を終えて、九時に寝る。それまでの間、時間は長い。

山田は、その三時間の間を利用して、本を読みはじめた。

吉川英治の『三国志』も好きであったが、特に勉強になったのは、中国古代の兵法の書『孫子』であった。

山田は、娑婆にいるときは暴れ者でとおっていたが、この徹底した現実主義、合理主義に貫かれた兵書を読み、あらためて自分の修羅《しゅら》の人生を振り返る機会を持った。

特に、『孫子』の第三謀攻篇には、目から鱗《うろこ》が落ちる思いがした。

『勝利を見ぬくためには、五つの方法がある。戦うべきときと、戦ってはならないときとをわきまえていれば勝つ』

これまでの人生で、いかなるときも突っかかってきた。それがわしの生き方よ、とうそぶいてきた。

〈しかし、今度娑婆に出たときには、戦うべきときと、戦ってはならないときとをわきまえるようにせにゃあならん〉

山田は、読みつづけていった。

『大軍と小勢《こぜい》とのそれぞれの用兵をわきまえていれば勝つ。上下の人々の心がぴったり合っていれば勝つ。よく準備を整えたうえで油断している敵に当たれば勝つ。将軍が有能で、君主も干渉することがなければ勝つ。これら五つのことは、勝利を見ぬくための方法である。

そこで、

「敵情をよくわきまえ、味方のこともよくわきまえておれば、なんど戦っても危険がない。敵情をわきまえず、味方のことのみわきまえているのでは、勝ったり負けたりする。敵情もわきまえず、味方のこともわきまえていないのでは、戦うたびにきまって危険だ」

といわれるのである』

山田は、口に出してつぶやいた。

「彼を知り己れを知れば、百戦してあやうからずか……」

あらためて己れというものを知らねば……といい聞かせた。

〈もちろん、やるときゃあ、命は捨てる覚悟で半端《はんぱ》にしちゃいけんが、いけいけだけでも、いい親分にゃなれん。若衆たちの命を無駄《むだ》にするだけじゃ〉

山田は、これまで接してきた親分の岡、服部、山村の戦略を比較しながら、おのれの戦略についても磨《みが》いていった。

この青森刑務所での『孫子』の兵法をはじめとする読書は、山田がのちに三代目共政会会長となり、みんなを統率《とうそつ》していくとき、大いに活《い》きていくことになった。

3

神戸の山口組や本多会だけでなく、全国のやくざ組織は、怒濤《どとう》の勢いで全国に組織の拡大を図っていった。

弱い組織を、力にものをいわせ、次々に傘下《さんか》におさめていった。

広域暴力五団体と称せられた関東の稲川一家、松葉会、関西の山口組、本多会、柳川組は、三十八年十二月には、全国都道府県にわたり勢力を張り、その傘下団体の総数は、五百五十団体、構成員は、一万五千人を数えた。

全国のやくざ組織のうち、団体数で十一パーセント、構成員数では、十六パーセントを占めるにいたった。

しかし、やくざ組織の拡大に対し、世論の批判は厳しかった。

警察の取り締まりも、徹底《てってい》を極《きわ》めた。

周囲の厳しさだけでなく、やくざ組織の内部の紛争や、打越会と山村組のように対立組織との抗争事件の頻発《ひんぱつ》から、組織の不統一、勢力の弱体化を恐れた。

その対策として、関東稲川一家は、『錦政会』と改称して政治結社の届け出をおこなった。そうして理事制による合議制の運営を図り、組織の統一強化を図った。

さらに政治団体を標榜《ひょうぼう》することで、世間に対し、大義名分を立て、組織の正当化を狙った。

関西の山口組でも「最高幹部制」を設けた。本多会では、三十八年に初代本多仁介から会長の座を受け継いだ二代目会長の平田勝市が、右翼的活動を活発化した。政治面との繋《つな》がりを図り、存在の正当化を狙った。

三十八年十二月二十一日には、右翼の大立者児玉誉士夫の肚いりで、関東の主要やくざ組織『錦政会』『松葉会』『日本国粋会』『住吉会』『東声会』『北星会』『日本義人党』の七団体の七親分、幹部三百人余が熱海の『つるやホテル』に集まり、『関東会』を結成した。

組織の相互間の親睦《しんぼく》を図ることで、抗争を防止し、組織を温存《おんぞん》しようと狙ったのである。

いっぽう、神戸の本多会は、三十九年に入り、その『関東会』の松葉会との縁組みをおこなおうと動いた。

松葉会も、関東で勢力を伸ばすことのない、直接利害関係のない組織と手を結ぶ必要を感じていた。

さらに、神戸の山口組の関東進出を阻止《そし》するうえからも、本多会と結ぶ価値はあった。二代目襲名まもない本多会の平田勝市も、内部統制の確立と、山口組と対抗するためにも、組織体制の強化を必要としていたところで、縁組みは急速に進んだ。

『関東会』の組織の中には、山口組と同盟を結んでいる組織もある。この松葉会と本多会の反山口組勢力の結束を図る縁組みが進むにつれ、『関東会』は分裂の兆《きざ》しを見せはじめた。

さらに、本多会と松葉会の縁組みは、広島にも影響をおよぼしていった。

山村組の若頭服部武は、行きつけの流川の料亭の離れ屋敷で、片山に胸の内を打ち明けた。

三十九年二月はじめであった。外は、激しく吹雪《ふぶ》いていた。

「薫、今後の広島の抗争の鍵は、村上組の動きが握っとる思うが、おまえどう思うや」

広島の打越会対山村組の抗争は、打越、山村両組長の逮捕で鎮静化《ちんせいか》しつつあったが、いぜん予断は許さなかった。

山村組では、親しい九州工藤組の工藤玄治組長に根まわしを頼み、一応は、打越会との和解工作も進めてみた。が、打越会が山口組に打診《だしん》したところ、強硬《きようこう》にいわれた。

「現在の段階では、和解はできない。広島で格好《かつこう》をつけたうえでやれ」

打越会は、山村組との和解を拒否した。

片山は、熱燗《あつかん》をぐいと飲み、自分の意見をはっきりと口にした。

「わしも、村上が鍵を握っちょる思います」

村上正明は、敗戦直後、闇市が栄えた広島駅前を縄張に、テキ屋村上組を結成した村上三次の次男であった。

戦後、広島駅周辺には、鉄道警備の名の下に、博徒岡組が勢力を張った。広島駅前の猿猴橋近くに「岡道場」と称する賭場を開き、村上組と激しく対立した。

二十一年十一月十八日深夜、村上正明は、配下の組員を率いて岡道場に殴りこみをかけ、寝ていた岡敏夫親分に馬乗りになり、「往生せえ！」と拳銃をぶっ放した。

「向こうみずの暴れん坊」の異名をとった村上正明は、その事件でいっそう英雄視された。

しかし、三十年五月、殺人未遂とピストル不法所持で服役し、四十年五月まで千葉刑務所に服役することになっていた。

村上組は、今回の山村組、打越会の抗争の戦列外にあった。そのため、組織の疲弊《ひへい》がなく、ひそかに勢力の挽回《ばんかい》を進めつつあった。組員も百四十三名いた。山村組の二百六十名にはおよばないものの、敵対する打越会本家の八十九名の二倍近い組員を擁《よう》していた。

四十年五月に村上正明が出所してくると、いっそう勢力を増すことは眼に見えていた。

村上組を味方にするか、敵に回すか、そのことにより山村組勢力の今後が決まる、といってもいいくらいである。

服部は、浅黒い顔を酔いと興奮に赤黒く染めていった。

「よし、かつての仇敵《きゆうてき》だが、いまは反打越会、反山口組勢力を強固にするためには、手を組もう」

三十九年四月二日、服部の根まわしでまとまった山村組、山口英弘、村上組の三派連合組織による『共政会』の結成のための会合が、三派幹部を集めてひらかれた。

その翌日、山村組の服部武、原田昭三、村上組の栗栖照己ら幹部が、千葉刑務所に服役中の村上組組長の村上正明に面会した。

服部は、面会室で、金網越しに頼んだ。

「事情はすでに幹部の方からお聞きと思いますが、今度、『共政会』を結成することになりましたので、ひとつ、副会長に就任していただきたい」

村上は、組員の前でも幹部を殴りたおすほどの凶暴さをあらわにした顔をにやりとさせ、大きな鼻の穴をふくらませて承諾した。

「ええじゃろ。山村組の親分にも、よろしういうてくれ」

六月二十九日、広島市内東観音町にある料亭『魚久』の座敷で、『共政会』結成の披露がおこなわれた。『共政会』理事長の座に座った服部は、自分の根まわしどおり事が運び、祝い酒もおいしかった。

主要役員のメンバーは、次のとおりであった。

会　長	山村組組長	山村辰雄
副会長	村上組組長	村上正明
顧　問	津村興行部親分	津村是義
顧　問	村上組顧問	高田平三
顧　問	浜本組組長	浜本兼一
相談役	横奥組組長	横奥喜平
相談役	村上組二代組長	高木達夫
相談役	山村組相談役	羽仁正勲
理事長	山村組若頭	服部　武
常任理事	山村組幹部	原田昭三

常任理事　山村組幹部　　樋上　実
常任理事　村上組幹部　　吉田　満
常任理事　浜部組組長　　浜部一郎
幹事長　山口(英)組組長　山口英弘
幹事長　村上組幹部　　栗栖照己

各組の首領幹部が、くつわを並べていた。

共政会結成にともなう組織は、会長のもとに理事長、幹事長、常任理事を執行部として、常任参与、理事制による合議制《ごうぎせい》の運営体制を定めた。

『共政会』の勢力は、この大同団結により、広島の山村組二百六十名、広島の村上組百四十三名、広島の山口（英）組四十七名、さらにその三派連合以外にも、広島の浜本組三十五名、海田の横奥組十四名、呉の広の松岡組十二名、山口県徳山の浜部組六十五名が加わり、五百七十六名もの組織にふくれあがった。

県内の友誼団体としては、因島の山田興行社十五名、三原の中原組七名、尾道の高橋組六十二名、福山の千田組二十三名、そして福山の浅野組四十名の合わせて百四十七名である。

敵対する打越会は、広島の打越会本家が八十九名、広島の西友会十四名、広島の河井組十三名、呉の美能組五十三名、広の小原組八十六名、防府の田中会五十二名、岩国の中村一派十五名で、計三百二十二名である。共政会の約半分の勢力だ。
県内の友誼団体も、広島の岡組三十名、広の藤田組十九名、三次の亀本組十一名、庄原の藤森グループ十一名、府中の篠原組二十五名で、九十六名と、やはり、共政会の県内友誼組織より少ない。
服部は、あらためて出席した団体の主な親分衆幹部の顔ぶれをながめ、気持を昂《たかぶ》らせた。
神戸・本多会会長　平田勝市
東京・住吉一家　西山久雄
大阪・松田組組長　松田雪重
笠岡・浅野組組長　浅野真一
下関・合田組組長　合田幸一
など県外三十七団体三百四十五名にのぼったのである。
また披露興行として、広島市公会堂において松竹新喜劇『藤山寛美ショー』をおこなうことになっていた。
服部理事長は、ぶちあげた。
「平和都市ヒロシマに県外勢力が入りこむのを防ぎ、正業を持たない若い者の更生《こうせい》をはかる」

服部は、野心に燃えていた。

〈いずれは、わしが『共政会』二代目の会長に座る。そのあかつきには、服部王国を築き、広島を中心に中国地方に君臨《くんりん》してみせる〉

共政会結成の披露前の五月二十五日には、本多会は、松葉会との兄弟縁組み披露を、神戸市須磨の料亭『寿楼』で、全国のやくざ組織、幹部ら二千名近くを招き、盛大におこなった。

いっぽう、本多会、共政会の反山口組勢力に対抗するため、山口組も、五月十七日、岡山県玉野市熊本組組長宅で、山口組系陰陽連合組織組長、幹部七名の兄弟縁組みをおこなった。

鳥取の山口組系山陰柳川組組長柳甲録、玉野の熊本組、府中の篠原組、三次の亀本組の組長、幹部らで、見届人は、打越会会長の打越信夫であった。

こういう大きなうねりの中で、広島では、依然打越会と山村組との抗争がつづいた。

三十九年八月三十一日未明には、共政会の楠本富夫と西本義則が、打越会の組員島田鞆夫に拳銃で撃たれ、楠本は即死した。西本は重傷を負うという事件が起きた。

服部の夢がかなえられる日は、予想していた以上に早く来た。

共政会初代会長の山村が、会長に就任して一年もたっていない四十年の六月九日、広島県警を訪ね、引退声明文を手渡したのだ。

声明文には、次のようにあった。

『昨春政治結社として共政会を結成し、ともすれば遊閑徒食の徒として見られがちだったわれわれに対する社会通念の一掃に努力させたが、社会は冷たかった。最近健康を害し、さらに今回恩師であり、先輩である参議院議員の岩沢忠恭先生や前文部大臣の灘尾弘吉先生の重い忠告をうけ、今後は経営する諸事業に専念する。これまで社会に対し多くの不安感を与えたことは遺憾であり、引退の決意を声明する』

服部は、三十九年九月に私文書偽造の罪で広島刑務所に服役中であったが、山村引退の知らせを受けると、思った。

〈自分の事業かわいさのために、逃げたな〉

山村は、三十九年六月十九日、脱税容疑で逮捕されていた。五百万円の融資をしたのを足がかりに、宮島競艇場施設管理会社の大栄産業を乗っ取り、社長として会社を経営するようになった。そのうえ、山村組の資金を捻出《ねんしゅつ》するため、元銀行支店長であった競艇場の経理部長と共謀し、架空の経費を計上した。三十四年から三十七年の各事業年度において、合計七百万円もの所得を隠匿《いんとく》し、法人税三千万円の脱税の事実を摑まれたのであった。

しかし、服部は、すぐに心の底からよろこびが込みあげてきた。

〈ついに、おれが共政会二代目会長か〉

山村組の若頭である服部が、共政会二代目会長になることは、当然のなりゆきであった。

服部と兄弟分である村上正明も説得し、岡山県笠岡の浅野組長の根まわしもあり、六月九日、服部は獄中にいながら、共政会二代目会長に就任した。四十歳と若き会長であった。

服部は、己れにいい聞かせた。

〈広島は、いよいよおれの天下だ〉

山田は、その二カ月後の八月上旬、青森刑務所から二年七月の刑を終え、出所した。

一カ月の仮釈を貰《もら》っていた。

出迎えには、女房の多美子と、女房の弟で、山田の若衆の清水毅、それに、段原中学時代からの友人で、服部組での兄弟分の半村隆一とあとふたりの若衆が来ていた。

それに、おどろいたのは、笠岡の浅野真一組長が、若い衆に車を運転させて、わざわざ出迎えに来てくれていたことだった。

「笠岡の親分……」

山田は、思わず胸の底から熱いものが込みあげてきた。

浅野組長は、山田の肩に優しく手をかけ、眼を細めていった。

「服部が、いま、ムショに入っとるけえの。わしが代わりにきたんじゃ。元気そうでよかったの」

浅野は、山田が村上組の大上卓司を撃ち、六年の刑を勤めて広島刑務所から出所したときも、刑務所の前までわざわざ出迎えに来てくれた。

長い勤めを終えた山田には、人の情がよけいに胸に染みた。

半村が、山田に札束の入った封筒を手渡していった。

「山田、おまえ仮釈じゃいうことで、組のもんがみんなで押しかけて費用を使うより、かえって小人数できて、そのかかる費用をおまえに渡した方がええ、ということに決まっての。こうして、持ってきた。気に入る額かどうかはわからんが、背広でも買ってくれや」

あとで封を開くと、当時の金にして百万円あった。山田にはありがたかった。

山田は、清水毅に眼をやった。面会では何度か会っていた。が、今回は、いっそう逞《たくま》しい顔になっている。

「元気にやっとるか」

山田が毅に声をかけると、毅は人懐《ひとなつ》っこい顔で笑った。笑うと、暴走族めいたことをしていた十代の頃のあどけなさが顔に出た。

浅野組長が、山田と妻の多美子を見て、ひやかすようにいった。

「三年ぶりで、抱きあうんじゃけえ、広島まで待ちきれんじゃろう。浅虫温泉に宿をとっとったけえの。今夜は、ゆっくりとふたりきりで過ごすんじゃの」

多美子は、山田をちらりと見て眼を伏せた。首筋のあたりまで、恥じらいの色に染まっていた。

山田には、浅野組長の心の奥にまで手の届くような親切がうれしかった。

その夜は、山田は、浅虫の温泉旅館の一室で、三年ぶりに多美子の白いなまめかしいからだを抱いた。

多美子のからだは、火のように熱かった。

「多美子……」

彼女は、白い腕を山田の背にまわし、よろこびにかすれた声を出した。

「あんた……待ちつづけとった……」

多美子は、やくざ者の妻になることは、待ちつづけることだ、と自分にいい聞かせつづけた。が、やはりせつなく苦しかった。

山田は詫びた。

「許せえの……」

山田は、その夜は、多美子を離さなかった……。

山田は、広島に帰ると、かつてボディーガードをしていたときに特別にかわいがってもらっていた山村組長のいるパレスビルの三階に挨拶に行った。

山村は、これがかつて広島の闇の世界の帝王として君臨していた人物と同じかと思えるほど好々爺《こうこうや》の顔で山田を迎えた。

「元気で出られて、よかったの……」

まず出所を祝い、淋しそうに眼を伏せていった。

「わしも、知ってのとおり、引退したけの……引退するときには、おまえたちを連れて、わしの会社に入れ、堅気にしていこう思うての。みんなに提案したんじゃが、みんなが反対しおったんよの」

山村は、山田を息子でも見るような眼で見た。

「これからも大変なことがつづくじゃろうが、辛抱してくれえの」

山村は、別れるとき、山田に札の入った封筒を渡した。

「小遣いじゃ。少ないがとっとけえや」

山田は、事務所を出て、エレベーターで一階に降りながら、心の中でつぶやいた。

〈どんな帝王も、力が衰えりゃあ、淋しいもんじゃ。わしゃあ、力を持ったときにゃあ、かんたんには衰えんど〉

山田の脳裏を、そのときはじめて、共政会理事長という肩書が掠《かす》めた。

何としても理事長の座を摑みとりたい、というたぎるような野心はなかった。が、ただひとつ、自分を服部組の若頭にすら据《す》えたがらない服部を見返してやりたい、と思っていた。

〈服部は、わしを力で押すだけの猪《いのしし》のような男じゃ思うとる。わしの頭の切れを信用しとらん。服部に、わしが拳骨《げんこつ》だけの人間じゃのうて、頭もある男じゃ、いうことを認めさしてやりたい〉

山田は、そのためにならら、共政会理事長の座を欲しい、と思った。

九月十五日、山田より一カ月半遅れで、服部が広島刑務所を一年の満期出所してきた。

次期理事長を誰にするかは、すんなりとは決まらなかった。

服部は、幹事長であった山口英弘に頼んだ。

「理事長を、あんたにやってもらいたいんじゃが」

しかし、山口英弘は断った。

「わしは、副会長でええ。やはり理事長は、会長のところから出すべきじゃないんですか」

山口英弘は、服部に対してふくむところがあった。服部のために理事長となって全面的に尽くしたくなかったのである。

服部は、これ以上説得しても無理とわかると、今度は、行きつけの流川の料亭安芸船で、片山薫に理事長になれと口説《くど》いた。

「のお、薫、うちから理事長出せいう声が強いんじゃ。おまえ、やってくれんか」

片山は、今回もきっぱりと断った。

「親分、くれぐれもいうようですが、養子にきたわたしがもし理事長になれば、かつて山村組の若頭が親分になったとき美能が打越へ走って、のちのちもめて広島がめちゃくちゃになったように、共政会が真っぷたつに割れる。血みどろの乱が起こりますよ」

片山は、梃《てこ》でも動かぬ意志を示した。

「山田さんが、理事長をやるべきです」

服部は、最後の最後に、煙たい山田久に声をかけてきた。

「山田よ、理事長に座ってくれや」

山田は、ようやく来たなと、心の中で苦笑いしながらきっぱりといった。

「引き受けさせてもらいましょう」

山田は、同時に、服部組の若頭にも正式に就任した。

山田は、この間の理事長になるまでの経緯を耳に入ってきた情報から辿《たど》りながら、あらためて思っていた。

〈わしは、じつに運のめぐり合わせのいい男じゃ。もし、わしがムショにもう半年長ういたら、わしの理事長就任はなかった。やはり娑婆にいる者の方が、力は強い。この運をたいせ

つにしていかにゃいけん〉

十一月二十四日の午後七時から、服部武の共政会二代目会長の襲名披露が、広島市大須賀町の旅館の『幸楽』座敷で、世間の眼をはばかって秘密裏におこなわれた。

本当は、十一月二十五日、盛大な会長襲名の披露をおこなうことにしていた。が、それを察知した県警取締本部は、幹事長の栗栖照己を、拳銃不法所持で逮捕し先制攻撃をしかけた。

共政会は、いっせい検挙を恐れ、急遽予定を変更したのである。

襲名披露が外部に発覚することもおそれ、祝いの花輪なども、いっさい持ちこまれなかった。

出席者全員、平服のままであった。

本多会二代目会長の平田勝市はじめ、系列組織の幹部二十名、共政会会員九十名が出席して開かれた。本多会二代目会長平田勝市が、服部を共政会二代目会長に推薦し、全員一致で会長に就任した。

当夜の出席者の主なものは、次のとおりであった。

推薦人は大阪の直島義友会会長山田祐作、京都の中島会会長図越利一、神戸の大日本平和会会長平田勝市ら四人であった。

取持人は神戸の大嶋組組長の大森良治、見届人は神戸の忠成会会長の大森忠義、山口の浜部組組長の浜部一郎、広島の村上組組長の村上正明。

兄弟分代表は、笠岡の浅野組組長浅野真一、初代会長山村辰雄の名代として下関の合田組組長の合田幸一らに出席してもらった。

新しい組織として、村上正明前副会長を顧問に選任し、原田昭三前常任理事、樋上実前常任理事、山口英弘前幹事長、栗栖照己前幹事長の四人を副会長に決めた。

新理事長に、山田久が就任《しゅうにん》することもその席で発表された。

ただし、引退した山村組長は、ついにこの席に顔を見せなかった。

昇る者、落ちる者の明暗をあらためて見せつけられた。

三十六歳の若さで新理事長に就任した山田は、燃えていた。

〈理事長としてわしの力を見せつけてやる!〉

いっぽう、守屋輯は、鹿児島刑務所に収監されていた。

ところが、入って一年目にやっかいなことが起きた。

守屋は、懲罰工場で、封筒の原型をつくっていた。

事の発端は、守屋の刑務所での態度にあった。知らない土地の刑務所なのでなめられてはいけない、と思っていた。

封筒つくりの工場では、肩で風を切っていた。が、この態度が担当の滝田健治の眉を顰《ひそ》めさせた。

滝田は、収監されている地元のやくざの組の連中が、よりによってよそ者の守屋ごとき若僧に顎で使われているのが、腹に据えかねたのである。

工場にやってきて、他の懲役囚のいる前で、守屋と特定して地元のやくざの組の連中を煽《あお》った。

「おまはんら、旅のひとに、そぎゃんとにヘコヘコすることはなかろう。しかも、あぎゃん若かもんに、顎で使われてから」

地元で鳴らしている極道もんが、なぜ、よその若僧にビクついているのか、と発破をかけたのだ。

守屋は、そのことを口伝えに聞いた。屈辱に震えた。

しかも、懲役を監視する者が、特定のグループを贔屓《ひいき》するような発言をしてもいいのか。どうにも腹の虫がおさまらない。滝田が当直になる最初の夜を待った。

深夜、みんなが寝静まったころ、滝田が舎房にやってきた。

息を殺して待っていた守屋は、滝田が監視窓からのぞくと、すばやく食らいついた。

聞いた話をぶつけた。

「あんた、こういうことを他のにいいよるんか。こらえんど、こら。ちょっと話があるけえ、ここ開けぇ」

「なにィ！」

滝田も、百八十センチ以上ある大男で、九州管区の柔道の猛者である。腕に自信があったのだろう。

簡単に扉を開け、守屋を出した。

守屋は、怒鳴りつけた。

「おう、こら！　しごうしたろかい」

いうより早く、そばにあった謄写版のガリ板を持ち上げ、滝田に殴りかかった。

滝田は、あまりの気迫に押され逃げた。

守屋も、それ以上追わなかった。

翌日、保安課長がやってきた。

「ま、担当の滝田がつまらんことをいうて、ほんまこッ、こらえやったもし」

「わかりました。ちょっと考えさせてもらいます」

工場にもどった。

そこへ、滝田がやってきた。

守屋は、怒りで震えていた。

〈こんなあ、みんなの前で一回恥かかさんといけん〉

守屋は、道具を用意していた。封筒の原型をつくるための五十枚ほどの紙を一度に切る封筒紙切り包丁である。

滝田が、守屋を呼んだ。

守屋は、いわれるより先に宣告した。

「おまえ、わしのことを『旅のもんに顎で使われるな、ヘコヘコすることないじゃないか』いうて、眼の敵にするようなことというとろうが。いま、ここで、みんなの前で謝れ。謝ったらこらえたる」

が、滝田は、ムニャムニャと口ごもり、いい訳をした。決して謝ろうとはしない。

守屋は、担当帽を目深にかむった滝田の眼を、射抜くように睨みすえた。

二十センチはある包丁の柄を持つ手に、グイッと力をこめた。

頭上にふりかざし、滝田の頭めがけて切りつけた。

「おンどりゃぁー！」

帽子の庇が、縦に真っ二つに割れた。

守屋は、狙いを外したと思った。

念を押すため、さらに振り下ろした。

掌に肉を切った感触があった。

滝田の額から、血が噴き出た。

守屋は、さらに包丁を両手で持ち、横ざまに振り払った。

グキッというような鈍い音がした。顎のあたりに入った。

「あわわわッ!」

滝田は、血を滴らせながら、後ずさった。かろうじて向きをかえた。恐ろしい勢いで逃げた。

「待てぇ! この腐れ外道めがぁ!」

守屋は、追った。

滝田は、前の板戸に体当たりし、ぶち破って外に出た。

引っかけるタイプの簡単な鍵がかかっていたが、すっ飛んでいた。そのくらい必死であった。

滝田の怪我は、全治二カ月の重傷だった。守屋の処分は、当然であった。

その日から、懲罰房に移された。

おまけに、懲罰房の扉には、「この者と話した者は懲罰に処す」との札をかけられた。

風呂にも入れさせてもらえなかった。

そのうえで、さらに一カ月間も、皮手錠まで嵌《は》められた。

肩の上にまわした右手と背中にまわした左手を皮手錠で対角線上に結ばれる。その姿勢のまま懲罰房に座らせられつづけているのは、一種の拷問といえた。

皮手錠は、せいぜいかけて数時間である。一カ月は、あきらかに違法であった。

医者が来ていった。

「どこか悪いといえ。いうたら、外せるようにしてやる」

守屋は、逆に意地でも外させなかった。

裁判には、そのことも斟酌《しんしゃく》された。

ありのままに述べるよういわれた。しかし、ありのままにいうと、まずい。守屋は、自分の判断で、こういった。

「包丁は、たまたま機械を使うので持っていた。そして、たまたま担当さんが入ってきて口論になりました。カッとなって、いつの間にしたかわからんようになってしもうて……やってしまいました」

弁護士もついたが、金がないので、官選弁護士だった。

弁護士は、皮手錠のことをいってくれた。そこで、検事も同情してくれた。

守屋がされたような悪質な懲罰は、鹿児島刑務所はじまって以来だと聞かされた。

結局一年半服役期間が延び、九年半となった。

守屋が収監されていた鹿児島刑務所に、例の佐々岡光男が差し入れにやってきた。

「原田親分の代理で来たんじゃ」

「えっ、ということは……」

てっきり堅気になっているものと思っていた佐々岡は、いつの間にか原田昭三の舎弟になっていた。

不思議に腹も立たなかった。もともと、佐々岡は、敵方にまわすよりこちらに来た方がいいとは思っていたからだ。そもそも奥村周司より兄貴分に当たる格上なのだ。

守屋は、佐々岡の原田舎弟入りにはそのまま眼をつむることにした。

ところが、佐々岡は、守屋が出所する前に一転、堅気になる……。

第７章　会長への布石

１

　山田久は、広島市薬研堀の連れ込み旅館『みやび』の一室にあった服部武の事務所に詰めていた。「共政会」の理事長に就任して三カ月後の昭和四十一年一月下旬の夜のことである。外は、雪が荒れ狂っていた。

　テレビでは、ＮＨＫの大河ドラマ「源義経」を放映していた。若い衆たちは、熱心に見ていた。

　が、山田は、テレビの画面に眼はいっているものの、内容は見ていなかった。

新理事長として、今後の「共政会」をどのように運んでいこうか、ということに考えがいっていた。

服部が会長になって二週間後の十二月八日、「共政会」の新役員が決まった。

村上正明前副会長は、顧問になった。原田昭三前常任理事、樋上実前常任理事、山口英弘前幹事長、栗栖照己前幹事長の四人が副会長になった。

ただ、原田は、三十八年の打越会、山村組の抗争事件で入所中であった。樋上、栗栖は、ピストル不法所持で逮捕されていた。

新理事長には、参与であった山田が選ばれた。

嵐の中の船出であった。

昭和四十年に入り、警察庁は、全国的規模で、広域暴力団のいっせい取締り、いわゆる頂上作戦を展開していた。

まず、二月十七日、警視庁は、関東の広域暴力団錦政会（のちの稲川会）と住吉会を手入れし、幹部八名を逮捕、十名を指名手配した。三月十八日に錦政会、五月二十七日に住吉会が解散に追いこまれた。

中国地方五県下でも、厳しい取締りと、暴力排除の渦に押し切られ、四十年に入り、二十二の暴力団が解散していた。

四月に柳川組、五月に呉市の共政会大段派が「共政会」を脱退し、解散を表明した。広島県警は、宮島競艇場の施設管理会社である〝大栄産業〟の脱税事件を摘発した。その結果、大栄産業の社長である山村辰雄共政会初代会長は、六月九日、引退に追いこまれた。山村会長引退を突破口に、広島県警は、共政会を一気に潰滅させようと躍起になっていた。

このとき、二代目会長は、広島刑務所に収監中の服部武に決まったのであった。

山田も、このとき、青森刑務所に収監中であった。

山田は、八月上旬に出所、つづいて、九月十五日、服部も出所したのである。

だが、警察当局は、暴力団のつぎつぎの解散をまだ信用していなかった。

偽装解散の匂いがしたからである。

解散を口にしながら、裏では着々と縄張は、固守していく。それが極秘の襲名披露という形で現われた、と見ていた。

山田は、テレビに眼をやりながら考えていた。

〈「共政会」は、寄り合い所帯じゃ。表面では平静を装っていても、いつ小競り合いが起きんとも限らん。小さないざこざは、やがて大変な抗争になる。抗争は、よその組に付け入られる隙を与えることになる。せっかく築いてきた共政会の縄張を、よその組に渡すわけには

いかん〉

昭和三十九年共政会結成時は、千二百人の組員がいた。が、四十年末では、千人弱に減少していた。

このままでは、尻すぼみに減っていくことは必至である。

山田が座った理事長の椅子は、実質的には、共政会のナンバー2の椅子といっても過言ではなかった。しかも山田は、まだ三十六歳と若い。服部が理事長になったのは、四十歳のとき、山田は、服部より四歳も若くして理事長に就任していた。

そのうえ、山田直系の部下は十人いた。発言力は、絶大だ。

次期会長候補の最短距離にいる、といえる。

しかも、主だった副会長は、三人までもが、いま不在だ。山田は、思いのまま、力をふるえる立場にあった。

が、山田は、あえて自分を抑えていた。

〈会が一触即発にあるいま、わしがへたに勢力を誇るのは、内紛に火を点けるようなもんじゃ。一年は、動くまい。じっと様子を見よう〉

ともかく、刑務所ぼけで極道の日常感覚がもどっていなかった。何をしてよいのか、はっきりわからなかった。

そこに、若い衆のひとりが駆け込んできた。ひどく怒った顔をしている。

「理事長、堂前の腐れ外道め！　服部親分の命令を、蹴りおったんですよ」

「蹴った⁉　事情を、話してみィ……」

山田は、堂前正雄の件となると、思い入れが激しかった。

堂前は、赤玉パチンコ事件で逮捕され、岩国の少年刑務所に入った。

赤玉パチンコ事件とは、昭和二十九年一月十日の夜、広島市内松原町のパチンコホール「赤玉パチンコ」で、村上組組員のひとりがピストルで撃たれた事件である。

犯人は、山田と堂前のふたりであった。

堂前は、このときまだ十八歳の少年だった。

堂前は、筋金入りのやくざというものになりたかった。

呉の抗争事件で有名になった大西政寛というやくざに憧れ、わざわざ大西正雄という名前を名乗っていた。服部武の服部組にも、その大西正雄という偽名で盃をもらっていた。

堂前が少年刑務所に服役中に、偽名の件が服部武にばれた。

服部は怒った。

「あの腐れ外道め！　偽名で、盃を受けるとは……」

堂前は、山田が理事長に就任して一週間後に出所した。

無事出所してきた挨拶に、服部を訪れた。

「いま、もどってきました」

が、服部は、偽名の件を腹に据えかねていた。堂前を、冷遇した。何の仕事も与えなかった。

服部と兄弟分の浅野真一組長が、さすがにたしなめた。

浅野は、岡山県笠岡市一帯を治める浅野組の組長である。

「兄弟、そんなこというたって、子供のいうことじゃないか。たしかに、偽名を使ったのは悪い。が、そんなかわいそうなことしちゃ、おえん。こらえちゃれや」

堂前少年は共政会にいたたまれなくなった。

その直後、堂前は、恋に落ちた。

親分をとるか、女をとるか、真剣に悩んだ。

堂前は、女をとった。

服部組長が、今回若い衆に召集をかけた。出入りのために必要な戦力だったのである。

ところが、堂前は、親分の命令を伝えに来た若い衆に、きっぱりと拒んだというのだ。

「自分の青春を、二度も奪うんか。行けるわけが、ないじゃないか」

堂前は、二十六歳になっていた。堅気になってやり直すことができるぎりぎりの年齢といってもよかった。堅気になり、女と幸せになる道を選んだのである。

使いの若い衆が、それを山田に報告してきたのである。

山田のそばでテレビを見ていた若い衆のひとりが、使いの若い衆の報告を聞くと、ののしった。

「根性なしめが！　極道の風上にも、おけんやつよの」

ののしった男は共政会の風紀委員であった。

まわりの若い衆も、堂前を嘲笑した。

「ほんまに、腰抜け野郎よの」

山田は、みなの笑いが、ひとつひとつ針の棘となって自分の胸に突き刺さる思いがした。

山田は赤玉パチンコ事件の共犯である。山田は、事件後、逃亡した。にもかかわらず、堂前は、山田をかばい、自分ひとりの犯行、と主張しつづけていた。

そのうえ、刑務所の中では、山田のことを尊敬している、ともいっていたことが山田の耳に入っていた。

山田は、嘲笑の渦をかき消すように声を張りあげた。

「おまえら、よう笑えるの！　堂前は、立派なもんじゃないか。たしかに、青春を一回奪われとるんじゃ。今度またドンパチやって刑務所へ行ってみィ。出てくるときにゃ、早うて三十になっとるど。そのときにゃぁ、女も逃げて、おらんど。堅気にももう、もどれんど。おまえら、堂前のことが笑えるんか。おまえら、親分に、はっきりやくざをやめる、と堂前のようにいえるんか。やつは、はっきりといえるだけ、立派じゃないか」

みな、黙ってしまった。

山田は思った。

〈堂前がやめるのも、無理はあるまい〉

今後、広島で、激しい縄張争いの抗争が起きることが予想できたからである。

山田は、堂前が赤玉パチンコへ向かうときの、十八歳のあどけない顔をあらためて思い浮かべた。

山田は、心の中で堂前に呼びかけた。

〈堂前、女をとったんなら、とことん女を幸せにしたれよ。半端なこたぁ、許さんど〉

山田は、それから一週間後、若い衆をつれ、広島一の百貨店福屋に出かけた。

五階の眼鏡売り場に行き、店員に声をかけた。

「おい、眼鏡をたのむ」

山田は眼鏡を新調することにした。

それも、理事長に就任したせいである。

山田は、ひどい近眼であった。ともすると、目の前にまで相手が来ないと、人の顔の区別がつかない。知った人間に会ったときは、あとで困ることがあった。自分より格上の人間とすれちがったときに、相手に気づかず、声もかけずとおりすぎることがよくあった。すれちがったあと、相手が格上だと気づくのだった。

が、ことさらいい訳はしなかった。

そのまま、黙ってとおりすぎた。

それでも、山田の立場がそれほど重くなかったので、相手もことさら咎め立てなどしなかった。

しかも、山田に注意をしようものなら、あとで何をいわれるかわかったものではない、という気後れもあった。

山田は、上の者からは一目置かれていた。何より、山田の手のつけられない暴れっぷりに、誰も本気で対抗できなかったのである。

そのうえ、兄貴格である原田昭三の存在が大きかった。

当時広島には、やくざでも一目置く、やくざの中のやくざともいうべき強者が数人いた。そのうちのひとりが原田であった。

原田がこういっていた、といえば、たいていのものは黙った。それほど恐れられていた原田だったが、不思議に山田には、何もしなかった。

むしろ、親しく口をきいてくれた。そこで、必然的に山田に手出しをするものがいなくなったのである。

ましてや、副会長の山口、栗栖は、段原中学の山田の同級生、原田は、一級上だった。仲間意識が強かった。

山田も、これまでは眼鏡を持ってはいても、かけないことが多かった。

しかし、いまの立場は、理事長である。相手を無視してとおりすぎることもできない。理事長でさえ目上の者を無視しているのだから、と部下たちも山田を見ならうことにもなりかねない。

山田は、思いきって金縁眼鏡を新調することにしたのである。

山田は、視力検査をしたあと、金縁眼鏡をかけた。

若い衆に、訊《き》いた。

「おい、男ぶりがあがったじゃろう。銀行の支店長くらいにゃ、見えるかいのォ」

若い衆は、笑いを抑えていった。

「なんか、理事長じゃないみたいです。ツンとすましたようで、変な感じですよ」

「ま、そういうなよ。わしも、こんなめんどくさいもんかけとうないんじゃ。ほいじゃが、立場が立場じゃけえの。かけにゃいかんようになったんじゃ」

2

昭和四十一年の春、服部会長が、流川のいきつけのクラブ『夢里』で、山田に注文をつけた。

「おい、山田、おまえ、理事長になったんじゃけえ、もっとうちの会の組長たちに、はっきり指示を出さんかい」

「共政会」は、旧山村組、服部組、村上組、山口（英）組、原田組、丸本組、広岡組、中村組、岩瀬組、徳山の浜部組、呉の樋上組などの組が横ならびにならんでいた。

服部が会長とはいえ、縦のつながりはない。すべて横のつながりであった。したがって、服部は、他の組の親分に対して、強い発言権を持ってはいなかった。

しかし、山田が理事長になると、山田に、会の組長たちにはっきり指示を出すよう要求した。そうさせることにより、理事長、ひいては会長の権限を強くしようと考えていたのである。

しかし、山田は断った。

「いや、わしは、みんなにああせい、こうせい、ということはいいません」

昭和四十一年七月十八日、広島地方検察庁で、服部武共政会会長ら幹部三人の、ピストル不法所持事件の論告求刑公判が開かれた。

開廷前から「共政会」会員十数人と、被告の家族が傍聴につめかけていた。

山田も、そのひとりであった。

服部は、私文書偽造事件で懲役一年の刑に服し、四十年九月に出所した。が、三カ月目の四十年十二月中旬には、ユルトレル・ピストル不法所持容疑で逮捕された。すぐに保釈されたものの、保釈中に、二十万円の恐喝事件が上告棄却となった。懲役一年六月の刑が確定していた。

この日、服部には、懲役三年、「共政会」の相談役の岡佐太郎に、懲役一年六月、栗栖照己副会長に、野球賭博開帳の懲役二年六月をふくむ懲役四年六月が求刑された。

服部は、公判終了後、傍聴していた山田にぽつりといった。

「予想どおりだったのォ。まあ、行ってくるわい。あとを頼むで」

公判終了後、山田といっしょに出ようとしていた副会長の山口英弘は、地元紙の記者につかまった。

「いまのご心境は？」

山口英弘は、平穏を装っていた。

「組幹部のムショ行きは、痛手だが、ここで『共政会』を解散するのは、組織や会員のためにも効果のあることじゃない。わしも公判中の身じゃけん、あまり解散をとやかくいえんのよ」

服部会長が不在のまま、共政会は、組織を維持していかなくてはならなかった。

さらに、山口英弘、栗栖も刑が確定し、収監されるはずであった。そうなると、次期会長は、誰になるかが話題になる。

おおかたの予想では、原田副会長が候補の一番手になる公算が大であった。

昭和四十二年一月三十日の朝の十時、山田は、山口（英）組の山口英弘組長といっしょに岡山市牟佐にある岡山刑務所の裏門で待っていた。

いまにも雪の降りそうな寒さに、山田はコートの襟を立てた。

のちに共政会四代目会長となる沖本勲の出所を迎えていたのである。

この当時沖本は、山口（英）組山口英弘組長の若い衆であった。

沖本は、刑務所の裏門から出てくると、山田と山口のふたりに頭を下げた。

「わざわざ、ありがとうございました」

それから、頭を上げ、大きな鋭い眼を山田に向け、もう一度頭を下げた。

「理事長まで、わざわざ足を運んでもろうて、ありがとうございました」

昭和四十三年三月二十八日、服部武は、再逮捕された。

昭和三十八年九月の神戸山口組組長田岡一雄邸爆破事件の主犯と見られたのである。

田岡邸爆破当時、広島では、山村組と打越会の対立による第二次暴力団抗争事件が最高潮に達していた。

田岡邸爆破の十一日前には、服部が幹部をしていた山村組経営のキャバレー・パレスが爆破されていた。

さらに、四日前には、山村組幹部原田昭三の自宅が爆破された。ともに、山村組と対立する打越会の組員の仕業であった。

山村組では、ひそかに打越会に対する報復手段に出た。それが、打越会のバックにいた山口組本家田岡一雄邸の爆破であった。

当時、田岡邸爆破は、関西で山口組と対立する本多会の仕業と見られていた。

しかし、二代目共政会発足後も、広島県警は、内偵をつづけていた。

その結果、別件で逮捕された共政会組員を洗っているうち、田岡邸爆破が、服部の指示であることがわかった。それで、あらためて服部が逮捕されたのである。

広島県警の狙いは、服部を爆発物取締罰則で懲役七年の刑にもっていき、さらに恐喝の懲役四年とあわせ、十年以上服部を収監することにあった。共政会壊滅をもくろんでいた。

広島県警は、昭和四十二年四月二十五日、山村辰雄元共政会会長も逮捕した。

山村の逮捕容疑も、三十八年の山口組田岡一雄邸爆破事件での爆発物取締罰則であった。

山村が服部と共同謀議して子分に指示爆破させたのではないか、との疑惑である。

山村は、共同謀議を否認した。

が、昭和四十二年五月はじめには、供述を覆した。

「パレス爆破の仕返しをはじめ、当時打越会応援のため山口組から広島へ多数乗りこんでいたため、抗争事件の舞台を神戸に移して応援組を広島から引き返させ、爆破も神戸の本多会の組員の仕業と見せかけるためにやった」

山村は、捜査員に対し、冗談とも本音ともとれるいいかたをした。

「一億円出すけぇ、身代わりに服役してくれる者はいないか」

山村の刑は、恐喝も合わせると、服部と同じく、十年以上の服役になるだろう、と予想された。

共政会は、まさに崩壊寸前であった。

山田は、下関の合田幸一組長と下関のふぐ料理屋で食事をしたとき、勧められた。

「服部がおらんのじゃけぇ、おまえが代行いう形で、共政会をまとめぇよ」

山田は、きっぱりと辞退した。

「会長がいるのに、代行いう名前をつける必要は、ないんじゃないですか」

共政会顧問の村上正明は、もっとはっきり山田に勧めた。

「服部さんは、刑務所にずっとおるんじゃけえ、おまえが会長を襲名せえ」

共政会顧問の村上正明は、服部武とは服部四分五厘、村上五分五厘の兄弟盃を交わしていた。座布団一枚の差がある兄弟盃であった。

服部は、村上のことを〝兄貴〟と呼び、村上は、服部のことを〝兄弟〟と呼びかわす。

本来、格からいって、四分六分の兄弟盃になるところである。

しかし、服部が共政会会長なので、服部の格を五厘上げた形で取り結んだのである。

縁をとりもったのは、笠岡の浅野真一組長であった。

このころ、山田は、共政会の中の幹部会とは別に、自分だけの舎弟会を持っていた。山田より格上の組員は、誰も入れなかった。五十人いた。

みな山田のことを〝かしら〟と呼んだ。

ひとり、一万円持ち寄った。その金で飲み食いするわけである。

幹部会でさえ、二十万円くらいしか集まらない、といわれた。五十万円の金は、山田の力のあらわれといえた。会長の座を奪おうとすれば、いつでも奪えた。

が、山田は、あくまで服部を会長として立てた。

ただし、山田は、服部と親子の盃をかわしているわけではない。気持の上では、対等であった。

山田は、アルコールでも入ろうものなら、服部にぞんざいな口をきいた。

「おい、服部、ちいとは考えてみいや。おかしいことだらけじゃないか」

山田は、服部には、ズケズケと進言しているつもりだった。

が、会長の座を奪うとなると、話は別だ。服部と山田との間だけの問題ではない。共政会は、雑居集団だ。それぞれのグループには、それぞれの思惑がある。

山田が突出すると、出る杭は打たれるのたとえどおり、叩きつぶされるだろう。

山田は、じっくりと腰を据え、時期の来るのを待っていた……。


（下巻へつづく）

この作品は一九九九年六月に桃園書房より刊行されたものを
大幅に加筆・訂正したものです。
また、本文中、一部仮名とさせていただきました。

幻冬舎文庫

●最新刊
栗原美和子
太郎が恋をする頃までには…

恋に仕事に突っ走ってきた42歳の五十嵐今日子が離婚歴ありの猿まわし師と突然結婚。互いの寂しさを感じ、強く惹かれ合う二人。ある夜、彼は一族の歴史を語り始めた……。慟哭の恋愛小説！

●最新刊
小手鞠るい
早春恋小路上ル

大学に合格、憧れの京都で生活を始めたるい。夢見る少女の、初めてのバイト、初めてのキス。やがて、失恋、就職、結婚、離婚と、京都の街を駆け抜ける。恋愛小説家の自伝的青春小説。

●最新刊
小林聡美
ワタシは最高にツイている

盆栽のように眉毛を育毛。両親との中国旅行で「小津る」。モノを処分しまくるなまはげ式整理術。地味犬「とび」と散歩するささやかな幸せ。大殺界の三年間に書きためた笑えて味わい深いエッセイ集。

●最新刊
小松成美
勘三郎、荒ぶる

平成十七年、中村勘九郎は十八代目中村勘三郎を襲名。勘九郎としての激動のラスト四年間に加え、勘三郎となりさらに情熱を燃やす日々を綴る。戦い続ける男の姿が胸に迫る公認ノンフィクション。

●最新刊
佐伯泰英
酔いどれ小籐次留書　野《の》分《わき》一《いっ》過《か》

江戸を襲った野分の最中、千枚通しで殺された男の死体を発見した小籐次。物盗りの仕業と見立てたが、同様の死体が野分一過の大川で揚がり、事態が急変する。大人気シリーズ、第十三弾！

幻冬舎文庫

●最新刊
ぐずろ兵衛うにゃ桜　春雷《しゅんらい》
坂岡　真

古着屋の元締めが殺された。横着者の岡っ引き・六兵衛は下手人捜しに奔走するが、ご禁制の巨砲の図面を手に入れたことから、義父と共に命を狙われてしまう。異色捕物帳、陰謀渦巻く第三弾！

●最新刊
確実に幸せになる恋愛のしくみ20
桜沢エリカ

「三十歳になったらモテない？」「好きになる人は既婚者ばかり」「年下男と上手に付き合うには？」……幾多の恋愛を経て、幸福な結婚を手に入れた著者が、悩める女性たちに恋の秘策を伝授。

●最新刊
幸運を引き寄せる
天使のカラーヒーリング
高坂美紀

毎朝巻頭のエンジェルカードを引くだけで、色の力で守られ、心は癒され、不思議な力で幸運が集まり出す。スピリチュアルな力のあるカラーコンサルタントが見つけ出した、究極の幸運を呼ぶ術。

●最新刊
別ればなし
藤堂志津子

かつては花形営業マン、今は閑職の杉岡と恋に落ちた千奈。だが、千奈には同棲相手が、杉岡には別居中の妻がいた。二人はそれぞれの相手に別ればなしを切り出すが……。ほろ苦い大人の恋物語。

●最新刊
猫の森の猫たち
南里秀子

家族を失った猫たちに、私はなにができるだろう？　そんな思いから生まれた飼い主亡き後の猫を引き受ける猫の森。さまざまな過去を背負った猫たちとの出会いと別れを描く感動の猫エッセイ。

幻冬舎文庫

●最新刊
スタイル・ノート
槇村さとる

人気漫画家が「あーでもない、こーでもない」と悩みながら編み出したおしゃれ、買い物、キレイのルール。自分のスタイルを確立して、柔らかく、温かく、力を抜いて暮らすためのヒント満載。

●最新刊
最初の、ひとくち
益田ミリ

幼い頃に初めて出会った味から、大人になって経験した食べ物まで。いつ、どこで、誰と、どんなふうに食べたのか、食の記憶を辿ると、心の奥に眠っていた思い出が甦る。極上の食エッセイ。

●最新刊
黒衣忍び人
和久田正明

越後国九十九藩で極秘の城改築計画が。藩内には幕府の間諜が蠢いている。お上に知られればお家断絶——。武田忍者の末裔・狼火隼人と柳生一族の死闘が始まる。血湧き肉躍る隠密娯楽活劇！

●好評既刊
イラストでよくわかる 好感度がアップする美しいマナー
岩下宣子

和食の席では指輪をはずす。電話の取り次ぎは、必ずいったん「保留」にする。——ビジネスマナーから、食事、冠婚葬祭、贈り物、公共の場のマナーまで、日常生活の疑問が解消する一冊。

●好評既刊
アブない人びと
下関マグロ

女王様が1日5万円のギャラで行く奴隷旅行とは？　伝説の女体調教師が女性を釣る殺し文句とは？——SM、乱交、変態、淫行。妖しい世界は、あなたのすぐ隣にある！　衝撃の潜入リポート。

上 ¥800-

GENTOSHA OUTLAW BUNKO

実録《じつろく》・広島《ひろしま》やくざ戦争《せんそう》（上）

大下英治《おおしたえいじ》

平成22年2月10日　初版発行

発行人——石原正康
編集人——菊地朱雅子
発行所——株式会社幻冬舎
〒151-0051東京都渋谷区千駄ヶ谷4-9-7
電話　03(5411)6222(営業)
　　　03(5411)6211(編集)
　　　振替00120-8-767643
印刷・製本—大日本印刷株式会社
装丁者——高橋雅之

万一、落丁乱丁のある場合は送料小社負担で
お取替致します。小社宛にお送り下さい。
定価はカバーに表示してあります。

幻冬舎アウトロー文庫

ISBN978-4-344-41441-9　C0193　　O-108-1